# テメレア戦記5

## 鷲の勝利

ナオミ・ノヴィク　那波かおり＝訳

上

この本のために家を与えてくれたソニア・ノヴィク博士に

テメレア戦記5　鷲の勝利　上　目次

## テメレア

中国産の稀少なセレスチャル種の大型ドラゴン。中国皇帝からナポレオンに贈られた卵を英国艦が奪取し、洋上で卵から孵《かえ》った。英国航空隊ドラゴン戦隊所属。すさまじい破壊力を持つ咆吼《ほうこう》〝神の風《ディヴァインズ・ウィンド》〟と空中停止《ホバリング》は、セレスチャル種だけの特異な能力。中国名はロン・ティエン・シエン（龍天翔）。学問好きで、美食家で、思いこんだらまっしぐら。ローレンスとの絆は深く、強い。

## ウィリアム（ウィル）・ローレンス

テメレアを担うキャプテン。英国海軍の軍人としてナポレオン戦争を戦ってきたが、艦長を務めるリライアント号がフランス艦を拿捕《だほ》したことから運命が一転する。洋上で孵化したテメレアから担い手に選ばれ、国家への忠誠心ゆえに航空隊に転属するが、いつしかテメレアがかけがえのない存在に。竜疫が全世界に蔓延するのを阻止しようするテメレアとともに、特効薬をフランスに手渡したことから、国家反逆罪を着せられ、監禁の身となった。

**英国の人々**

**ジェーン・ローランド**……空将、エクシディウムを担う女性キャプテン。ローレンスとは恋人関係だったが――

**ジョン・グランビー**……イスキエルカの担い手。元テメレア・チームの副キャプテン

**バークリー**……マクシムスの担い手。ローレンスの訓練同期生

**キャサリン・ハーコート**……リリーを担う女性キャプテン。トム・ライリーの妻

**トム・ライリー**……ドラゴン輸送艦アリージャンス号艦長。元ローレンスの部下

**ネルソン提督**……国家的英雄。〈トラファルガーの海戦〉で大火傷を負うも生還を果たす

**ウェルズリー将軍**……英国軍の主導権を狙う、知略に富んだ陸将

**サンダーソン**……ドーヴァー基地の司令官、空将

**エミリー・ローランド**……見習い生。元テメレア・チームのクルー。ジェーンの娘

**アレン**……士官見習いの信号手。元テメレア・チームのクルー

**ディメーン**……コーサ人の少年。元テメレア・チームのクルー。航空隊士官見習い

**サイフォ**……ディメーンの弟

**ホリン**……伝令竜エルシーの担い手。元テメレア・チームの地上クルーの長

**ゴン・スー**……中国から連れてきた料理人。元テメレア・チームの一員

**アレンデール卿**……ローレンスの父。伯爵。ノッティンガムシアに広大な地所を持つ

**レディ・アレンデール**……ローレンスの母。伯爵夫人

**ジョージ**……ローレンスの兄

**バートラム・ウールヴィー**……アレンデール卿の友人

**イーディス**……ウールヴィーの妻。ローレンスの元恋人

**サルカイ**……野生ドラゴンの言語に通じ、卓越した身体能力と知性をもつ謎の男

**ペナヴァン繁殖場のドラゴンと人**

**ペルシティア**……中型ドラゴン、交配種の雌。戦闘嫌いだが卓越した頭脳を持つ

モンシー……小柄なウィンチェスター種。ペナヴァンの情報収集担当

レクイエスカト……繁殖場を支配する巨大なリーガル・コッパー種

ゲンティウス……ロングウィング種。老いてはいるが毒噴きの能力は健在

バリスタ……大型のチェッカード・ネトル種、雌。棘のある尾は破壊力抜群

マジェスタティス……大型のパルナシアン種。冷静沈着で束縛を嫌う

カルセドニー……イエロー・リーパー種。戦場では熱血の勇士

カンタレラ……イエロー・リーパー種のまとめ役の雌ドラゴン

ミノー……理知的で観察力にすぐれた雌ドラゴン。小柄な混血種

ミスター・ロイド……ペナヴァン繁殖場を取り仕切る飼養長

**その他のドラゴン**

マクシムス……バークリーが担う巨大なリーガル・コッパー種

リリー……テメレアの所属する編隊のリーダー。毒噴きのロングウィング種

イスキエルカ……グランビーが担う火噴きのカジリク種

アルカディ……仲間を引きつれて英国に渡った、パミール高原の山賊ドラゴンの長《おさ》

ガーニ……アルカディの仲間。野生の雌ドラゴン

エルシー……ホリンが担う伝令竜。ウィンチェスター種

**フランスのドラゴンと人々**

ナポレオン……ヨーロッパ大陸の覇者となり、英国侵攻を狙うフランス皇帝

リエン……故国中国を離れ、ナポレオンの参謀となった純白の雌ドラゴン。セレスチャル種

ダヴー……陸軍元帥

ミュラ……陸軍元帥。ナポレオンの義弟

タレーラン……外務大臣

# 第一部

# 1　陸と海の檻《おり》で

その繁殖場は〝檻の扇《ペナヴァン》〟と呼ばれ、同じ名をもつ山のふところの、まさしく扇のような形の谷間に位置していた。ヒースの野から立ちあがる山の斜面は草木もまばらで、尾根は氷と雪に縁取《ふちど》られている。寒く湿ったウェールズ地方の秋は、早くも冬の到来を予感させた。

ここのドラゴンたちはいつも眠たげで閉じこもりがちで、食事以外のことにはあまり関心を示さない。谷全体に数百頭のドラゴンが散らばり、それぞれに洞窟や岩棚を見つけて棲《す》みついていた。快適さからはほど遠く、食事の提供以外にさしたる日課もない。草を刈って土が剝《む》き出しになった境界があり、夜になると、この境界に沿ってたいまつが灯り、これ以上先に行ってはならないことを示す標識となっている。はるか遠くでまたたく街の明かりは、まるで禁断の果実のようだ。

テメレアは、ここに来るとすぐに大きな洞窟《どうくつ》を見つけ、寝床をつくった。草を敷いたり、翼《つばさ》で風を送ったりしてみたが、洞窟内の湿気はいっこうにとれなかった。持ち前の気位の高さはこんな作業をよしとはせず、すべての不快に毅然《きぜん》と耐え抜くほうがよほどましに思われた。ただし、耐えてみたところで、誰も称《たた》えてはくれない。もちろん、ここにいるドラゴンたちも。

自分とローレンスは、竜疫《りゅうえき》の治療薬となる薬キノコをフランスに運んだ。やるべきことをやったまでだ。心ある人間ならそれをわかってくれる——テメレアはそう信じていたし、たとえ非難や侮蔑《ぶべつ》にさらされたとしても、対決する覚悟はできていた。そのときに備えて、自分を弁護するためのいくつかの議論も組み立てていた。

要するに、許せないのは、裏から手をまわすという卑劣な戦い方だった。英国政府はナポレオンを打ち負かしたいのなら、真っ向から戦いを挑むべきだった。疫病のドラゴンを敵国に送りこんで勝利をかすめとろうなどという作戦は言語道断《ごんごどうだん》だ。それでは、英国のドラゴンは騙《だま》し討《う》ちでもしないかぎりフランスのドラゴンに勝てない、と宣言するようなものではないか。

「そのうえ」と、テメレアは声に出して言った。「竜疫で死ぬのは、フランスのドラゴンだけじゃなく、あの国の繁殖場に囚《とら》われている、プロイセンからやってきたぼくらの仲間だったかもしれません。疫病は中国まで拡がる可能性すらあった。こんなことをするのは、食物を盗むに――空腹でないときに食物を盗むに等しい、あるいはドラゴンの卵を割るに等しい行為です！」

テメレアは、洞窟の壁に向かってとうとうと演説した。これも練習だ。ここでは文字をしるす砂盆を使わせてもらえない。口述筆記をしてくれるクルーもいない。もしローレンスがここにいたら、なにを言うべきかをいっしょに考えてくれるだろうけれど……。しかたがないので、忘れてしまわないように、同じ演説をひそかに何度も繰り返した。これでもまだ説得力に欠けるなら、そもそも、竜疫の治療薬である薬キノコをアフリカから持ち帰ったのは、この自分だったと言ってやろう。

自分とローレンスが、マクシムスやリリーをはじめとするドラゴン戦隊の仲間とともに、あの薬キノコを持ち帰ったのだ。それをどこに分け与えるかを決める権利を持つ者がいるとしたら、自分たち以外にはありえない。テメレアはアフリカにいたとき、その地に自生するキノコを食べたおかげで、竜疫からすぐに快復した。その経験がなければ、誰もあのキノコの薬効には気づけなかっただろう。

自分が国難を救ったのだ。誰からも責められる筋合いはない。それどころか、心ひそかに、いささか恨《うら》めしく、自分はなぜ英雄として歓迎されなかったのか、と思い悩んだ。

ここにいる年かさの、野生種ではなく軍務から退役したドラゴンたちは、昨今の戦況にいくぶんは興味を示したが、たいした熱意はなく、むしろ自分たちがかつて参戦した戦役について語るほうに熱心だった。ここの多くのドラゴンが、猛威を振るった竜疫に憤《いきどお》っていたが、テメレアからすれば、彼らの視野はどうにも狭かった。彼らにとって重要なのは、自分たちとその仲間が竜疫に感染したこと、そして治療薬が自分たちのところに届くのがひどく遅れたことだけだった。

フランスでもドラゴンたちが同じ病に罹《かか》ったことや、もしテメレアとローレンスが薬キノコを英国から持ち出さなければ、竜疫がさらに蔓延《まんえん》し、何千頭というドラゴンが病死したかもしれないことなど、彼らにはどうでもよいことらしかった。もちろんそのどうでもよいことのなかには、海軍省委員会がローレンスとテメレアの行為を国家への反逆と見なし、ローレンスに死刑を宣告したことも含まれている。

結局、彼らはなにも気にしていない。ここにいれば食べるものには不自由しないし、洞窟の寝心地が悪かったとしても、現役時代に比べればましだと思っているようだ。

中国の快適なドラゴン舎の話など聞いたこともなく、いま以上の居心地のよさを望んでいるわけでもない。

また、ここのドラゴンたちは、自分たちの卵に危害を加えられた経験がない。産んだ卵は繁殖場の世話係が運び去り、手厚く面倒を見てくれる。冬場なら、藁《わら》を敷いたワゴンにおさめられ、毛布と湯たんぽで保温される。孵化《ふか》すれば報告が来るが、産んだ卵について気をもむことはない。卵の安全を信じているからだ。みずから温めるより安全だと思っている。生涯の担《にな》い手《て》を選ばなかったドラゴンたちですら、たいていは卵を世話係に託している。

彼らが遠くまで飛んでいかないのは、食事の時刻が不規則であるため、それを知らせるベルの音が聞こえないところまで行くと、仲間に遅れをとって、まる一日空腹をかかえることになりかねないからだ。ここより大きな集団は近くにないし、ほかの繁殖場や基地との交流もない。ただ遠くから繁殖行為のためにドラゴンがやってくるだけで、その組み合わせも事前に取り決められている。

ドラゴンたちがみずから進んで囚《とら》われの身となっていることを、テメレアは苦々しく思った。ローレンスのためでなければ、自分はぜったいにこんな境遇に我慢しない。

すべてはひたすらローレンスのため。ここの規律に従わなければ、ローレンスが即刻、絞首台送りになるということを、骨身に沁《し》みてわかっているからだ。

テメレアは、最初はここの集団から距離をおいていた。自分の住みかは前もって割り当てられていた。見た目はいいが、奥行きが浅いために長く使われなかった洞窟らしく、テメレアのような大型ドラゴンにはかなり窮屈だった。だが、奥の壁面にあいた穴から、その上にはるかに大きな空間があることがわかった。

テメレアは、ゆっくりと慎重に咆吼《ほうこう》を使って、その穴を徐々に大きくしていった。必要以上に時間をかけ、この作業にあえて数日間を費やした。そのあと、砕いた岩や、前に棲んでいたドラゴンが食べ散らかしたとおぼしき古い骨や、体に当たると不快な岩石を取り除いた。こぎれいな住みかにしたかったので、自分が横たわれない隅々まで念入りに清掃《せいそう》した。渓谷で巨岩を見つくろい、それを使って洞窟の壁がなめらかになるようこすり磨きをした。岩を前後に動かしてこすりつづけると、もうもうと粉塵《ふんじん》が舞いあがった。

くしゃみを連発したが、それでもこすりつづけた。手入れの悪い、不潔な穴ぐらには住みたくなかった。洞窟の天井からさがる鍾乳石《しょうにゅうせき》を砕き、床の石筍《せきじゅん》も打ち壊した。

その仕上がりに満足すると、森や渓谷から集めてきた風雅な石や枯れ枝などを、かぎ爪を慎重に使って、いまは控えの間となった入口の部屋の壁面に飾った。池と噴水もほしかったが、どうやってこの高い場所まで水を引けばよいのか、引いたとしてもそのあとどうすればよいのかわからなかった。そこで、シネヴァンヴァウル〔ウェールズ語で〝頂に近い大きな湖〟の意〕と呼ばれる、湖と高台を見つけて、ここを自分の水場だと心ひそかに決めた。

最後の仕上げとして、断崖の洞窟の入口に自分の名前を漢字で龍天翔《ロン・ティエン・シエン》と刻んだ。英語でもTEMERAIREと刻んだが、Rに手こずり、数字の4を裏返したような形になってしまった。

このような作業がすべて終わると、退屈な日課が忍び寄り、日々を侵食していった。洞窟の入口に差しこむ朝日で目覚め、少し体を動かし、昼寝し、牧夫がベルを鳴らしてやってくると、また起きて、食べる。また昼寝し、また体を動かし、ふたたび眠りにつく。こうして一日が終わる。ほかになにもない。一度だけ自分で狩りをし、食事の配給には行かずにすましたことがあった。すると、その日遅く、小型ドラゴンに乗って飼養長のミスター・ロイドと竜医があらわれ、体調を確認し、テメレアがローレンスの身を案じはじめるのに充分な厳しさをもって、金輪際狩《こんりんざいが》りをしてはならないと言い渡した。

それでもロイドは、テメレアを国賊《こくぞく》だとは考えていなかった。いや、テメレアについて、ほとんどなにも考えていなかった。飼養長が気にかけるのは自分の職務、すなわち、すべてのドラゴンを繁殖場の境界内にとどめて、食事を与え、繁殖させることだけだった。尊厳や矜持《きょうじ》といった考えとは無縁で、テメレアが規律を乱すことにだけに神経を尖らせた。

「さあさあ、きょうは、ぴちぴちのアングルウィングの淑女《レディ》のお出ましだよ」ロイドはおどけて言った。「かわいいこと請け合いだ。すてきな夜が過ごせると思わないか？　まずは仔牛を食べてはどうかな？　うん、そうだ、仔牛がいいな」答えはすでに出ていたので、テメレアは黙っていた。ロイドは耳が遠いので、「いやだ、鹿のほうがいい。それもこんがり焼いたやつがね」と言ったところで無視されたことだろう。

卵をつくる行為を少しでも先に延ばせればそれで充分だった。こんなにも頻繁に、こんなにも見境なく繁殖行為をさせることを、母、ロン・ティエン・チエンならぜったいに許さないだろう、とテメレアは思う。敵方についたリエンがこれを知ったら、侮蔑たっぷりに鼻でせせら嗤《わら》うにちがいない。テメレアのもとへ送りこまれてくる雌ドラゴンたちにはなんの落ち度もなく、みな感じのよいドラゴンだった。しかしそのほとんどは卵を産んだことも戦役に参加したこともなく、要するに、テメレアが気をそそられるような経験を持ち合わせていなかった。

雌ドラゴンたちは、テメレアがつれない態度をとるのは、この場にふさわしい贈り物を用意してこなかったからだとうろたえた。でもそれが気の毒だからと、自分は特別なドラゴンではありませんというふりをする気にもなれなかった。ただし、海軍省の命令でエジンバラ基地から送りこまれてきた、哀れな若いマラカイト・リーパー種のベルーサにはそうせざるをえない気分になった。ベルーサは、彼女のキャプテンがあわてて用意したと思われる、テメレアのかぎ爪一本しか暖められない毛布のような、小さなしわくちゃの敷物をおずおずと差し出した。

「とてもすてきだね」テメレアはためらいつつも言った。「いい織物だよ。色合いもすごくいい」入口の小さな岩の上に敷物をどうにか広げてみようとしたが、雌ドラゴンはいっそうみじめな表情になって打ち明けた。「ああ、ごめんなさい。わたしの担い手はなにもわかっちゃいないんです。わたしがいやがるにちがいないって思いこんでて……だから、あんな言い方を——」はっと口をつぐみ、ますます取り乱した顔つきになった。

ベルーサのキャプテンがなにを言ったかは知らないが、よく言われていないことぐらいはわかる。いやな気分になったし、やり返すにはなにがいちばんかもわかっていたが、それで憂さ晴らしをしたいとも思わなかった。断れば、ベルーサが非礼なことを言ったかのように勘違いされるだろう。そこでしかたなく、求めてはいなかったが、ベルーサの相手をした。黙って、忍耐強く、仕事をこなすのみ——。どんな問題も起こしたくなかった。よくやっていると思わせておかなければならなかった。

ローレンスのことは、努めて考えないようにした。でないと、自分がなにをしでかすかわからないからだ。終わりのない不安に耐えるのはきつかった。ローレンスがどこでなにをしているのか、どんな状態にあるのかを、どうして自分には知る手立てがないのか、と考えるだけで気がおかしくなりそうだった。ローレンスから贈られた胸当てと金の鎖《くさり》は、肌身離さず身につけている。爪飾りはエミリー・ローランドに託してきた。エミリーならきっと、あの宝物を安全に保管しておいてくれるだろう。

ローレンスはときには理不尽で危険きわまりない任務を引き受けることもあったが、

こんな状況でなければ、ローレンスが自分の身を自分で守っていることを信じられたはずだった。しかし、抜き差しならない状況があまりにも長くつづいている。

海軍省は、テメレアが従順であるかぎり、ローレンスを絞首刑にすることはないと請け合った。しかし、海軍省の連中の言うことなど、どうして信じられるだろう。一週間に二度は、ローレンスの安否を尋ねるために――絞首刑になっていないかどうかを確認するために――ドーヴァー基地へ、ロンドン基地へ飛んでいこうと決意しては、飛び立つ直前に断念した。御《ぎょ》しがたいドラゴンであると思わせてはならない。ローレンスを生かしておく意味がないと政府が見なすような行動は、ぜったいに慎むべきだ。ローレンスの命を守るために、ここではできるかぎりおとなしく、言われるとおりにしなければならない。

しかしその決意も、繁殖場へ来て三週間目に起きたある事件で揺らぎそうになった。その日は、飼養長のロイドが客人を伴ってあらわれた。ロイドは、牧師であるという客人に大きな声で警告した。「くれぐれも、この子を興奮させないでくださいよ。おだやかに、やさしく、ゆっくりと話しかけてやってください。そう、馬の相手をなさるときのように」

テメレアはこれだけでも充分腹立たしかったが、その客人がダニエル・サルコム師と名のるのを聞いて、はらわたが煮えくり返った。

「ふふん、あなたか」とテメレアが言うと、サルコム師は驚いた顔をした。「あなたのことはよく知ってますよ。ロンドン王立協会に送ったあのばかばかしい手紙を読みましたからね。どうせ、ぼくが犬かオウムのように反応するのを確かめにきたんでしょう?」

サルコム師はあわてて否定したが、まさしく犬かオウムの反応を期待するように、用意してきた宗教的な質問をテメレアの前で読みあげた。人間の運命は前もって神によって定められているという、テメレアにはまったく納得できないばかばかしい内容だった。

「もうけっこう。大昔に聖アウグスティヌスがあなたよりもっとうまく説明してることです。ぼくはそんな説は認めませんけどね。あなたの前でサーカスの動物のように芸をするのはまっぴらだ。なにを質問されようが、『論語』を読んだこともない無教養な人たちの前では話す気にはなれません」ただし、ローレンスは別だけど、と心のなかで言い添えた。

ローレンスは『論語』を読んでいないが、サルコムのように学者を気どって、面識のない人々を愚弄《ぐろう》する手紙を書くような恥ずかしいまねはしない。「そのうえ、あなたが書いた王立協会への手紙によれば、ドラゴンには数学が理解できないそうですね。あいにくながら、ぼくはあなたより数学を理解しています」

テメレアはかぎ爪で地面に三角形を描き、短い二辺に印をつけた。「さて、残る一辺の長さは？　答えられないなら、帰ってください。ドラゴンについて、わかったような口をきくのもやめてもらいたい」

この簡単な図形問題をロンドン基地のパーティーで出したときには、多くの紳士が答えられず、テメレアは数学を理解しない人の多さにがっかりしたものだった。サルコム師も数学が苦手らしく、地面の三角形をにらみつけて禿《は》げ頭を紅潮させたあげくに、ロイドに向かって怒りを爆発させた。「きみがこいつに教えたんだな。前もってこう言えと――」飼養長のぽかんとあいた口を見て、この告発の無理に気づいたのか、すぐに言い直した。「誰かにそそのかされたな。こう言えばわたしが困るだろうと、誰かから教えられたことを、こいつに吹きこんだんだな」

「いいえ、滅相《めっそう》もございません！」ロイドが泡《あわ》を食って否定した。テメレアはそれにも腹が立ち、小さく咆吼をあげそうになった。が、すんでのところで我慢し、低いうなりを洩《も》らすだけにした。

それでもサルコム師は驚いて一目散で逃げ出し、ロイドがあとを追いかけた。追いかけながら、せっかく金まで払いながらとわめいていた。おそらく、ロイドはサルコムから賄賂《わいろ》をもらい、サーカスの動物よろしくテメレアを見物できるように便宜《べんぎ》をはかってやったのだろう。吼《ほ》えなかったことが悔やまれた。いっそ、ロイドもサルコムも湖に放りこんでやればよかった。

しかし怒りがおさまると、憂鬱《ゆううつ》がやってきた。後悔先に立たずだが、サルコムともっと話せばよかったと思い直した。飼養長のロイドは、テメレアのために本を読むようなことはしない。世間の動向すら語ろうとしない。耳の遠いロイドにゆっくりとはっきりとなにかを尋ねても、大声でこう返してくるだけだ。「心配するな。やきもきしたってはじまらんぞ」

サルコムがものを知らないやつだとしても、会話しようという意思はあった。うまくすれば、最新の法廷議事録か新聞をサルコムに読ませることができたかもしれない。ああ、新聞が読めるなら、どんなことだってしたのに！

そばでは大型ドラゴンたちが食事を終えたところだった。リーガル・コッパー種で、この繁殖場ではいちばん大きなドラゴンが、しゃぶり尽くした羊の、血のにじんだ灰色の毛をぺっと吐き出し、大きなげっぷをして、ねぐらに戻っていった。そうしてあいた広い空間に、中型や小型のドラゴンたちが舞いおり、けたたましい声をあげて牛や羊に食らいついた。テメレアはその場から動かなかったが、争ったり跳ねまわったりする連中を避けるように背中を丸め、頭を落とした。すぐ目の前に中型ドラゴンがおり立ち、青緑色の足が見え、ゴリッゴリッと羊の骨を噛《か》み砕く音が聞こえてきたが、頭をもたげようとはしなかった。

「あたしも考えてみたんだけどね」しばらくすると、その雌ドラゴンが、肉を頬張りながら言った。「ほら、あんたが地面に描いたやつのこと。あんたが描いたのはひとつの角が九十度の三角形なんだから、どんな場合も、いちばん長い辺の長さの二乗が、ほかの二辺の二乗の和になるんじゃないかな」ごくりと肉を呑《の》みこみ、汚れた顎《あご》を舐《な》めた。「おもしろいよね。あんたは、あれ、どうやって思いついたの?」

「ぼくが思いついたんじゃないよ」テメレアはぼそりと返した。「あれは、〝ピタゴラスの定理〟。基本中の基本だよ。ローレンスに教えてもらったんだ」ローレンスの名を口にして、ますます気持ちが沈んだ。

「あ、そう」雌ドラゴンは尊大な態度でそう返すと、すぐに飛び去った。

だが翌朝、同じドラゴンが、招いてもいないのに洞窟までやってきて、テメレアを鼻でつつき起こした。「ねえ、あんたなら興味を持つんじゃないかな。あたしが考えついた公式。どんな数の和の累乗《るいじょう》も簡単に計算できちゃうんだけど、あたしの公式、知りたくない？　これには、ピタゴラスだって、なにか言いたがると思うんだけど」

「べつに、きみのものじゃないよ」なにもできない空《むな》しい一日だというのに、こんなにも早く起こされたことにテメレアは苛立《いらだ》っていた。「それは、〝二項定理〟。とっくのとうに楊輝《ヤン・ホゥイ》が見つけてるよ」翼で頭を覆《おお》って、なんとかもう一度眠ろうとした。

これで終わるだろうと思っていた。ところが四日目、ひそかに自分の水場だと決めた湖の岸辺にいるとき、またもあの奇妙なドラゴンが舞いおり、猛烈な勢いでしゃべりはじめた。とにかく伝えたくてたまらないようすで、言葉につっかえながら、まくしたててくる。

「聞いてよ、たったいま、新しいことを発見したんだから。素数についてなんだけどね、最初から数えて何番目かの素数を頭に思い浮かべてごらん。たとえば十番目とか。

その素数は、それが何番目かを示す数に、ある指数を掛けた値《あたい》と、つねにとても近くなるんだ。で、その指数っていうのはね、pという数をその指数乗すると、思い浮かべてる素数と同じ値になる数なんだよ。そして、このpという数は――」雌ドラゴンはつづけて言った。「このあたしが発見したのさ。ものすごくおもしろい数字だよ。pと呼ぶのは、発見者のあたしの名前の頭文字をとって――」

「あきれたな」テメレアは、彼女が言うことを理解し、余裕しゃくしゃくで応じた。「それを発見したのは、オイラー〔Euler〕という数学者だよ。オイラーの頭文字をとってeであらわされる。つまり、きみが話してるのは、自然対数の底《てい》のことだ。ついでながら、素数に関して、きみの説は阿呆《あほ》くさいかぎり。試しに、十五番目の素数で計算してみれば――」テメレアは頭のなかで値を割り出し、はっと口をつぐんだ。

「それごらん」雌ドラゴンは勝ち誇ったように言った。テメレアは、さらに二十個ほどの素数で試し、結局は、この癪《しゃく》にさわる変なドラゴンが正しいことを認めざるをえなくなった。

「これもピタゴラスが最初に見つけたなんて言わないでよ」雌ドラゴンは得意げに胸をそらした。「ヤン・ホゥイもだめだよ。だって、あちこちに問い合わせてみたけど、そんなやつら、誰も知らないんだから。ピタゴラスも、ヤン・ホゥイも、ほかの基地や繁殖場にいないってさ。あんたがなんと言おうが、あたしはごまかされない。いったいどこに、ヤン・ホゥイなんておかしな名前のドラゴンがいるのさ。阿呆くさいかぎり」

この瞬間、テメレアは憂鬱でも退屈でもなかった。自分がどんなに日々に倦《う》んでいるかを忘れていた。苛立ちさえ消えていた。「どっちもドラゴンじゃないよ。ふたりは大昔に死んでる人間だ。ピタゴラスはギリシア人だし、楊輝《ヤン・ホゥイ》は中国人だ」

「じゃあ、どうしてあんたは、その人たちが発明したってわかったわけ？」うさん臭そうに雌ドラゴンが尋ねた。

「ローレンスが本を読んでくれたから」テメレアは言った。「きみはどこで学んだの？　本じゃないなら」

「だから、自分で考えついたんだって。ここではほかになにもすることがないからね」

雌ドラゴンは名前をペルシティアといった。マラカイト・リーパー種と小型のパスカルズ・ブルー種の実験的交配によって生まれたが、繁殖家の予想より大きく育ち、動きが鈍く、神経質だった。そのうえ派手な体色ゆえに迷彩効果がまったくなかった。胴と翼のほとんどが鮮やかなブルー、そこに淡いグリーンの縞が入り、背中の広範囲に突起が散っている。この繁殖場にいる多くのドラゴンほど老いてはおらず、つまり、若くして担い手から離れたドラゴンだった。

「要するにね」とペルシティアが言う。「キャプテンの言うことをまるで聞かなかったわけ。その人、あたしが小さなころは、方程式の解き方を教えてくれた。でも、あたしは、なんのために戦うのかわからなかった。なんのために撃たれたり、かぎ爪で引き裂かれるのか、誰も教えてくれなかったよ。だから、戦わないって決めた。そしたら、キャプテンはそれ以上あたしをかまわなくなったってわけさ」軽い調子で話していたが、テメレアと目を合わそうとはしなかった。

「編隊飛行がいやだって言うなら、わかるよ。あれはすごく退屈だもの」テメレアは言った。「中国で、ぼくは評判が悪いんだ」ペルシティアについつい同情した。「ぼくは戦いに出るから。中国では、天の使い《セレスチャル》種を戦わせないようにしてるんだよ」

「中国って、すっごくいいところみたいねえ」ペルシティアが思い焦《こ》がれるように言った。テメレアもそれを否定はしない。ローレンスさえ拒まなければ、いまごろはいっしょに北京《ペキン》にいられたかもしれない。円明園を散歩していたかもしれない。でももう、あの美しい庭園の秋を見られるチャンスはめぐってこないだろう。

テメレアははっとして、頭をあげた。「きみ、さっき〝問い合わせた〟と言ったね。それってどういうこと？　きみは外へ出られないんだろう？」

「出られないよ」ペルシティアが言う。「モンシーに食事を半分あげると、お礼にブレコンの伝令竜発着所まで飛んで、そこに集まってる連中に訊《き》いてくれるんだ。今朝《けさ》また行ったんだよ。で、ヤン・ホゥイなんてドラゴンは知らないって、みんなに言われた」

「ふふん」テメレアの冠翼《かんよく》が立ちあがった。「ふふん、そうか。紹介してくれないかな、モンシーを。ぼく、モンシーの好きなものをあげるよ、ローレンスがどこにいるか調べてくれたらね。一週間、食事を全部あげたっていい」

モンシーはウィンチェスター種のドラゴンだった。孵化したばかりのときに、装着されたハーネスからすり抜け、納屋の戸の隙間《すきま》をくぐり、不注意な見習い生の目を逃れて、英国航空隊から脱走した。そして最後は説得を受け入れ、ただ仲間といっしょにいたいがために繁殖場に落ちついた。それくらい社交的な性格だった。小柄で体色は濃い紫だが、遠目にはほかのウィンチェスター種と変わりないため、外へ出ようが、食事の時間に姿を消していていようが見とがめられることはなく、外へ出ると逃してしまう食事を提供しさえすれば、喜んで情報を集めてくれた。

「いいね。きみの牛を一頭分けてくれる？　ほら、お見合いの日には特別うまい牛が出るそうじゃないか」とモンシーが言い、嬉々《きき》として言い添えた。「ラクーラにすてきな贈り物をしたくてさ」

「追い剝ぎなみだね」ペルシティアが言った。テメレアはそれでもぜんぜんかまわなかった。あのいまいましい夜の務めがはじまる合図のような、牛の味が大嫌いになっていたからだ。取り引き成立のしるしに、大きくうなずいた。

「でも、約束はできないよ」モンシーが言った。「間違いなく、訊いてくる。だけど、アイルランドに至るまで、あらゆる基地を調べつくすとなると、返事まで数週間はかかるだろう。それでもなにもつかめずってこともないわけじゃない」

「どこかでかならず、噂《うわさ》になってるさ」テメレアは低い声で言った。「彼が死んでるならね」

一個の砲弾が艦首に落ち、下層甲板を破壊して突き抜けた。太鼓《たいこ》の連打が敵の襲来を告げ、雨あられと降りそそぐ木っ端《こっぱ》がカスタネットのような音を響かせる。先刻、艦尾甲板に集合せよと命じる声が上から響いて以来、営倉《えいそう》を警備する若い海兵隊員がぶるぶると震えている。

ローレンスは、若い海兵隊員の不安と焦燥《しょうそう》を読みとった。戦闘に加わりたいのに、懲罰房《ちょうばつぼう》の見張りというろくでもない仕事をあてがわれていることがやりきれないのだろう。その気持ちは、このろくでもない独房に閉じこめられているローレンスも同じだった。

甲板を突き破った一個の砲弾が、よほどゆっくりと転がったのか、いまごろになって営倉に近づいてきた。若き海兵隊員は、ようやく自分の出番が回ってきたと見たのか、砲弾を止めようと、さっと片足を突き出した。ローレンスの警告の叫びも間に合わなかった。

ローレンスは以前にも別の戦場で、これと同じ行為が同じ結果を生むのを見たことがあった。砲弾は海兵隊員の足先をもぎとり、さらに前進し、鉄格子《てつごうし》を突き抜け、営倉の扉のちょうつがいを破壊し、軍艦の堅い樫《かし》材の壁にわずかにめりこんでようやく止まった。

ローレンスは壊れた扉を押し開き、首のクラヴァットをほどいて、止血するために海兵隊員の脚を縛《しば》った。若者は、足首から下をもぎとられた血まみれの切り株のような傷口を、驚愕《きょうがく》の表情で見おろしていた。が、ローレンスに励まされ、支えられて、どうにかこうにか最下甲板まで片脚だけで移動した。

若い軍医が、ローレンスから託された海兵隊員を慰めるように言った。「みごとな当たりだ。これで間違いなく休暇がとれるぞ」頭上では、砲火の音が絶え間なくとどろいていた。

ローレンスは、艦尾の梯子《はしご》をのぼって、砲列甲板まで出た。東を向いた艦首から、砲弾で破壊されてできた穴を通して日光がこぼれ、巻き起こった煙とほこりが日射しにきらめいている。吼えつづけた大砲が砲架の滑車装置から跳ねあがり、五人の砲手が、激しい横揺れに逆らって、砲身を懸命に押さえつけていた。いまにも砲身が甲板を転がり、水兵たちをなぎ倒し、艦の横腹に穴をあけてしまいそうだ。

「落ちつけ、たのむ！　どうどう」砲手長が、怯《おび》えた馬をなだめるように大砲に話しかけていた。砲身の熱さにさっと引っこめた手から煙があがり、その横顔には細かな木片がハリネズミの針のように突き刺さっている。

　煙と炎のわずかな明かりのなか、そこにいる誰ひとりローレンスを知らず、新たな助《すけ》っ人《と》があらわれたとしか思っていなかった。飛行用手袋が外套《がいとう》のポケットにあったので、ローレンスは手袋をはめて砲身に手を添えた。厚い革を通しても、手のひらが焼けるように熱かった。それでも力を振り絞り、これが限界という最後のひと押しで、ようやく砲身を元の溝におさめることができた。砲手たちが砲身を砲架に縛りつけると、大砲は聞き分けのよい馬のようにカタカタと振動するだけになった。みなが汗みずくで、荒い息をつきながら大砲を囲んでいた。

　敵の砲撃はやんでいた。艦尾甲板から命令の声は聞こえず、砲門から見るかぎり、敵艦の姿はない。一方、この艦、ゴライアス号は猛烈な勢いで風上に針路を変えようとしていた。側壁に手をあてがうと、詰め開きになりすぎるのを愚痴《ぐち》るかのように艦がきしんでいるのがわかった。

　海水が舷側《げんそく》に当たり、ゴボゴボと奇妙な音をたてた。まったく聞き慣れない音だ。ローレンスはこのゴライアス号にはじめて乗るわけではない。少年時代に海尉候補生として四年間、その後は海尉として二年間乗り組み、〈ナイルの海戦〉もこの艦で経験した。だからゴライアス号のどんな音も知り尽くしている。

砲門から首を突き出し、ようやく敵の姿を認めた。敵艦はゴライアス号前方を通過し、回頭して針路を変えようとしていた。たった一隻のフリゲート艦だ。みごとに艤《ぎ》装《そう》した三十六門艦だが、三十六門ではゴライアス号の片舷に並んだ大砲の半分にも満たない。ふつうに見るなら、負けるはずのない相手だろう。しかし、なぜゴライアス号は敵の艦尾を攻撃できるように回頭しないのか、それが不可解だった。

上層の甲板から艦首追撃砲の低いとどろきが聞こえてくるが、敵艦に向けて撃っているわけではなさそうだ。ローレンスは砲門から艦首方向に目をやり、ゴライアス号の舷側に、まるで鯨《くじら》でも撃つように、一本の巨大な銛《もり》が突き刺さっているのを見つけた。

銛は側壁を貫通し、釣針のような返しがきつく舷側に食いこんでいる。銛には太綱《ふとづな》が結わえられており、宙で揺れる太綱を上へ上へと目でたどると、二頭のドラゴンが上空にいた。どちらも大型ドラゴンで、一頭はおそらく英仏の休戦期に交換が成立してフランスに渡った、やや老いたパルナシアン種、もう一頭はグラン・シュヴァリエ〔大騎士〕種だ。

ゴライアス号に突き刺さった銛は、どうやら一本ではないらしい。艦首から三本の太綱が、艦尾からは二本の太綱が、上空のドラゴンに向かって伸びている。ドラゴンの飛行高度が高く、艦の揺れもあって正確には目視できないが、太綱の先はドラゴンのハーネスに結わえられているようだ。

二頭が飛びながら太綱を引いているため、ゴライアス号の艦首はいやでも風上を向かざるをえず、裏帆を打っているのは間違いない。大砲の弾が上空のドラゴンまで届かず、手も足も出ない状態なのだろう。胡椒砲《こしょうほう》が連射されて、一頭のドラゴンがくしゃみをしたが、強く羽ばたいて中空を漂う胡椒から遠ざかれば、それですむことだった。そのあいだも、ドラゴン二頭は、ゴライアス号を曳《ひ》きつづけるのをやめようとしなかった。

「斧《おの》だ、斧！」そばにいた海尉が叫び、掌帆手《しょうはんしゅ》が両手でかかえ持ってきた手斧、ナイフ、斬りこみ刀《カトラス》などが床に投げ出された。水兵たちが武器をつかみ、砲門から身を乗り出して敵の太綱を断ち切ろうとするが、銛まで距離があり、太綱のたるみのせいもあってうまくいかない。敵のフリゲート艦がふたたび近づきつつあるなか、誰かが砲門から出て舷側をよじのぼり、銛に近づくしか、太綱を切断する方法はないだろう。

その役割を志願する者はいなかった。ローレンスは意を決して、武器の山から切れ味のよさそうな斬りこみ刀を拾った。海尉が顔をまじまじと見つめてよこした。ローレンスだと気づいたにちがいないが、口出しはしなかった。ローレンスは砲門に近づいた。穴から肩をくぐらせ、外に身を乗り出すと、たちまち幾本もの手が伸びて、足を下から支えられた。海尉がふたたび命令を叫び、それに応えて一本のロープが上の甲板から垂らされた。ローレンスはそのロープを体に巻きつけて命綱とし、舷側に両足を踏ん張った。いくつもの顔が心配そうに甲板から見おろしている。見たことのない顔ばかりだったが、そのうちからひとり、さらにまたひとりが、舷側の手すりを乗り越えて、ローレンスとは別の銛に向かっていった。

ローレンスは懸命に太綱を切ろうとした。それは男の手首ほどの太さがあった。三つ縒《よ》りの綱を三本縒り合わせた頑丈な太綱が、精巧な塡《う》め巻きで補強され、さらに外側から細い帆布が巻きつけてある。艦の塗装のせいで、敵のフリゲート艦から見れば、自分はいま恰好《かっこう》の標的になっているだろう。

もしここで敵に殺されれば、少なくとも両親は息子が縛り首にされる不名誉から逃れられるのだな、と考えた。いま生かされているのは、自分がテメレアの首にかかる鎖の役目を果たしているからにすぎない。歳月をへてテメレアが自分のいない日々に慣れ、おとなしくなったと海軍省が判断したときには、刑が執行されるのだろう。その日まで何年かかるのだろうか。長い歳月になるかもしれない。そのあいだ、いずれかの軍艦の営倉に閉じこめられ、衰《おとろ》えていくのだろうか……。

作業しながら、ふとそんな考えが脳裏《のうり》をかすめた。海に背を向けているので、敵のフリゲート艦も、その向こうで繰り広げられている戦闘も見えなかった。目に入るのは、ゴライアス号の舷側だけ。かぶった木っ端と海水とで塗装のつやが損なわれている。足もとから迫る海が、冷たい飛沫《ひまつ》を背中に散らす。遠くから砲撃音が聞こえたが、ゴライアス号の大砲は鳴りを潜《ひそ》めていた。いざというときのために火薬と砲弾を使い控えているのだろう。

銛にからまった太綱を断ち切ろうとする男たちのうめきと、作業の音以外はなにも聞こえない。突然、男たちのひとりが驚きの叫びとともにロープを放し、逆巻く海に落ちていった。一頭の小型伝令竜、シャスール・ヴォシフェール〔残酷な狩人〕種が矢のように飛来し、ゴライアス号の舷側に新たな銛を突き立てようとしていた。

小型伝令竜は、槍《やり》試合の騎士のように銛を構えていた。銛の柄《え》が竜ハーネスに装着された筒にはめこまれ、その筒状の装具をふたりの兵士がかかえるように支えている。銛が鈍い衝撃音とともにゴライアス号の舷側にぶつかった。ローレンスのいる場所から近い。ドラゴンの尾が海面を打ち、跳ねあがった塩からい海水を顔に浴び、鼻腔《びこう》と喉を刺す鋭い痛みにむせ返った。

海兵隊が激しい一斉射撃で応戦したが、ドラゴンは銛をぶらさげたまま一瞬にして遠ざかった。銛が舷側を貫くほどには刺さらなかったようだ。艦の側壁にはこれまで銛がぶつかった痕《あと》があばたのように散り、塗装を台無しにしていた。

ローレンスは腕で海水をぬぐい、落下をまぬがれて近くにぶらさがっている水兵に声をかけた。「さあ、つづけよう！」ローレンス自身が作業している太綱は、縒り合わされた綱の一本がやっと切れたところで、斬りこみ刀で断ち切った丈夫な繊維がほうきのように広がっていた。刃はすでに鈍りつつあったが、すぐにふたつ目の綱に取りかかった。

敵のフリゲート艦がなおも威嚇《いかく》をつづけていた。近くから砲撃音が聞こえ、ローレンスは思わず音のするほうに首をめぐらした。砲弾がヒューッと音をたて、子どもが投げる小石のように二、三度、波頭にぶつかって跳ねながら飛んできた――まるで自分を目がけて来るように。しかし、錯覚だった。砲弾は艦首に当たり、ゴライアス号全体が苦痛のうめきをあげた。

砲門から雪嵐のように木片が飛び散った。そのひとつがローレンスのふとももを直撃し、蜂《はち》の大群に襲われたような激痛が走った。長靴下がたちまち血で染まったが、それでも銛の返しにしがみつき、太綱を切る作業に集中した。フリゲート艦は砲撃をやめず、舷側に並んだ大砲がとどろき、片舷斉射《かたげんせいしゃ》が繰り返された。ゴライアス号の艦首底部が海面を叩《たた》き、艦全体が激しく揺れている。

ついに斬りこみ刀の刃にも限界がきたので、ローレンスは三つ目の縒りに取りかかる前に、新しい斬りこみ刀を手渡してくれと要請した。こうしてついに一本の太綱が切断されて宙に垂れさがり、ローレンスは水兵たちの手で、ふたたび砲門から艦内に引きずりこまれた。足もとがふらついて立てず、膝《ひざ》をつくと、血でぬるっと滑った。破れた長靴下が鮮血で染まっている。裁判のときに着用した、いちばん上等の半ズボンも、ずたずたになって血の滲みがついていた。

助けを借りて、壁を背にすわった。斬りこみ刀で自分のシャツを裂き、それでいちばん大きな傷口を縛った。軍医のところまで運んでくれるような余裕ある者はいない。

残る鋲の太綱の切断もようやく終わり、ドラゴンによる牽引《けんいん》から解放されたゴライアス号が、操艦の自由を取り戻しつつあった。砲手が大砲のそばに集結し、炎が照らす薄明かりのなかに、唇から血を流した顔、汗とすすで汚れた顔が浮かびあがる。どの顔にも復讐心が燃えている。

突然、雨か雹《ひょう》でも降ってきたようなバラバラという音が響き、稲妻のような閃光《せんこう》が甲板を照らした。フランス軍のドラゴンが、短い導火線のついた小型閃光弾を投下したのだ。いくつかの閃光弾は梯子通路を転がり落ち、砲列甲板で炸裂《さくれつ》した。煙が立ちこめ、花火のようなまぶしい光が目を射った。ゴライアス号の向きがわずかに変わったことで、前に見たフリゲート艦のほかに、大砲を撃ちつづける何隻かの敵艦が目視できた。

ゴライアス号が容赦《ようしゃ》ない砲撃を再開するまで、いささか時間を要した。やむをえないことだった。耳を聾《ろう》する轟音《ごうおん》と、地獄の業火《ごうか》のような炎と煙と激しい揺れのなかでは、頭がろくに回らなくて当然だ。ローレンスは揺れがおさまった一瞬を狙い、砲門に手をかけて体を引きあげ、外に身を乗り出した。フランス軍のフリゲート艦が、猛スピードでゴライアス号の猛攻から逃げていくのが見えた。艦体が弾み、前檣《フォアマスト》が波間に見え隠れし、浮き沈みするごとに波をかぶっている。

　しかし、ゴライアス号から歓声はあがらなかった。フリゲート艦の逃走によって目の前にイギリス海峡が開け、フランスの軍港を封鎖するために配備された英国海軍〝海峡艦隊〟のすべての大型艦に、中空から太綱がからみついているのが見えた。どの艦も先刻までのゴライアス号と同じ目に遭《あ》っているのだ。七十四門艦の英国艦、アブキール号とサルタン号は、艦名を識別できるほど近いところにあった。艦から伸びた太綱を、フランス空軍の大型三頭、中型四頭のドラゴンが、空から猛烈な勢いで曳いている。両艦ともに砲撃をつづけるものの、その煙すら上空のドラゴンたちには届いていない。

　アブキール号とサルタン号のあいだから見えたのは、ついに港から出た六隻のフランス海軍戦列艦が堂々と帆走していく光景だった。六隻のあとにも、おびただしい数の小型艦や輸送船がつづいている。その数おそらく百隻以上。はしけや釣り船や大きな三角帆を広げたいかだまであり、すべての船に兵士がぎっしりと乗りこんでいた。恰好の潮と追い風を得て、大船団はぐんぐんと英国の海岸に近づいていた。英国に向けられた戦列艦の艦首から誇らしげに三色旗がたなびいている。

英国海軍は麻痺《まひ》状態に陥り、フランス軍の侵攻を食い止めようとしているのは航空隊所属のドラゴンだけだった。しかしフランス艦隊が小型船団の上空になにかを――刺激性と可燃性のある胡椒弾のようなものを連続して撃ちこみ、空からの攻撃を防いでいた。空の雲よりも大きく広がった黒煙のなかに、蛍火《ほたるび》のような赤い火が点々と見える。

ゴライアス号から比較的近い一隻の輸送船では、乗組員が煙を避けるため、スカーフや布きれで顔を覆ったり、オイルクロスの下に潜りこんだりしている。英国航空隊のドラゴンたちが果敢に攻撃を試みるも、黒煙に阻《はば》まれ、結局は高い上空から爆弾を落とすしか打つ手がない。近づけば船体が揺れるほどの大きな水柱が、広い海洋に十本以上立っている。

フランス軍の小型ドラゴンたちが空を飛びかい、嘲《あざけ》るような金切り声を出す。ものすごい数がいる。フランス軍のドラゴンがこれほど大量に集結するのを、ローレンスははじめて見た。きっちりと戦隊を組む英国のドラゴンにとって、鳥のように輪を描いて集合と離散を繰り返すフランスのドラゴンたちは、けっして攻撃しやすい相手ではないだろう。

英国航空隊のドラゴンのなかにいるリーガル・コッパー種は、おそらくマクシムスだ。青空を背景に、赤、オレンジ、黄の体色が鮮やかに浮かびあがる。マクシムスはドラゴン戦隊の先頭を飛び、両翼には二頭のイエロー・リーパーを従えていた。しかし、ローレンスの見るところ、この編隊のなかにリリーの姿はない。リーガル・コッパー種の咆吼が海を渡ってかすかに聞こえてきた。マクシムスは二頭のイエロー・リーパーを率いて、フランス軍の十数頭の小型ドラゴンのあいだを突っ切り、急降下で大型艦に襲いかかった。

マクシムスからの爆弾投下が成功し、フランス艦の帆から火の手があがった。しかし、ドラゴン編隊がふたたび空高く舞いあがったとき、イエロー・リーパー種の一頭は腹から血を流し、もう一頭は飛行のバランスを崩していた。

英国海軍のフリゲート艦が何隻か、フランス艦隊のあいだを果敢に突破し、輸送船団に近づこうとした。しかし、突破に成功したわずかな艦も、仏艦から激しい砲撃を浴びた。輸送船一隻を沈めても、そこからこぼれた兵士の半数は別の船に拾われてしまう。敵の小型輸送船同士の距離があまりにも近いからだ。

「砲手全員、配置につけ！」ゴライアス号の海尉が命令を叫び、艦は敵の輸送船団に艦首を向けた。このまま進めば、敵艦マジュステュー号とエロ号のあいだを、片舷斉射を両舷から浴びせられるほどの近さで通過することになるだろう。ローレンスにはゴライアス号がふたたび風をとらえたのがわかった。艦は長い拘束《こうそく》から解き放たれた馬のようにぐんぐんと突き進んでいる。総帆を上げているのだろう。ローレンスは自分のふとももに触れ、血が止まっているのを確かめた。足を引きずって、砲手の足りない大砲に向かった。

外ではそのとき、フランスの輸送船団の先頭が海岸にたどり着いていた。空軍の中型ドラゴンたちが上空で輪を描き、大砲を船からおろす兵士たちを守っている。ひとりの兵士が、地面に軍旗を突き立てた。旗竿《はたざお》の先端を飾る黄金の鷲《わし》が日差しを受けて、炎のような輝きを放った。ナポレオン軍がついに、英国本土に上陸したのだ。

## 2 凶報《きょうほう》

伝令竜発着所から各地に問い合わせが拡散されると、テメレアは答えを待つ苦しさを思い知った。答えはすでにどこかにあり、やがて自分のもとに届く。以前は、ローレンスが生きているのかどうかを、知るすべもなかった。だがその不確定な世界にいるかぎり、彼が生きているかもしれないという一縷《いちる》の望みをつないでいられた。ローレンスには、ただただ生きていてほしかった。

だが、たとえ生きていたとしても、知らせとして受け取るのは、牢獄《ろうごく》につながれているという事実だけだろう。死んだことを知らされる恐ろしさと比べ、なんという報いのなさだろう。日がたつにつれて、そんなことを考えるようになった。ローレンスの死を思うだけで、果てしない虚無に投げこまれた。上も下も、灰色の雲と霧が広がるばかりの世界に。

気をまぎらわしたかったが、気晴らしはペルシティアと話すことぐらいしかなかった。彼女と話すのはおもしろいが、腹立たしいことも多い。彼女はうぬぼれ屋で、自分を天才だと思っている。テメレアのように文字は書けないものの、頭脳はきわめて明晰《めいせき》で、テメレアが読んだ数学書には書かれていない、しかも反証できない、突拍子もない定理を思いつき、それについて力説した。しかし、それが自分の発見だと言い張るものだから、テメレアが、すでに誰かによって発見されていると指摘すると、癇《かん》癪《しゃく》を起こした。

また、ペルシティアは、この繁殖場の序列制度に恨《うら》みをいだいていた。彼女に言わせれば、その序列には頭のよさがまったく考慮されていない。自分は中型ドラゴンなので、荒れ地の不便な場所を住みかとするしかなく、雨露《うろ》をしのぐことすらできない、といった繰《く》り言《ごと》をえんえんとつづけた。

「じゃ、なぜもっといいところに移らないの?」テメレアはとうとう苛立って言った。

「ほら、あっちの崖にいい場所がいくつもある。いまより、快適に過ごせるはずだよ」

「けんかはいやなんだ」ペルシティアは嘘《うそ》をついていると、テメレアは思った。彼女はむしろ好戦的だ。いくつも空《から》の洞窟があるのに、なぜそこを使うのが不都合なのか。それで万事解決するというのに、なぜそうしないのか、理由がわからない。

ローレンスに関する問い合わせの結果を待つあいだに、雨が一週間降りつづいたことがあった。強風のせいで雨が洞窟に吹きこみ、地面に滲《し》みこんで、どのドラゴンも悲惨な目に遭《あ》った。ただテメレアだけは快適だった。控えの間《ま》で水滴を払い、体を乾かしてから奥の空間に移ることができたからだ。

みじめなのは、川沿いの洞窟に棲む伝令竜などの小型ドラゴンたちだった。川の氾《はん》濫《らん》によって住みかを失い、泥まみれになった。テメレアは雨が降りつづくあいだだけ、泥をしっかりと落とすことを条件に、小型ドラゴンたちを自分の洞窟に迎え入れた。彼らは大喜びし、しきりと礼を言った。それから数日後、テメレアがローレンスの身を案じ、不安と孤独に苛《さいな》まれているとき、洞窟の入口に黒い影が差した。

あらわれたのは、巨大なリーガル・コッパー種のレクイエスカトだった。レクイエスカトは、招かれたわけでもないのに、身を縮めて控えの間を通り、テメレアのいる奥の部屋に入ってきた。満足げにあたりを見まわし、うなずきながら言った。「やつらの言ってたとおりだ。けっこうな住みかだな」

「それはどうも」テメレアは話し相手がほしい気分ではなかったが、褒《ほ》められた以上は、丁重《ていちょう》に返事すべきだと考えた。「腰をおろしてはどう？　お茶は出せないけどね」

「は、お茶ときたか」レクイエスカトは会話を求めるふうでもなく、洞窟の隅に鼻を近づけ、舌で舐《な》めんばかりに匂いを嗅《か》いだ。わが家にいるかのようなその態度に、テメレアはむっとして冠翼を逆立てた。

「あいにくながら」と、こわばった声で返した。「お客をお招きする用意がないんだ」暗に、出ていってほしいと伝えたつもりだった。

しかし、レクイエスカトには通じなかった。通じていたのかもしれないが、出ていく気配はなく、洞窟の壁に心地よさそうにもたれかかった。「あいにくながら、交換だな」

「交換?」テメレアは一瞬とまどったのち、レクイエスカトが洞窟のことを言っているのだと理解した。「きみの洞窟はほしくない」と言ってから、あわてて付け足した。「いや、きみの洞窟がよくないと言ってるわけじゃない。でもここは、ぼくに合うように作り変えてある」

「こっちのほうがでかい」レクイエスカトは、それが交換の理由になると考えているらしかった。「それに、湿気もない。おれのほうは」と、悔《くや》しそうにつづけた。「ここんとこ、ぬかるみだらけだ。どこもかしこも湿ってる」

「だとしても、ここと交換する理由にはならないよ」テメレアはますます困惑し、尻を落としてすわった。怒りと驚きとで冠翼はいまや完全に開ききっている。「失敬なやつだな。勝手にやってきて、お客のようにふるまいながら、脅《おど》しをかける。こんなばかげた話はないよ。リエンだったら、やるかもしれないけどね」さらに強い調子で言った。「すぐに出ていってくれないかな。そんなにぼくの洞窟がほしけりゃ、奪い取るがいい。いつだって相手になってやるぞ。なんなら、明日の夜明け――」

「まあ、待て。そういきり立つな」レクイエスカトがなだめるように言った。「おまえは若いな。脅しだって？　冗談じゃない。おれほど平和が好きなドラゴンはいないし、誰とも決闘するつもりはない。言い方がへたくそだったとしたら、悪かった。おれは、この洞窟を奪おうとは思ってない。おまえもわかってるだろうが」

テメレアは、わかるわけがない、と胸の内でつぶやいた。レクイエスカトはさらに言った。「これは、体格の問題だ。おまえは、このけっこうな洞窟に居すわって一か月。だが、ここでいちばん体がでかいわけじゃない」レクイエスカトは気どって身づくろいした。

確かに、マクシムスとレティフィカトを除いて、レクイエスカトほど巨大なドラゴンをほとんど見たことがなかった。「ここにはここのやり方ってもんがある。みんなが居心地よく暮らせるようにな。平和を乱すような、むやみな決闘を誰も望んじゃいない。どっちの洞窟がいいだのとけんかするのは、性根《しょうね》の腐《くさ》ったやつがすることだ。どっちも大きくて見栄《みば》えがする、それでいい。だがな、ちっとでも差があるなら、そこを見逃してもらっては困る」

「笑止千万《しょうしせんばん》！」テメレアは言った。「きみは怠《なま》け者のようだね、食べたいだけ食べて、なんにもしない。我《が》を通したいのに、争う気はないなんて言う」さらに侮辱を与えてやろうと意を決してつづけた。「そのうえ、臆病者だ。ぼくもそうだと思ってるかもしれないが、ぼくはちがうぞ。きみに、この洞窟を明け渡すつもりはない。なにをしたって無駄さ」

レクイエスカトは身構えるでもなく、ただ陰気に首を左右に振った。「おれは口べただ。説得にしくじって、おまえを意固地《いこじ》にさせちまった。こうなった以上は、ドラゴン評議会を開くしかあるまいな。でないと、おまえは聞く耳をもたない。面倒なことだが、おまえにも権利ってものがあるからな」のっそりと立ちあがり、憎々しげに付け加えた。「それまでここを使うがいい。全員に知らせが行き渡るまでに一日かそこらはかかる」

レクイエスカトは悠々《ゆうゆう》と洞窟から去り、残されたテメレアは怒りに震えた。

この一件を聞きつけてやってきたペルシティアが心配そうに言った。「あいつの洞窟、すっごくいいんだから。これまではみんな、そう思ってきたよ。あんただって気に入るんじゃないかな。まあね、もっと棲みやすくすることもできるだろうし。とりあえず、見てきたらどうだい？　あいつとやり合う前にさ」

「いやだ。そこが黄金と魔法のランプでいっぱいのアリババの洞窟だって、交換なんかするもんか」テメレアは言った。怒りを鎮めようとも思わなかった。嘆くより、怒っていたほうがましだ。打つ手がないとあきらめるより、知恵を絞ったほうがいい。

「これは信条の問題だよ。言いなりになるつもりはない。体重がなんだ。ぼくがほかの洞窟をよくしたら、やつはまたそれを横取りしたがるだろう。みんなで寄ってたかってぼくをこの洞窟から追い出そうとしても、出ていってやるもんか。で、その評議会のメンバーって誰なの？」

「どいつもこいつも大型ドラゴン」ペルシティアが言った。「それと、ロングウィング種が一頭。でも、ゲンティウスは、このごろ外に出たがらないようだね」

「どうせ、みんな、あいつのお友だちなんだろうね」テメレアは言った。

「レクイエスカトを好きなやつなんていない」と、モンシーが言った。モンシーは、テメレアの洞窟のひさしにとまっていた。「大食らいで、食糧不足になっても、誰にも分け与えない。だけど、やつはいちばん体がでかい。けんかは勧めないよ。ここじゃ、諍《いさか》いがあったら、強いほうが洞窟を奪い取る。序列を無視して場所を取るのも許されない。でないと、ほかのやつらが嫉妬《しっと》して、厄介《やっかい》なことになる」

「ほらね、あたしの言ったとおりだろ、不公平のきわみ」ペルシティアが吐き捨てるように言った。「体重だけが評価の対象。あるいは、殴《なぐ》る蹴《け》る咬《か》みつくで勝者になれるかどうか。それ以外は、どんな資質も考慮されないんだから」

「もっと冷静に対処できないものかな」テメレアは言った。「たかが洞窟を決める話じゃないか。ぼくが選んだ洞窟は、誰のものでもなかった。誰もほしがってなかった。それをぼくが苦労して整えたら、あいつが奪い取ろうとする。ありえないよ。それに、たとえ体重で勝っていようと、あいつはぼくより強いわけじゃない。あいつ一頭で、フルール・ド・ニュイ〔夜の花〕が掩護《えんご》するフリゲート艦を沈められるかどうか知りたいもんだね。だいたい、ぼくの先祖が中国で学者をしてるころ、あいつの先祖はどこかの穴に巣くって、すきっ腹をかかえてたんだから」

「そうだとしても、あいつが評議員すべてと通じているのを忘れちゃいけないよ」モンシーが冷静に言った。「十数頭の大型ドラゴンを相手に闘うなんて無理だよ。それに、言っちゃあなんだけど、きみを見て、〝おお、レクイエスカトの好敵手だ〟とは、誰も思わないんじゃないかな。小さくはないけど、ちょっと痩《や》せっぽちだ」

「痩せっぽち？　ぼくが？」テメレアは首を伸ばし、自分の体を眺めわたした。背中には、マクシムスやレティフィカトのように棘《とげ》状の突起があるが、全体はつるりとしている。英国ドラゴンの標準からすれば、体重のわりに体がいささか細長い。「でも、レクイエスカトは、火噴きでも毒噴きでもない」

「じゃ、きみは？」と、モンシーが尋ねる。

「どちらでもない」テメレアは答えた。「でも、ぼくには〝神の風《ディヴァインズ・ウィンド》〟がある。ローレンスは、こっちのほうがはるかに強力だって言ってたよ」しかし、ふと、ローレンスは身びいきでそう言ったのかもしれないという思いが心をよぎった。モンシーとペルシティアがきょとんとしている。〝神の風〟がどんなものかは、とても説明しづらかった。

「つまりね、吼えるんだよ、特別なやり方で。息を深く吸うと、喉のあたりに引き絞られるような感じがしてね、そして……そして、いろんなものが壊れる。木とか、そういうもの……」恥ずかしさで説明が尻すぼみになった。こうして言葉にしてみると、なんだかなまくらで、たいしたものではないように思えてくる。「少なくとも、命中すれば、ただじゃすまない」これではまだ足りないような気がする。「これまでに見てきたかぎり、ぼくの前にいれば――」

「興味深いね」ペルシティアが気を遣《つか》うように言った。「吼える声を一度聞いてみたいもんだね。実験してみればいいんじゃない？」

「実験じゃあ、評議会ではなんの役にも立たないよ」モンシーが言った。

テメレアは考えをめぐらし、しっぽで自分の体をぴしりと打った。いやな気分だが、認めるしかない。「だろうね。結局は政治的な駆け引きなんだな。リエンならどうするだろうって考えてみるよ」

翌朝、テメレアは飼養長のロイドを隅に呼び寄せて尋ねた。「ねえ、ロイド。きょうはすごくおなかがすいてるんだ。牛を一頭もらって、ぼくの洞窟まで運んでもいい？」

「もちろんだとも」ロイドは満足そうに言った。いつも耳が遠いわけではなく、彼独自のドラゴン畜産学にかなった要求にかぎってはよく聞こえるらしい。ロイドが牛を発注し、それを待っているあいだ、テメレアはそれとなく探りを入れた。「ねえ、ロイド。ゲンティウスが種付けをしたドラゴンを憶えてないかな？」

訪ねてみると、その老いたロングウィング種は血走った目をしていた。舞いおりたテメレアをいぶかしげに見つめ、「なにか用かな？」と尋ねた。洞窟はそれほど大きくはなく、谷が入り組んだ場所にあり、地面は乾いて快適だった。その下には小川が流れ、老ドラゴンは飛んでいかなくても、山腹を少し這《は》いおりるだけで水を飲み、日当たりのよい大きな岩棚で休むことができた。テメレアが訪ねたときも、この岩棚で昼寝をしているところだった。

「初対面なのに、いきなり訪ねてきて、ごめんなさい」テメレアはそう言って、頭をさげた。「ぼくは、この三年間、ドーヴァー基地で、エクシディウムと任務に就いていました。彼はあなたの三番目の子ですね？」

ゲンティウスはすぐには反応しなかった。「ああ、エクシディウム……そうだ」やや間をおいて言い、舌なめずりをした。

テメレアは持ってきた牛を老ドラゴンの前に置いた。モンシーの小さなかぎ爪の助けを借りて、大きな骨だけ取り除いてあった。「あなたに敬意を表して、ささやかな贈り物をします」

ゲンティウスの顔が輝いた。「おやおや、これはありがたい《トレ・ジェンティール》」そのフランス語には妙ななまりがあったが、テメレアにしてもフランス語を忘れかけていて、どこかおかしいと感じる程度だった。老ドラゴンは牛の肉を口に運び、残されたわずかな歯でゆっくりと噛みしめた。「わたしを最初に担ったキャプテンは、お礼を言うときには、よくこう言ったものだ」と、なつかしそうに思い出を語った。「あそこまで行って、彼女の肖像画を取ってきてくれないか。いいか、大切に扱ってくれよ」

時の経過と自然環境が劣化させたせいもあるのだろうが、肖像画はかなり色あせ、描かれた女性は平凡な印象だった。しかし、金色の額縁は大きくて厚みもあったので、テメレアにも二本のかぎ爪ではさんで持ち運ぶことができた。

「とてもすてきです」テメレアは額縁を掲げながら、心をこめて言った。ゲンティウスは額縁のほうに首を向けたが、乳白色に濁った眼には、ぼんやりした金色の枠しか見えていないのではないかと思われた。

「すばらしい女性だった」と、ゲンティウスは悲しげに言った。「生まれたばかりのわたしに、最初のひと口を与えてくれた。新鮮な肝臓だった。そのころは、わたしの頭も彼女のこぶしほどしかなかったよ。最初の味に勝るものはないな」

「そのとおりです」テメレアは低い声で言い、目を逸《そ》らした。ゲンティウスは少なくとも、担い手を奪われなかったし、彼女が行方《ゆくえ》知れずになることもなかったのだろう。

テメレアは額縁を丁寧にもとの場所に戻すと、ゲンティウスの思い出話に耳を傾けた。かつてゲンティウスが参加した幾多の戦いの話――たとえば、プロイセン軍が開発した胡椒砲をはじめて食らったときのあわてぶりについて。そんな思い出話が一段落すると、今度はテメレアが、レクイエスカトの横柄なやり口について話をした。老ドラゴンは同情を示し、厳しい表情で首を横に振った。「近頃は礼節がおろそかにされておる。そういうことだ」

「それを聞けてよかった。ぼくも、同じように考えてます。でも、ぼくは若くて、自分の考えに確信を持てない。だから、あなたのように見識あるドラゴンの助言を必要としているんです」テメレアはそう言ったあと、あることをひらめいて付け加えた。

「あいつ、つぎは宝物を寄こせと言ってくるかもしれない。黄金や宝石を寄こせって。そう言い出すに決まってます」

この発言がゲンティウスを大いに刺激した。おそらくは、自分のすばらしい宝物のことが心配になったのだろう。「きみの言うとおりだ」と、老ドラゴンは陰鬱《いんうつ》な声で言った。「もちろん、リーガル・コッパー種の大きさに見合った洞窟を、小さなウィンチェスター種に与えることはできない。そんなことをしたら厄介なけんかが絶えなくなる。遅かれ早かれ、人間が介入し、よけいに事をこじらせるだろう。人間は間違った考えを山ほど持っておる。たとえば、イエロー・リーパー種のほうが数でまさり、同族意識が強いという理由だけで、イエロー・リーパー種はアングルウィング種ほど有用ではないと決めつけたがる。実際はその逆だと言うのにな。まあ、そんなふうに人間は誤った考えをたくさん持っておるわけだが、それでも、自分の体重と地位に見合った洞窟を横取りされることほどひどい話ではないな」ゲンティウスはここでいったん言葉を切り、さりげなく尋ねた。「ところできみは、編隊を指揮していたわけではないのかな?」

「指揮してはいません、公式には」と、テメレアは答えた。「でも実際のところ、アルカディとその仲間のドラゴンは、ぼくの指揮のもとで戦ってました。マクシムスはぼくの空の相棒で、レティフィカトの卵から生まれました」

「レティフィカトか。すぐれたドラゴンだ」ゲンティウスが言った。「わたしは彼女と任務に就いたことがある。一七七六年、ボストンの英国植民地でひと騒動が起きた。植民地の者たちが英国政府の許可なく大砲を入手し――」

テメレアはようやくのことで、ゲンティウスからドラゴン評議会に出席するという約束を引き出し、ほくほくとして洞窟に戻った。そしてペルシティアに尋ねた。「ドラゴン評議会のほかのメンバーは?」

ペルシティアはつぎつぎに評議員の名前をあげた。それを聞いていたウィンチェスターの混血種であるリードリーが隅のほうから甲高い声をあげた。「マジェスタティスにも話したほうがいいよ」

ペルシティアが気色《けしき》ばんで言った。「そんな必要あるもんか!」テメレアの知るかぎり、マジェスタティスはとくに目立ったところのないドラゴンで、評議会にも参加していない。

「みんなが病気で、食糧が足りなかったときも、マジェスタティスはあたしにちゃんと分け与えてくれたわ」端のほうからミノーが言った。ミノーは、グレー・コッパー種とシャープ・スピッター種、ともすればガルド・ド・リヨン種まで混じっているかもしれない雑種のドラゴンだ。眼は鮮やかなオレンジ色、くすんだ黄土色の体表にブルーの斑点《はんてん》が散っている。

賛同の低い声が周囲からあがった。いつしかドラゴンたちがテメレアの洞窟の周囲に集まり、助言や意見を伝えようとしていた。テメレアが大雨の避難先として洞窟に迎え入れたドラゴンやその仲間たち、ほかにはレクイエスカトからいやがらせを受けた者たちもいた。「マジェスタティスが評議会に出ないのは、そんなことはどうでもいいと思ってるからよ。だって、彼は大型のパルナシアン種だもの」ミノーがさらに言う。

「たとえ、あいつがフロム・ド・グロワール種だったとしても同じだろうね。ああ始終眠ってるんじゃあ」ペルシティアが冷ややかに返した。

モンシーがテメレアを頭で軽く小突いて、ささやいた。「ペルシティアは、マジェスタティスに間違いを指摘されたことがあるんだよ、六年前の話だけど」

「あれは、たんなる計算間違い！」ペルシティアがかっとなった。「言われなくたって、すぐに気づいたさ。ただそのときは、もっと大事な命題に気を取られて――」

「マジェスタティスの住みかはどこ?」テメレアは、話を脱線させようとするペルシティアをさえぎって尋ねた。

マジェスタティスは、テメレアが訪ねていったときも、やはり眠っていた。マジェスタティスの洞窟はドラゴンたちの集落のはずれにあり、それほど大きくは見えなかった。が、洞窟内部を隠すように巧妙に石が積みあげられているのを、テメレアは見逃さなかった。光の加減によっては、石の堆積《たいせき》の向こうに奥深い空間が見えたことだろう。

テメレアは礼節を守って洞窟の入口で体を丸め、マジェスタティスが起きるのを待った。しかし、マジェスタティスはいっこうに起きようとしなかった。しばらく――十分、いや五分、いや五分近く――待ったところで、咳《せき》払いをした。さらに、前よりもいくぶん大きく、咳払いをひとつ。マジェスタティスがため息をつき、目を閉じたまま言った。「立ち去る気はないってわけだな?」

「ふふん」テメレアは冠翼をぴくりと立てた。「眠ってるんだと思ってたよ。無視されていたとはね。そういうことなら、いますぐいなくなる」

「早まるな」マジェスタティスが頭をもたげ、寝起きのあくびをした。「待てるような用件なら、わざわざ起きる気にならないまでさ」

「ごもっとも。話すより眠るほうが好きならね」テメレアは皮肉をこめて返した。

「きみも、あと数年でこうなる」

「そうだろうか。『論語』によれば、優れたドラゴンは一日十四時間以上は眠らないそうだ。だから、ぼくもそうしてる。ただ……」と、暗澹《あんたん》たる気分でつづけた。「こんなところにいて、たいしたことはなにもできないけれど」

「そう思うなら、なぜ基地じゃなくて、こんなところにいる?」と、マジェスタティスが尋ねた。テメレアはここへ来た事情を説明した。マジェスタティスは静かに耳を傾け、なんの評価も下さず、おだやかにうなずいて言った。「お気の毒さま」

「あなたはなぜここに?」テメレアは思いきって尋ねた。「そんなに老いているようには見えない。ほんとに、眠るのが好きなの? 担い手がいて、戦いに出ていてもおかしくないのに」

マジェスタティスは片翼をわずかに持ちあげ、またおろした。「いたんだが、置いてきぼりにした」

「置いてきぼり?」

「ああ」と、マジェスタティス。「給水桶《おけ》のなかに置いてきた。彼がいまもそこにいるとは思わないが、どこにいようと、おれの知ったことじゃない」

テメレアは訪問の理由を語った。マジェスタティスはさして熱心に聞いているふうでもなかったが、話が終わると、ため息とともに言った。「若造《わかぞう》だな、それぐらいでいきり立つとは」

「若造でけっこう」テメレアは言い返した。「ぼくは無関心でいたくない。自分にできることがあるのに、あんないじめを野放しにしておくのはごめんだ。こんな状態に甘んじるつもりはないよ」そう言うと、マジェスタティスの洞窟の奥をじっと見すえた。「自分だけよければいいなんて、まっぴら」

マジェスタティスは目を鋭く細めたが、心を乱したようすはなかった。「きみは事を荒立てようとしているようだな。みんなが迷惑する。争い事がなければ、少なくとも、傷つく者はいない」

「でも、誰ひとりいい気分じゃないよ」テメレアは言った。「もっと快適な住みかがつくれるのに、誰もそうしない。よくしたとたん、誰かに奪われるとわかっているからだ。ほんとうは、一度洞窟を手に入れたら、それはずっと自分のものであるべきだ。洞窟は土地と同じようなものなんだから」

翌日の午後、テメレアは同じことをドラゴン評議会で繰り返したが、委員たちは曖《あい》昧《まい》な反応しか返さなかった。強い西風が最後の雨雲を吹き散らし、空は冬らしい輝きを放っていた。集会は山間《やまあい》のわりと広い空き地で開かれた。そこにはなめらかで平らな岩が多くあり、日差しでほどよく温まっていた。

マジェスタティスは結局、ここにやってきた。ゲンティウスもやってきたが、老ドラゴンはここまで飛ぶだけで疲れきり、黒い岩の上で体を丸めて居眠りし、ときどき独《ひと》り言をつぶやいた。

レクイエスカトは、その空き地の半分を独り占めするほど、体を長々と伸ばしていた。テメレアはそこまでして自分を大きく見せたがる見栄《みえ》っ張りな根性を軽蔑し、自分はきっちりと体を丸めて、冠翼をぴんと立てていた。それでも胸の内では、エミリーにあずけたあの爪飾りがあれば、それに、あのシルクロードの市場で見た頭飾りがあれば、もっと押し出しを強くできるのに、とひそかに思っていた。

テメレアの発言半ばで会場がざわめきはじめ、大型のチェッカード・ネトル種のバリスタが、棘のあるしっぽをバンバンバンと地面に打ちつけて静粛《せいしゅく》を促した。しかしテメレアは、評議員たちから向けられるうさん臭げなまなざしをものともせず言葉をつないだ。「もし、ぼくらみんながみんな、自分の洞窟を永続的に使用できるとわかっていたら、ぼくは喜んで洞窟をもっと快適にする方法をみなさんにお教えします。ほんのちょっとした努力でできるんです」

「そりゃあ、よかろう」意地の悪い年かさのパルナシアン種が言った。「おまえが一歳のガキならな。岩と小枝の積木ごっこで大喜び」

何頭かのドラゴンが同調するように鼻を鳴らした。テメレアは冠翼を逆立てた。

「みなさんは、自分の住みかを快適にする方法なんかどうでもいいんですね。さぞかし、いまの洞窟は居心地がいいんでしょう。それならそれでかまわない。でもぼくは、苦労して改造した洞窟を、むざむざと横取りされたくないんです。あれをほかの誰かに明け渡すくらいなら、自分の手でぶっ壊してしまいたい」

「はい、そこまで」バリスタが言った。「ぶっ壊すだのなんだのと脅すのはやめて。さてと、このあたりで、レクイエスカトの意見を聞くとしましょうか」

「やれやれ、若いやつは短気で困る」レクイエスカトが口を開いた。「諸君、おれは偉ぶるつもりはない。しかし、おれが気に入った洞窟を取ることに異議を差しはさむやつがいるとは思いたくないのだ。おれは争いを好まない。誰にも怪我《けが》をさせたくない。若いやつはすぐにかっとなって、突っかかる――分不相応な相手にさえも」

「ふふん！」テメレアは侮蔑を込めて言った。「大きな口を叩くなら、それを証明してからにしてほしいな。ぼくは、きみくらいでかいドラゴンを負かしたことだってある」

レクイエスカトが大きな頭をめぐらした。「おまえは戦闘用のドラゴンではないそうじゃないか。ペルシティアからそんな話を――」

「あたしはしゃべっちゃいないからね！」ペルシティアが騒ぎはじめたが、バリスタがひとにらみすると、まわりの小型ドラゴンたちが彼女の発言を押さえこんだ。

「ぼくらセレスチャル種は」と、テメレアは冷静に切り出した。「最高の種《しゅ》をつくりあげようとして交配された。国家存亡のときでないかぎり、戦うことを許されていない。中国には戦闘用ドラゴンがこの国よりもずっとたくさんいるんだ。ぼくらは稀少《きしょう》種《しゅ》として守られている。戦いに出るのは特別なときだけ、ほかのドラゴンにはおよそ無理な任務に就くときだけなんだ」

「は、中国ときたか」レクイエスカトが鼻を鳴らした。「そんなことはどうでもいい。諸君、明白な事実を言おう。おれが一番だ。一番だから当然、ここで最高の洞窟を手に入れる権利がある。しかし、あいつはいやだと言う、洞窟をおれに渡したくないと。ふつうなら、こういう場合は、決闘に持ちこむしかないだろう。だがそれでは怪我を負う者が出て、みんなが動揺する。それを避けるためにこそ、この評議会がある。さあ、全員の意見が一致していることを確認してほしい。かぎ爪に訴えなくてもすむようにな」

「ぼくは、自分が一番だなんて言わないな」テメレアは言った。「たとえ心のなかでそう思っていてもね。ぼくが訴えたいのは、あれがぼくの洞窟で、きみに奪われるのは公正じゃないってことさ。評議会は公正を期すためにあるんじゃないの？　みんなを押さえこんで、大きなドラゴンたちだけがいい思いするためじゃないはずだよ」

評議会は大きなドラゴンたちで構成されているため、どのドラゴンもテメレアの発言には心を動かされなかった。バリスタが言った。「はい、けっこう。意見は出そろったようね。では、テメレア――」実際のところ、彼女の発音には「テイムリア」という変ななまりがあった。「もめごとが増えるのは困るの、だから――」

「ちっとも困らないよ」テメレアは言った。「だって、ほかにすることがないんだから」

小さなドラゴンたちがくすくすと笑い、翼を小突き合わせた。バリスタはそれを咳払いで黙らせてから言った。「決闘なんてごめんだわ。それより、あなたの飛ぶところを見せてくれないかしら。そうすれば、あなたの能力がわかる。それで決着をつけましょう」

「そうじゃないったら!」テメレアは言った。「ぼくがモンシーのように小さくても――」小さなドラゴンたちのほうを見たが、モンシーの姿はなかった。「いや、ミノーのように小さくても、言いたいことは同じだよ。誰もあの洞窟を使っていなかった。ほしがっていなかった――ぼくがあそこに棲むようになる前は」

レクイエスカトが両翼をぴしりと鳴らし、平然と言った。「前はろくな洞窟じゃなかったからな」

テメレアは怒りに鼻を鳴らした。だが、バリスタがじれったそうに言った。「じゃあ、まだ議論をつづける? 飛ぶところを見せられないって言うんじゃしかたないわね」これ以上好き勝手に言われるのは我慢がならない。テメレアは勢いよく飛び立ち、限界まで高く、速く、らせんを描いて上昇し、そのらせんをコイルのようにきつく絞ると、即座に編隊飛行のときの飛び方に切り替えた。こういうのがお好みなんだろう？　訓練飛行の手順どおりに飛んでみせると、今度は両翼を後方に深く引いた背面飛行に移り、つぎに空中停止《ホバリング》を行い、最後は真っ逆さまに急降下した。

自分の能力を見せつけずにはいられなかった。しかしこれは、あいつらが求めたことだ。地面におり立つと、宣言した。「これから〝神の風〟を披露するから、その岩壁から離れて。かなりの岩が崩れ落ちてくるだろうから」

大きなドラゴンたちが不平のうめきをあげて重い腰をあげ、尾をひきずって移動し、陰険なまなざしでテメレアをうかがった。テメレアはそれには取り合わず、深く息を吸いこんだ。胸を大きく開き、数回に分けて空気を肺に送りこむ。最大限の威力を見せつけてやりたい。

しかし、遅まきながら気づいたことに、岩壁はいかにも堅牢《けんろう》で、洞窟の壁のような白い石灰岩とは質がちがっていた。あの石灰岩ならぼろぼろと崩れ落ちるのだが、今回はそうはいかないかもしれない。岩肌に近づき、かぎ爪で引っ掻いた。褐色の硬い岩の表面に、かろうじて白い掻き疵《きず》がついただけだった。

「で、どうするの?」バリスタが言う。「みんな、待ってるんだけど」

試してみるしかない。テメレアは岩壁から後退し、ふたたび息を吸いこんだ。まさにそのとき、上空から激しい羽ばたきの音が聞こえた。モンシーだった。モンシーが急降下し、テメレアのそばに着地すると、荒い息をつきながらバリスタに向かって叫んだ。「やめろ! 中止。とりあえず、全部中止!」

「いったいなんなんだ?」レクイエスカトが顔をしかめた。

「うるさい、でぶっちょ!」モンシーの罵声《ばせい》に、周囲の目が一斉に細く鋭くなった。モンシーはリーガル・コッパー種の頭ほどの大きさもない。「ブレコンから戻ってきたんだ。仏兵《カエル》どもがイギリス海峡を渡って攻めてきた」

フランス軍襲来の知らせに、あちこちから当惑のつぶやきが洩れた。老ゲンティウスさえも頭をもたげ、シューッと低く息を吐いた。そして、みなが一斉にしゃべりはじめた。モンシーがテメレアのほうに向き直って言った。「きみに伝えることがある、いいかい? ローレンスは軍艦の独房に閉じこめられていた。軍艦の名はゴライアス号――」

「ゴライアス号!」テメレアは声をあげた。「その軍艦なら知ってる。ローレンスから聞いたことがある。そりゃあすごい軍艦だって。ゴライアス号なら海上封鎖の任務に就いてるはずだ。だいたい、どこかはわかるよ。ドーヴァー基地で訊いたら、もっと精確な位置が――」

「友よ、まだ話はすんでない。伝えにくいことだが、伝えるしかない」モンシーが言った。「ゴライアス号は、今朝、仏兵《カエル》どもに撃沈され、海の底に沈んだ。沈む前に船から逃げのびた者はひとりもいなかった」

テメレアは言葉を失った。胸の底に戦慄《せんりつ》が生まれ、喉を駆けあがった。とっさに首をもたげ、戦慄を解き放った。天にとどろく雷鳴《らいめい》のような咆吼が生まれ、すべての話し声がやみ、灰色の岩壁が鏡のように砕け散った。

# 3　ジェーンの英断

ゴライアス号のボートでドーヴァー港にたどり着いたのは、すでに午後十一時を回ったころだった。濡れて冷えきった服の下で汗をかき、オールを漕《こ》ぎつづけた手に水ぶくれができていた。ピュージジェット艦長は失血で意識不明となり、ローレンスの処遇について命令を下せる人間は、十九歳のフライ海尉しかいなかった。先任士官は全員死亡。フライ海尉は、不安そうにローレンスを見つめ、あたりをうかがった。

水兵たちはボートを漕ぎつづけた疲労と敗北感とで黙りこみ、未熟なフライ海尉に助言を与えようとはしなかった。ローレンスはしかたなく、「港湾司令官のところへ」と若者に耳打ちした。フライ海尉は赤面し、咳払いをしてから、ひょろりとした海尉候補生に命令した。「ミスタ・ミード、この四人を港湾司令官のところへ連行したまえ。あとは司令官におまかせするように」

ローレンスはミードとともに、二名の海兵隊員の護衛付きで、船着き場から港町の通りを抜け、港湾司令官官邸に到着した。官邸のなかは、両舷から砲撃されてマストを折られたゴライアス号の最後の瞬間にも劣らぬ混乱ぶりだった。あのときのゴライアス号では、いたるところから煙があがり、炎が弾薬庫に迫り、そのなかで敵への砲撃もつづいていた。一方、この官邸には情勢を確かめたい人々が押し寄せ、玄関ホールが人でごった返していた。

「五十万人のフランス兵が上陸したそうだ」入口にいたひとりの男が言った。こんな突拍子もない数字を口にするとは、驚愕《きょうがく》のあまり判断力を失ったにちがいない。「敵はすでにロンドンに達しているそうだ。あちこちの船から一千万ポンドが奪われたらしいぞ」別の男が言った。こっちは妥当な数字だ、とローレンスは判断した。もしナポレオンがテムズ川の河口域の港を一、二か所押さえて、そこの商船を奪い取ったとしたら、それぐらいの被害にはなるだろう。ストーブにくべる石炭のように、莫大な戦利品が敵の侵略を焚《た》きつけている。

「きみがこの男を外に連れ出して、なぶり殺しにしたところで、わたしはいっこうにかまわんぞ。早く目の前から連れ去ってくれ」ミードが人混みをかき分けてようやく港湾司令官をつかまえ、判断を仰《あお》いだときの司令官の答えがこれだった。夜空は晴れているのに、嵐がやってきたかのように、怒号が飛び交っていた。請願者がぞくぞくと押し寄せるので、ローレンスはミードが押し流されないように、腕をつかんで支えなければならなかった。海尉候補生のミードはまだ十四歳にも満たない少年で、栄養状態もよくなさそうだ。

ミードは途方《とほう》に暮れていた。このままでは自分で牢獄を見つけて入るほかなさそうだ、とローレンスは思った。が、ひとりの若い海尉がつかつかと歩み寄り、ミードに声をかけた。「こいつが例の国賊か？　こっちへ来い。人混みのなかでトンズラされないように、しっかりつかまえてろよ」

その海尉は、強制徴募《きょうせいちょうぼ》の兵士が残していったとおぼしき棍棒《こんぼう》を通路で拾うと、それを振りまわし、道をあけさせ、外の通りに出た。ミードがこれ幸いに、後ろに従った。

こうしてたどり着いたのは、港湾司令官の官邸から通りを二本隔《へだ》てた、みすぼらしい債務者用家屋、すなわち借金を払えない人間を監獄に送りこむ前に一日だけ勾留《こうりゅう》しておく建物だった。窓に格子がはまり、荒れた庭に繋がれたマスチフ犬が暴動寸前の通りの騒ぎに吠えかかっていた。玄関口にこの屋敷の管理人があらわれ、海尉がまくしたてる要求にしばらく弱々しい抵抗を試みていたが、ついに押し切られて、ローレンスたちを家のなかに通した。

「おまえには過ぎた場所だぞ」管理人が冷ややかに言い、一行を引き連れて階段をのぼった。ドアをあけると、そこは薄汚くて狭い屋根裏部屋だった。

管理人は、口ひげの濃い痩身《そうしん》の青年で、ローレンスがひと突きすれば、汚れた床に倒れこんでしまいそうだった。ローレンスは青年のほうをちらりと見やり、首をすくめてドア口をくぐった。背後でドアがばたんと閉じた。ドア越しに、あの海尉がふたりの海兵隊員に見張りを命じる声が聞こえた。管理人はふたたび不平を垂れながら、海尉につづいて階段をおりていった。

屋根裏部屋は冷えきっていた。節だらけの床板がたわんでおり、足もとが妙におぼつかなく、おのずとまだ艦《ふね》に乗っているような姿勢になった。小さな明かり取りの窓があり、そこから煙の臭いが流れこんでくる。見えるのは屋根の下方にある炎らしき赤い輝きだけだった。

狭い簡易ベッドにすわり、両手を見つめた。もう海岸では戦闘がはじまっているだろうか。ディールに上陸した敵軍が北上し、テムズ川河口にたどり着くころだ。噂のように五十万もの兵士はいないだろうが、海岸堡《ほ》を築くのに歩兵の大部隊はいらない。

海岸に攻撃の拠点を確保したうえで、ナポレオンはすみやかに大陸から大量の兵士を送りこむだろう。

そもそも、英国艦隊の守りさえあれば、イギリス海峡越えはそう迅速に進められるものではないと、ローレンスも考えていた。だがまさにきょう、己《おの》れ自身の目で見たフランス軍の作戦展開が、その考えを根底からくつがえした。

敵は大量の小型ドラゴンを上陸作戦に投入した。小型ドラゴンなら、食糧の確保も移動も、英国の大型ドラゴンと比べて簡便にできる。一方、フランスの大型ドラゴンは、英国の守りの要《かなめ》である艦隊に投入される。思い返せば、〈イエナの戦い〉において、リエンが先鋒《せんぽう》を務めた急襲作戦に、今回の戦略の萌芽《ほうが》があった。あれはリエンがナポレオンに授けた知恵だったのだ。ローレンスは敵陣偵察のためイエナの山に登ったとき、偶然、あの雌ドラゴンがナポレオンに進言するところを見たのだった。

〈イエナの戦い〉のことは海軍省に書類で報告した。が、自分の反逆行為があの報告書の価値をさげてしまい、信憑性《しんぴょうせい》を疑わせる結果になったにちがいなく、それを思うと苦々しかった。しかし少なくともジェーンは――たとえ自分を許すことはないとしても――竜疫《りゅうえき》の治療薬を敵に届けるという自分の反逆行為を理解してくれたのではないか、そしてあの報告書のことも忘れていないのではないか。そう願うほかはない。ただ、きょうの戦いぶりを見るかぎり、英国のドラゴンは旧態依然《きゅうたいいぜん》とした陣形を組み、戦法が改善されたようすは見られなかった。

窓の外の騒音は波のように寄せては引いていた。近くでガラスの割れる音がした。女性の悲鳴があがり、外の赤い輝きがさらに増す。ローレンスは簡易ベッドに横たわり、短い時間でも眠ろうとしたが、眠りは間歇《かんけつ》的に騒音に破られた。

つぎにはっと目覚めたときには、絶え間なく大きな音が響いていた。燃えあがる軍艦の夢を見て、息を乱し、焦燥感に駆られて飛び起きた。夢のなかで軍艦は炎にまかれ、黒焦げになり、塗料がうろこのようにめくれ落ちていた。ローレンスは簡易ベッドから離れ、ピッチャーに近づいた。水は汚れていたが、喉の渇きはまだ我慢できたので、水をすくって顔にかけると、手から黒いすすと汚れが流れ落ちた。もう一度横になってみたが、外の叫びがいっそう大きくなり、煙の臭いもきつくなり、とても眠れそうになかった。

そしていまは炎の輝きより、闇のほうが深い。街全体をすすが覆い、喉がひりひりと痛かった。食事は運ばれてこなかった。見張りの海兵隊員はまったくなにも言ってこない。ローレンスは小さな部屋のなかを行ったり来たりした。ふつうの歩幅なら壁から壁まで四歩、さらに簡易ベッドのある壁まで三歩。この通常の七歩を、いつもより歩幅を縮めて休みなく歩いた。後ろで組んだ腕が砲弾をかかえているように重かった。五時間もボートを漕ぎつづけていたからだ。

しかし、少なくともあのときは、やるべきことをやっていた。いまのように目的もなくただ苛立ちながら歩きつづけているのとはちがった。街が火の海と化し、ここで焼け死んでしまうのか。あるいは、十マイルの距離に迫ったフランス軍にふたたび捕らわれて、敵の虜囚《りょしゅう》となるのだろうか。

自分がここで死んでも、テメレアには知らされないだろう。それはテメレアをおとなしくさせておくためだ。フランス軍がこの国を占領しても、同じだろう。ナポレオンがテメレアの命を保証するとは思えなかった。リエンが参謀としてついているかぎり、それはありえない。あの雌ドラゴンの進言は、中国の外に出たセレスチャル種の唯一の主人でありたいと願うナポレオンの利己心ゆえに、寛大なはからいを求めるどんな声よりも彼の耳によく届く。

海兵隊員の見張りをそそのかし、外に出ることができるかもしれない、とふとローレンスは考えた。見張りたちは、ここから逃げたいと思っているだろう。しかし、自分はどうなのか。ここから出ていく資格などあるのだろうか。軍法会議にかけられ、死刑宣告を受けた。裁判は――もしかなうなら喜んで放棄していただろうが――法に定められた手続きどおりに進められた。ローレンスの自白にもかかわらず、際限なく証言者が引っ張り出され、陪審員《ばいしんいん》たちが、あからさまではないが、かすかな侮蔑を顔ににじませて耳を傾けた。

陪審員はすべて海軍の上級士官で、航空隊からはひとりも選ばれていなかった。航空隊の多くの飛行士が、この騒動に巻きこまれ、打ちのめされた。副キャプテンだったフェリスには、ローレンスから告白されていたにちがいないという疑惑がかけられた。

「この法廷で明らかにすべきは」と、訴追者《そついしゃ》は、緊張で青ざめてローレンスと目を合わせようともしないみじめなフェリスの姿を見やり、うすら笑いを浮かべて言った。「彼が、被告人とその竜が失踪したと気づいても、一時間も警報を発しなかったという点です。そのうえ、残された手紙もすぐに開封しなかった――」

チェネリーも、同じ時期にロンドン基地にいたという理由のみで、法廷に呼び出された。バークリーもリトルもサットンも証言台に立たされた。キャサリン・ハーコートとジェーン・ローランドが証言をまぬがれたのは、海軍省には彼女たちをどう扱えばよいのかわからず、標的である航空隊以上にばつの悪い思いをすることとなるのを避けたからにちがいない。

「まったく知らなかったことだ。ほかの者も同じ。ローレンスを知る者は誰でも、彼がひと言も他言しなかったと言うだろう」と、チェネリーは証言席で、挑戦的な物腰で言った。「しかし、ぼくはこう言おう。疫病に罹った竜を敵国に送りこむなんて、ならず者の非道なやり口だ。海軍省のやるべきことではない。もし、こんなことを言うぼくを縛り首にしたいのなら、喜んで、受けて立つ」

ありがたくも、チェネリーは縛り首にならずにすんだ。共謀の証拠がなかったし、彼のドラゴンが戦闘に必要とされていたからだ。しかしフェリスは、ドラゴンという後ろ盾を持たない空尉であるため、航空隊から放逐《ほうちく》された。罪は自分ひとりにあるというローレンスの主張は無視された。

これによって航空隊はひとりの優秀な士官を失い、フェリスの軍歴と人生は台無しになった。ローレンスは彼の母親と兄弟に会ったことがある。フェリスは誉《ほま》れ高き旧家の出身だったが、わずか七歳で家を離れたために、家族は彼の無実を確信できるほどにはフェリスと親密な関係を築いておらず、深く理解してもいなかった。仲間の士官たちから親身な支援は受けられず、それを家族が引き受けもしなかった。ローレンスには、フェリスが非難を浴びることが、自分が責められる以上につらかった。

こんなことが起こっていいはずはないのだが、どんな言い訳も通用しなかった。ただ自分はやるべきことをやった、ほかに道はなかったという諦念《ていねん》だけが、慰めにはならないが、後悔から救ってくれた。自分のしたことを悔いてはいない。ドラゴンたちを、その多くは戦争に関わっていない一万頭のドラゴンを、自国の利益のために見殺しにすることはできなかった。

ローレンスは法廷でも同じことを率直に証言した。命令に従わず、海兵隊員を襲い、治療薬となるキノコを盗んだこと、それを敵国に届けたこと――そのほかに言うべきことはなにもなかった。議論になったのは、ローレンスは、テメレアという竜も盗んだことになるのかという点だった。「彼は国王の所有物でも、知恵を欠いたけだものでもありません。彼の選択は、彼自身の自由な意思によるものでした」ローレンスはそう主張したが、当然ながら無視され、法廷から退去させられ、つぎに戻ったときには、すでに本人不在で死刑が確定していた。

そして内密に、死刑の執行が延期された。法廷から連れ出され、黒いカーテンのかかった窮屈な馬車に押しこまれて長時間揺られ、たどり着いたのはテムズ川河口の港町シアネスだった。そこからルシンダ号に乗せられ、つぎにゴライアス号に移され、ゴライアス号の監獄に閉じこめられた。艦の内部の独房では息をする以外なにもできず、生きながら死んでいるような日々は、未来に約束された絞首刑よりもむごい仕打ちに思えた。その独房にいつづけ、フランス軍に襲われることもなく日々が過ぎ、やがて死んだら、棺桶《かんおけ》に入れられて、ローレンスもよく知った手順で水葬に付《ふ》されるはずだった。

しかし、そんな末路を自分が選んだわけではない。自分のただひとつの選択が、ほかのすべての選択を葬り去った。自分の人生がもはや自分のものではなかった。たとえ死刑をまぬがれ、あと少し長く生き延びられたとしても、いま自由の身になることは、中国への逃避行、あるいはナポレオンの提案を受け入れてフランスに留まることと大同小異だった。逃げようとは思わない。どこへ逃げようが、自分は国家を裏切った反逆者でありつづけるし、一度かぶった汚名は返上できない。ドアのほうを見つめていたが、あけてみようとは思わなかった。

にわか雨が窓ガラスを打ち、外の煙を鎮めた。ローレンスは窓際に立った。小さな窓からは灰色のぼんやりした世界しか見えなかった。太陽がすでに昇っていても、雲に隠されているのだろう。夜明けはとうに訪れているはずだ。

ドアノブがガチャガチャと鳴り、ドアが開いた。振り返ると、そこには思わぬ人物が立っていた。ローレンスはその男のなつかしい容貌を見つめた。まさかここで再会するとも思ってもみなかった。ほっそりとした顔の輪郭《りんかく》、長い旅のあいだに日差しや風を受けたことを物語る、しわの多い東洋的な面立ち。

「お元気そうでなにより」サルカイが言った。「いっしょにまいりませんか？　ここにも、まもなく火の手がまわります」

ドアの外の見張りは消えており、家そのものがもぬけの殻だった。通りから迷いこんだらしい酔っぱらいがふたり、玄関ホールで眠りこけていた。ローレンスは彼らの脚をまたいで街路に出た。ぼんやりと朝日の差す波止場に青白い煙が拡がり、海のほうへ流れていく。路上に散らばったガラスとスレートの破片、焦げた木片、おびただしいゴミの山。掃除人たちの姿もあるが、ほうきを杖《つえ》のように立てて茫然《ぼうぜん》とし、仕事してはいなかった。

サルカイのあとについて小路《こうじ》に足を踏み入れると、鞍《くら》と馬勒《ばろく》を奪われた馬の死骸《しがい》が道をふさいでいた。一羽の精悍《せいかん》な鷹《たか》が、長い足緒《あしお》をつけたまま、馬の脇腹にとまり、肉をついばんで満足そうな声をあげていた。サルカイが片腕を差し出して口笛を吹くと、鷹は飛んできて、目隠しをあてがわれ、彼の肩に落ちついた。

「パミール高原からここまで三週間かかりました」サルカイが言った。「新たに十数頭の野生ドラゴンを、あなたの軍団に加えるために連れてきましたよ。間に合ってよかった。ローランド空将から、あなたをお連れするように命令を受けたのです」

「しかし、どうしてここが？」古めかしい裏通りを進みながら、ローレンスは尋ねた。街のいたるところに略奪の跡があった。無傷のままの家は、戸や窓が固く閉ざされ、いっさい関わり合いになりたくないと宣言するかのように、板が打ちつけられていた。

「わたしがこの街にいることは誰も知らないはずだが」

「この街を特定するのは、さほどむずかしくありませんでした。難破船荒しの連中が、ゴライアス号のボートがどの方角に向かったかを見ていましたから。おそらく、わたしのほうが先にこの街に着いていたはずです。あなたが監禁された場所を見つけるほうがむずかしかった。まず、これを入手するのに手間取りました」サルカイはそう言って、折りたたんだ紙を広げて見せた。「あなたを連れ出すために、港湾司令官発行の許可書が必要でした。司令官なら当然、任された囚人の収容先を知っているだろうと思ったのですが、入口で二時間待たされたあげく、さらにふたりの担当官とやり合い、やっと港湾司令官の署名をもらう段になって、実はなにも知らないと聞かされた。港の火事にかかりきりだったとかで」

広い空き地に出ると、一頭の伝令竜が不安げに待っていた。ガーニだった。このパミール高原からやってきた雌ドラゴンは、サルカイを早口でなじった。サルカイも複雑に舌を用いるドゥルザグ語で言い返した。ローレンスには理解できないドラゴン独自の言語だ。サルカイは軽量型のハーネスをよじのぼって竜の背におさまり、ひと組の吊り輪を示し、ローレンスにそこに体を固定するように促した。

「厄介なことに」と、サルカイが話をつづける。「ナポレオン軍の兵士たちがまだ海岸一帯をうろうろしています。ドラゴンたちはすでに内陸に入っているようですが」ローレンスがフランス軍兵士の数を尋ねると、おそらく五万だろうという答えが返ってきた。「信じたくない数字ですが、竜はおよそ二百頭。英国航空隊は陸軍とともにウーリッジ〔ロンドン東部の地区〕まで後退しました。ナポレオンのお出迎えでもするつもりでしょうか。そんな丁重に扱う必要があるものかどうか、あなたからお偉方《えらがた》に訊いていただけますか?」

「ここに来てくれたことに感謝する」ローレンスはサルカイに言った。全ナポレオン軍のおよそ半分が、英国軍と自分たちのあいだのどこかにいるという状況のなか、サルカイはとんでもない危険を冒してここまでやってきたにちがいない。「きみは軍務に復帰したんだな?」ローレンスはサルカイの上着に目をやった。

その上着には、空佐《キャプテン》の階級を示す金の線章が付いていた。英国陸軍において作戦に必要な兵士を雇い入れるのはさほど珍しいことではない。しかし、ドラゴンの担い手であるかどうかが階級に反映される航空隊において、中途採用はごくまれだ。ただ、サルカイはパミール高原に棲息する野生ドラゴンの言語、ドゥルザグ語を操れる数少ない人間であるため、航空隊が彼をほしがったとしても驚くには値しないだろう。驚くのは、むしろサルカイがそれを承諾したことだった。

「まあ、しばらくのあいだは」サルカイは肩をすくめて答えた。

「稼ぎ時だから来たと言われても、きみを責めはしない」炎に蹂躙《じゅうりん》された街の煙の臭いをかぎながら、ローレンスは苦渋《くじゅう》を噛みしめて言った。

「稼ぐつもりなら」と、サルカイが言う。「どんなばかだろうが、征服者につきますよ」

ローレンスは自分がなぜ軍に呼び出されるのかを尋ねなかった。五万の兵士が英国本土に上陸した――それで充分な答えになっている。つまり、テメレアが戦力として求められているということだ。そのような状況なら、ローレンス自身も軍務に復帰することにやぶさかではない。しかし、これは実利を優先した一時的な処遇だ。個人的にも法的にも、赦免《しゃめん》される希望がないことは承知していた。サルカイも、もう話しかけてはこなかった。ガーニはすでに空を飛んでおり、すさまじい風の音が会話をむずかしくしている。

晩秋の紺青《こんじょう》の空には雲ひとつなく、絶好の飛行日和だった。三十分ほど飛んだところで、ガーニが突然、身をこわばらせて急降下をはじめ、翼を震わせながら針葉樹の森におり立った。ローレンスはとくになにも気づかなかった。空にはいくつかの黒い点があったが、おそらく渡り鳥だろう。

しかしサルカイとともに下草を分けて森の端まで歩き、木陰《こかげ》に身を潜めて目を凝《こ》らすと、ようやく、地面から盛りあがった長いふたつの影が、重たげだが確かな足取りで、こちらに近づいてくるのが見えた。

二頭とも、灰色と褐色のまだらのドラゴンだった。フランスのドラゴンのなかでは最大級で、英国のリーガル・コッパー種よりわずかに小さい、グラン・シュヴァリエ〔大騎士〕種だ。略奪行為の直後らしく、血と土で汚れ、それぞれの腹からさがったネットには麻酔をかけられたとおぼしき十数頭の牛が押しこめられていた。牛たちは時折り、ひくひくと動いてうめきを洩らし、蹄《ひづめ》で宙を掻いている。

通り過ぎるとき、二頭がフランス語で快活に話しているのが聞こえたが、くだけた口語《こうご》で早口だったため、ローレンスには意味をつかめなかった。フランス人のクルーたちが笑い声をあげていた。二頭の影が、流れる雲のように、短い間だが太陽をさえぎって通り過ぎた。ガーニは森のなかでぴくりとも動かず、通り過ぎるドラゴンたちを眼で追った。

その後、熱心な説得にもかかわらず、ガーニはふたたび飛ぶのを拒み、木々のはざまに打ちこまれた楔《くさび》のように身を小さくして、おなかがすいたと言った。なにか食べたい、暗くなるまで空に戻るのはいや……。ローレンスにはもちろん、夜になれば夜《よ》目《め》の利《き》くフルール・ド・ニュイ〔夜の花〕種の出番だとわかっていたが、わざわざそれを言ってガーニを怯えさせるようなことはしなかった。

サルカイは肩をすくめただけで、ピストルの点検を終えると、近くの農家に行ってみようとローレンスに提案した。「まさか、あのシュヴァリエどもが、牛を全部たいらげてしまったということもないでしょう」

だが見たところ、牛は一頭も残っていなかった。羊も、そして人も。ただ痩せた鶏《にわとり》だけが何羽かいた。サルカイが鷹を放ち、鷹が着実に獲物を仕留めていった。ガーニを満腹にさせることはできないが、なにもないよりはましだ。そのあと、家畜小屋で小さな豚が一頭見つかった。豚は暢気《のんき》に藁《わら》に身をうずめ、自分がまぬがれた運命にも、これから降りかかる運命にも気づいていなかった。

ガーニは肉を料理せよと要求するほど味にうるさくもなく辛抱強くもなかったので、豚をそのまま食べた。ローレンスとサルカイは、空から焚き火が見つからないように、小さな埋め火で鶏を焼き、臓物は鷹に与えた。煙をつねに手で散らすのも忘れなかった。塩がないため味はもの足らなかったが、腹は充分にふくれた。鶏を骨までしゃぶり、最後に残ったくずを地中に埋めると、脂《あぶら》ぎった手を草で拭き取った。

あとは日が沈むのを待つだけだった。時間はゆっくり過ぎた。まだ正午をまわったばかりだ。地面はすわりこむには硬く冷たく、湿った朽《く》ち葉がたまっていた。寒風はやむことを知らず、指や足先がかじかみ、寒さをやり過ごすために足踏みをした。ローレンスは森のはずれまで歩き、顔に風を受けながら、褐色の畝《うね》が整然とつづく農地を眺めた。耕作地には白樺《しらかば》の並木道があり、晴れわたった空に枝を高く伸ばしていた。

サルカイがやってきて、ローレンスの隣に立った。その容貌やふるまいと同様、無口なのもあいかわらずだった。ローレンスは、束《つか》の間だが、以前と変わらぬ自分として、かつての仲間と過ごせることに大きな解放感を味わった。正しいことをしたと信じていたので国賊と非難されても恥ではなかったが、拘禁《こうきん》生活が自分にとってどれほど重圧になっていたかを、いまさらながら思い知らされた。

サルカイが言った。「あなたを見つけられなかった、ということにもできるのですよ」

それはひとつの提案だった。誘惑に心が折れそうになる自分を、ローレンスは恥じた。すぐには断れなかった。戦闘時の黒煙の臭い、艦の底にたまった汚水の臭いがまだ鼻腔にこびりついているのに、眼前には自由の地が開けている。それはあまりにも甘美な誘惑だった。

「わたしなどが、意見すべきではないのかもしれません」サルカイが言った。「しかし、なぜあなたが死ななければならないのか、さっぱりわからない……なんの見返りもなく」

「誇りは充分な見返りだと思うが」

「なるほど……」サルカイが言った。「あなたの死が、あなたの命より誇るに値するものなら、そうも言えるでしょう。しかしこの世界はまだ、英国とナポレオンとに二分されたわけではない。どちらかを選ぶこと、もしくは死を選ぶことが、あなたの宿命ではありません。歓迎しますよ、あなたも、テメレアも。別の土地で生きてみませんか？　文明のかけらぐらいは見つかることでしょう」そう言って、冷ややかに付け加える。「英国を離れたとしても、いくつかの土地には」

「いや……」と、ローレンスは逡巡《しゅんじゅん》しつつも言った。「その選択を考えないわけではなかった。自分のためではなく、むしろテメレアのために。しかし、逃避行を選べば、わたしは本物の裏切り者になってしまう」

「ローレンス……」サルカイがしばし黙したのちに言った。「あなたは、すでに、裏切り者です」この言葉をサルカイから、この歯に衣着《きぬ》せぬ男の口から聞かされるのは衝撃だった。そこにはいささかの熱もなかった。非難ではなく、たんなる事実の表明として語られていた。「あなたを死に追いやることを彼らに許すのは、謝罪のひとつの形かもしれません。しかし、それであなたの罪が軽くなるわけではない」

ローレンスにはどんな返答も浮かんでこなかった。むろん、サルカイが正しい。どんなに祖国を愛しているか、祖国を裏切るのがどんなに苦渋の選択だったかを、泣いて訴えたところでどうしようもない。自分は祖国を裏切った。理由など問題ではない。いま、それになんの意味があるだろう？　テメレアは孤独と隷属《れいぞく》を強いられ、自分は生涯の虜囚となった。すべてが失われ、これからも失われつづけていく……。だがしかし、もしも、もしも……。

ローレンスもサルカイも、長いあいだ言葉を交わすことなく立っていた。ついにサルカイが首を振り、ローレンスの肩に片手を置いた。「そろそろ日が暮れますね」

「そうです、わたしが彼を呼び寄せました」ジェーン・ローランドはきっぱりと言った。「これから言うことに、どうか咳払《せきばら》いや野次《やじ》はご遠慮願います。いいですか、もしわたしが、この体を慰める相手を求めているのなら、ここにはハンサムな青年がいくらだっています。わざわざ手間をかけて遠くから呼び寄せるまでもないでしょう」

居ならぶ将軍や閣僚たちの度肝《どぎも》を抜いて、しばしの静聴《せいちょう》を確保したのち、ジェーンはたたみかけるように言った。「もしフランスが彼を捕虜にしたら、かの国は二頭のセレスチャル種を保有することになっていました。その二頭の血の濃さゆえに交配は無理だとしても、他種と――たとえば、グラン・シュヴァリエと掛け合わせ、セレスチャル種の特質をもった交配種を生み出すことはできるはずです。フランスは一代でフランス独自の種をつくっていたかもしれません。一方、わが英国はまったく成果をあげていません。テメレアを父とする卵はまだ一個も産み落とされていない。ローレンスを囚人馬車に乗せ、見張り付きで連れ去りたいのなら、どうぞご勝手に。しかし、少しでも頭の働く者なら、いまここで彼と彼の竜を使わないことなどありえないと考えるでしょう」

ウーリッジの参謀会議用テントの雰囲気はけっして良好ではなかった。フランス軍上陸が招いた惨事に終始する会話を、すでに現状を知っているローレンスは、辟易《へきえき》とした思いで聞いていた。結局、英国の空の防衛を指揮していたのはジェーン・ローランドではなかった。サンダーソンが彼女を跳び越えて、ドーヴァー基地の司令官の座に就いていたのだ。

いかなる理由があったにせよ、海軍省のお偉方たちは、ジェーンを司令官にしたくなかったにちがいない。情勢が変化し、彼女に指揮権を譲らざるをえない状況になっても、自分たちの失敗を認めるより現状維持を望んだ。いや、もしかすると、これまで冷遇してきたジェーンから報復されるのを恐れたのか。あるいはローレンスの反逆行為にジェーンが加担したと疑っていたのか――その可能性もないわけではなかった。

サンダーソンについて、ローレンスの知っていることはわずかしかなかった。パルナシアン種のキャプテンで、ドーヴァー基地の大きなドラゴン編隊を指揮している。親しくはないが、ともに戦ったことはある。六十歳間近で軍歴は長いが、注意力散漫で軍人として秀でたところはない。彼が担う竜、アニモシアは治療薬を与えられて竜疫から回復したが、いまも食が細いようだ。サンダーソンはいっときはアニモシアのことを心配するあまり、眠れず、食べられず、彼自身まで衰弱死するのではないかと危ぶまれていた。

サンダーソンはいま、テントの隅でひたいの傷に四角くたたんだガーゼをあてがい、滲み出る血を時折りぬぐっている。将軍たちがジェーンに声を荒《あら》らげようが、自分はいっさい発言しない。ひたいに滲《にじ》む血とは対照的に、血の気が引いた灰色の顔をしている。

「ほほう、驚いた。きみは、この忌《い》まわしき国賊と御《ぎょ》しがたき竜を、われわれの戦列に加えようというわけだ」と艦政部《かんせいぶ》所属のひとりが言った。「ならばいっそ、われわれの作戦の一部始終《いちぶしじゅう》を伝令竜に託してナポレオンに送りつけてやってはどうだ？」

「ナポレオンの寝覚めはいま以上に悪くなるわね。もちろん、あなたがたが白旗をあげるつもりなら話は別だけど」ジェーンはぴしゃりと返した。「目下フランスは、百頭ほどのドラゴンを休ませています。海軍省の紳士のみなさん、ナポレオンがプロイセンとイタリアを完膚《かんぷ》なきまでに叩きのめしたことをお忘れではありませんね。彼はおそらく、そのときのドラゴンを今回の戦線に投入してくるでしょう。わたしたちに同じことはできません。最後の一頭まで戦えるドラゴンを掻き集めるしかないのです。来月まで負傷のため戦闘に使えないドラゴンが六頭、新たに加わった野生ドラゴンのうち四頭が逃亡。そのうえ、あなたがたは一頭のセレスチャル種を生きながら葬《ほうむ》りたいらしい。まさに愚《ぐ》の骨頂《こっちょう》！」

「漁師のがみがみ女房の長広舌《ちょうこうぜつ》を、なんの因果《いんが》で聞かねばならんのだろう」陸軍関係の誰かが言った。

「なんの因果で？」とジェーン。「だいたい、あなたがたは聞いてもいないじゃない。早く事を進めたいのなら、進めましょう。失礼ながら、サンダーソン、あなたはドラゴン編隊の優秀な指揮官だけど、今回、その役割を務めるのは無理のようね」

「無理だね、ローランド」サンダーソンが重い口調で言い、ひたいの血をぬぐった。

「彼女の話を聞こうじゃないか」別の陸将がしびれを切らしたようにジェーンの援護にまわった。細い顔立ちに大きな鷲鼻《わしばな》、その胸もとにはバス勲章が輝いている。「なぜなら、われわれは、その任務を遂行するにふさわしい優秀な指揮官を選べなかったからだ。昨夜のような醜態《しゅうたい》では、とてもナポレオンを打ち負かせない」

「ポートランドなら――」別の将官が割って入ろうとする。

「その名前を護符《ごふ》かなにかのようにもち出すのはやめたまえ」鷲鼻の陸将は言った。

「ネルソン提督はデンマーク遠征に、キャプテン・ポートランドはジブラルタル基地に。ジブラルタルもデンマークと同じくらい苦境にあると聞いている。あと一か月で陥落するかもしれない。だとしたら、そのときまで、彼女にやらせてみようじゃないか」

「ウェルズリー将軍、ここはひとつ、あなたのご意見をお聞かせ願えないものだろうか」ローレンスのほうを手で示し、閣僚のひとりが言った。

「けっこう。意見を述べるかどうかは、ご忠告いただかなくとも、自分で決めさせてもらおう」ウェルズリー将軍は冷ややかな侮蔑のまなざしでローレンスを上から下まで眺めてから言った。「なんとロマンティストなご仁《じん》だ！　みずから投降したそうじゃないか。なに、早いか遅いかだけの問題だ。かまわん、この男を使ったらいい。使ったあとで、絞首刑にすればいい」

ジェーンは自分のテントへローレンスを案内した。「フレット、いいの、そこにいなさい」ジェーンがテントに首を突っこむなり、簡易テーブルから立ちあがった副官に声をかけた。「立会人がいたほうがいいわ。これ以上、おかしな噂を広められちゃたまらない」グラスにワインを注ぎ、ローレンスに背中を向けると、ひと息に飲みほした。

上官であるジェーンの決定には逆らえないが、ローレンスはできることならふたりきりになりたかった。ほかに人がいては思うように話せない。

ジェーンがグラスをおろし、彼女の執務机にすわった。「明日になったら、伝令竜でペナヴァン繁殖場まで行ってもらうわ」疲れきったようすで、ローレンスとは目を合わせずに言った。「そこにテメレアが囚われている。テメレアをここまで連れてきて」

「ああ、承知した」

「あの人たち、戦いのあとで、あなたを絞首刑にするつもりね。あなたがよほどの武《ぶ》勲《くん》を立てないかぎりは」

「縛り首をまぬがれたいのなら、わたしはフランスにとどまった。わざわざ戻ってなどこなかった」ローレンスは言った。「ジェーン――」

「ローランド空将」ジェーンは毅然と訂正したあと、しばらく黙してから言った。

「わたしはあなたのしたことを責めないわ、ローレンス。あなたを責めれば、神の教えにそむくことになる。でもね、ナポレオンのドラゴン軍団に加えて、あの口うるさいお歴々《れきれき》とまで戦うのはとても無理なの。フレットがあなたを士官用テントまで案内してくれるわ。そこで食事をとって。そして、どこか眠る場所を見つけて。出発は明日。ここに戻ってきたら、ドラゴン編隊に加わってもらう。編隊の指揮をとるのはサンダーソン空将。以上」

ジェーンが顎をしゃくると、フレットが咳払いをして、テントのフラップをあげた。ローレンスは敬礼し、ゆっくりと退出した。ジェーンが握りこぶしにひたいをそっと打ちつけ、口もとをゆがめるところは、できることなら、見たくなかった。

フレットに伴われて入った巨大なテントは、けっして居心地のよい場所ではなかった。親しくしていた人々はおらず、気づまりな再会が先延ばしになったのはありがたかったが、なじみのないキャプテンたちが非難の声をあげた。聞こえないふりをしてやり過ごしたが、それよりも胸に刺さるのは、苦しげな顔でうつむく人々、痛罵《つうば》することなく目を逸らす人々だった。

もっとも、そういうことは予想がついていた。しかし突然手を取られ、きつく握りしめられたときには、ほんとうに驚いた。その紳士には見覚えがあり、以前二度ほどドーヴァー基地の士官用社交室で会ったことを思い出した。キャプテン・ヘスターフィールドは大きな声で言った。「握手させていただいてよろしいですね?」拒むには遅すぎた。そのうえ半ば強引に、テントの角にある彼のテーブルまで引っ張っていかれた。

その小さなテーブルには六人の士官が身を寄せ合っていた。プロイセン人がふたり。そのうちひとりは、ダンツィヒの要塞《ようさい》にいたときから見知っているフォン・ファイルで、もうひとりが立ちあがって握手を求め、〈イエナの戦い〉でローレンスとともに戦ったキャプテン・デュエルンのいとこだと名のった。ふたりのプロイセン人は、ナポレオンがプロイセン帝国の将校たちに求めた恭順《きょうじゅん》宣言を受け入れず、祖国を逃れたのちに、英国航空隊に参加することを選んだ軍人たちだった。

また別の初対面の人物、キャプテン・プレウィットは、数か月前に窮余《きゅうよ》の策としてハリファックス基地から英国に呼び戻されていた。それは遠く離れた土地にいたために彼の担うウィンチェスター種が竜疫をまぬがれたからにほかならないのだが、そもそも彼がカナダのケベック州の辺境で長き孤独を味わうことになったのは、その急進的な政治的意見が自由な交流の場で仲間に浸透しないようにという上層部の配慮によるものだった。

「実は詩人と名のりたいところだが」プレウィットは自分の発言に自分で大笑いを添えた。「作品を叩かれるのは、政治的発言を叩かれるよりプライドがへこむ。だから、軍人としておきます。さて、こちらはキャプテン・ラトゥール」そう言って紹介されたのは、英国に亡命して航空隊所属となった王党派のフランス人だった。

ヘスターフィールドと、ローレンスにとって初対面のレイノルズとグノーは、プレウィットよりは控えめだが、彼の政治的共感者であるようだった。彼らはローレンスの行為を熱烈に支持しているわけではないが、その問題について論じ合うという点で、ほかの人々とは一線を画していた。そんなことが会話するうちに徐々にわかってきた。

「殺戮《さつりく》、殺戮……なんという愚劣な行為……ほかに言葉がない」レイノルズがローレンスの手をテーブルに押しつけるように固く握り、酔った熱いまなざしで見つめて言った。

ローレンスはなにも答えなかった。殺しが愚劣であることは認めよう。自分はドラゴンの大量殺戮を防ごうとして命を賭《と》した。しかし、それを赤の他人から祝福されることにはなじめなかった。

「だからといって国家への裏切りは許されないぞ！」近くのテーブルから声がした。盗み聞きしていたことを隠そうともしない。ひとりで飲んでいるらしく、男の前には半分空けたウイスキーのボトルがあった。

「そうだそうだ！」別の声が飛んだ。

このテントのなかにはあまりに多くの酒瓶があり、あまりに多くの怒った、失望した男たちがいた。ひと波瀾《はらん》あってもおかしくない。ローレンスは握られていた手をほどいた。ひと言断りを入れて、テーブルを移りたかった。

しかし、フレットはローレンスをプレウィットとその仲間にあずけてどこかへ消えていたし、みずからほかのテーブルに近づいていく気にもなれなかった。「話題を変えましょう」ローレンスは小声で同じテーブルの男たちに言ったが、そのかいもなく、レイノルズがウィスキーの男と口論をはじめ、そこに新たな声が加勢した。

ローレンスは唇を引き結んで、もうなにも言うまい、聞くまいとした。

「では、言わせてもらおう」ウイスキー飲みの男が言った。「あいつは国家の裏切り者だ。おまえたちがなんと言おうが、外に引きずり出して、絞首刑にしたあと、はらわたを抜いて、四つ裂きにしてやるべきだ」

「そりゃあ大昔の話だろう」レイノルズが、グノーのおざなりな制止を振り払い、立ちあがって言った。ふたりの声があたりの会話を掻き消すほど大きくなっている。

ローレンスは立ちあがり、レイノルズの肩を強くつかんで、椅子に押し戻そうとした。「こんなことをされても、ありがた迷惑です。やめましょう」低く鋭い声でささやきかける。

「そのとおり。黙っているのが、臆病者のたしなみだ」別の男が言った。

ローレンスはぴくりとした。愚弄されても怒らなかったし、裏切り者だと言われても、自己弁護の資格はないと口を閉ざしていた。しかし、臆病者呼ばわりは看過《かんか》できない侮辱だ。それでも、どうにかこの屈辱を呑みこんだ。たとえ飛行士に決闘が禁じられていなかったとしても、決闘を挑みはしなかっただろう。もう充分に人を巻きこみ、傷つけたのだ。これ以上誰も傷つけたくなかった。苦渋を噛みしめながら口を閉ざし、ただ男の目を見すえた。距離が近いため、酒臭い息が荒々しく肩にかかった。

「この人を臆病者と呼べるのか。なにもせず、ただ黙って見ていたおまえが」レイノルズが拘束に抗《あらが》って、ふたたび挑みかかった。「おまえのようなやつは、おめでたくも信じているのだろうな。おまえのドラゴンが、一万頭の仲間がむざむざと殺されていくのを、病原菌に冒されて犬のように死んでいくのを見ても、ただおまえの幸福だけを願っている、と」

「死んでほしかったのは、そのうちの一頭だけだがな」と、酒臭い男が言った。それを耳にした途端、ローレンスはレイノルズを放し、こぶしを振りあげて、男に殴りかかっていた。

　男は酔って足もとがおぼつかなかったので、テーブルに倒れこみ、酒瓶ごとテーブルを倒して、自分もひっくり返った。安酒がこぼれ、瓶が地面を転がった。一瞬、場が静かになったが、ただちにテントのなかの椅子が一斉に引かれた。誰もが、もう充分なけんかの大義名分ができたと確信しているのだ。

　口論はたちまち乱闘になった。誰が敵か味方かもわからなかった。同じテーブルについていたふたりの男が取っ組み合っている。ローレンスはすぐに数人の男たちに捕まった。そのうちのひとりは見知った顔だが、すぐには名前が出てこなかった。男の衣服に赤黒いドラゴンの血がついていた。ジェフリー・ウィンドル。組み合ったとたん、名前を思い出した。ウィンドルが強烈な一発をローレンスの顎にみまった。

　その衝撃でもんどり打って倒れた。歯がガチガチと鳴り、その不快な音が強烈な痛みとともに頭のなかを掻きまわす。テントの柱につかまり、椅子をつかみ、ウィンドルがもう一度突進してきた瞬間、椅子を転がして防御した。ウィンドルが椅子につまずき、全体重で柱に倒れかかった。おそらくローレンスより十四ポンドは重いだろう。その重みで粗布の屋根が大きくたわんだ。

さらにふたりの男が、怒りにまみれた顔でローレンスの両腕を左右からつかみ、近くのテーブルに乱暴に押しつけた。始末の悪いことに、ふたりとも粗暴になるほど酔ってはいるが、なまくらになるほど酔っぱらってはいなかった。ローレンスはバックル付きの靴とほつれた長靴下を履いており、床に転がるには不向きな恰好で、足で相手を蹴りあげるにも靴の重さが足りなかった。

男たちはローレンスをテーブルに押さえつけると、ひとりがナイフを手に取った。食事用ナイフで、まだ料理の脂でぬらぬらしている。ローレンスは片足のかかとをテーブルの天板におろし、勢いをつけて上体を起こした。肩をひねって拘束から逃れ、ナイフのひと突きをかろうじて避けた。ナイフの刃がくたびれた上着の肩を切り裂いた。

テントの柱がぎしぎしと音をたて、突然、粗布の屋根がどさりと落ちてきた。ローレンスは両腕が自由になったものの、今度は粗布で窒息しそうになった。布は重さがあるため、押しのけるにも力を振り絞らなければならない。

テーブルから体を返して逃れたところで、また腕をつかまれ、引っ張られた。ローレンスはこの新しい攻撃者にやみくもに殴りかかった。いっしょに床に倒れ、組み合ったまま地面を転がった。そしてとうとう、相手が覆いかぶさった粗布をふたりの頭から払った。やっと外気に触れる。なんと、組み合っていた相手はグランビーだった。

「あーあ、やれやれ」グランビーが言った。ローレンスが振り返ると、テントの半分が崩れ落ち、地面から盛りあがった巨大な固まりになっていた。酔いから醒《さ》めた者たちがけんかから手を引いて、崩れていないテントの片側からランタンを持ち出している。つぶれた部分の粗布からはすでに煙があがっており、そこに水をかける者もいる。

助っ人に加わろうとするローレンスをグランビーが制して言った。「もっとましなところに行きましょう、どうぞこちらへ」グランビーは野営地のなかの小道にローレンスをいざなった。

その細いでこぼこ道は、ドラゴンの宿営につづいていた。ふたりは坂道を黙ってのぼった。ローレンスは浅い呼吸を整えようとしたが、うまくいかなかった。神経が昂《たか》ぶっていた。あの酔っぱらいの口から出るまで考えもしなかった可能性が心に重くのしかかってくる。

自分が縛り首になったら——つまり、彼らにしてみればテメレアが使えなくなったら——あの連中がテメレアを殺さないと、はたして言えるだろうか。世界じゅうのドラゴンを竜疫に感染させて、苦悶《くもん》の死に追いやろうとした連中なのだ。敵と見なすフランスや中国にテメレアを使われるくらいなら、いっそテメレアの死を望むことだろう。テメレアを死に至らしめるために、どんな手段を用いることも厭《いと》わないだろう。連中にとって、テメレアは扱いづらいけだものでしかないのだから……。

「ぼくの想像ですが」と、グランビーが暗がりのなかで唐突に切り出した。「あれは、テメレアが言い張ったことですね——あなたが、あの薬キノコをフランスに持ちこんだのは」

「そうだ」しばらく沈黙してからローレンスは答えたが、テメレアの翼の下に隠れるような自己弁護はしたくなかった。「恥を忍んでいうが、最初は、テメレアがやると言い張った。恥ずかしく思う。でも、そそのかされたわけじゃない。信じてほしいが、最後は自分の意志だ」

「いえ……」グランビーは言った。「その、なんて言うかな……ぼくが言いたいのは、あなたひとりで考えついたはずがないってことです」

その見立ては正しかった。グランビーは慰めのつもりで言っているのだろうが、実際にそのとおりだ。突然、胸をえぐられるような痛切な思いが込みあげ息が止まった。孤独、いや、それだけではないなにか。故郷の家を思うような、そんな情動に近いなにか。どうしようもなく……テメレアに会いたい。テメレアの翼に抱かれて最後の夜をともに眠ったのは、もう三か月近く前だ。北の山岳地帯。すでに国家への反逆行為に手を染めており、イギリス海峡を渡る前に、数時間だけ、仮眠の時間を確保した。

あれからというもの、ほとんど監獄のなかにいた。過酷な日々だった——自分にとっても、テメレアにとっても。この三か月、テメレアはさびしく、友もなく、不幸せに過ごしているだろう。繁殖場は担い手を忌避《きひ》したか退役したドラゴンしかいない。ドラゴンどうしのいさかいを戒《いまし》めるような秩序もないだろう。

ローレンスもグランビーもふたたび押し黙り、ドラゴンの宿営をひとつひとつ過ぎていった。グルグルという竜の低いうなりが、左右双方から聞こえてくる。食事のあとらしく、クルーたちがランタンの乏しい明かりで竜ハーネスの手入れをしている。鍛冶《かじ》ハンマーを振りおろす音がかすかに聞こえ、ハーネスに塗る油脂の臭いが鼻腔をくすぐった。

闇のなかを遠くまで歩き、最後の宿営を過ぎると、急坂をのぼり、丘のてっぺんを目指した。野営地全体が見わたせる頂上に着くと、そこにはイスキエルカがしっかりと体を丸めて眠っていた。寝息に合わせて蒸気が噴き出し、暖を求める野生ドラゴンたちがまわりに集まっている。

グランビーが近づくと、イスキエルカは片目だけあけて、物憂《ものう》げに尋ねた。「戦いは、まだ?」

「まだだよ。いい子だから、おやすみ」グランビーが言った。イスキエルカはため息をつき、目を閉じた。イスキエルカの声で人が来たことに気づいたクルーたちが視線をあげ、ローレンスとグランビーを代わる代わるに見やると、ふたたび目を伏せて沈黙に沈んだ。誰も口をきこうとしなかった。

「わたしは、ここにいないほうがよさそうだな」ローレンスは言った。クルーのなかの何人かは見知った顔だった。かつて自分の配下にいた者たちもおり、彼らが新しい場を得たことをありがたく思った。

「滅相《めっそう》もない！」グランビーが言った。「ぼくはそんな意気地《いくじ》なしじゃありませんよ」

憤慨《ふんがい》したように言って、ローレンスを自分のテントに案内した。そのテントは、イスキエルカの放熱の恩恵を心地よく受けられる場所に張られていた。

「きのうから、さんざんな目に遭ってます。あの子はほんとにだだっ子で――ええ、ほかに言葉が浮かびません。編隊飛行を守らない。信号に従わない。野生ドラゴンたちを引き連れて、やりたい放題だ」グランビーは両手を振りあげると、自分専用の酒のボトルをテントの床から拾いあげ、それぞれのグラスに注ぎ、グランビーらしからぬ荒々しさで飲みほした。

「警邏《けいら》活動のときは、そうひどくもないんです」グランビーは口をぬぐって言った。「いちいち指示する必要もない。あの子が指揮をとって、うまくやってくれる。ぼくが目をかけなくてもいい。ところが艦隊の掩護《えんご》となると――使いものにならないとは言いませんよ」と、断わりを入れてからつづける。「一等級艦と三隻のフリゲート艦を沈めました、あの子とその仲間で。そして、十数頭のフランスのドラゴンを追い払った。でも、あの子には規律のきの字もないんです。ぼくの命令に従わず、英国航空隊の編隊の右翼を大きくあけてしまった。そのせいで二頭のドラゴンがひどい怪我を負った。上層部の意向しだいで、ぼくは降格されて当然です」

グランビーは小さなテントのなかを行ったり来たりした。空のグラスを持ったまま、早口に、昂ぶったようすで、とにかくふたりの間を埋める言葉を見つけなければならないというようにしゃべりつづける。

「これでは航空隊が破滅してしまう」グランビーは言った。「まさか自分が士官たる道を踏みはずす日が来るとは考えてもみませんでした。ぼくは、自分のドラゴンを堕落させてしまう大ばかです。なのにこうして任務に就いていられるのは、ドラゴンの所属が航空隊だからだ。陸軍も海軍もぼくらを嘲笑する。ある意味で、それは正しい。わが空将たちは、航空隊を統括する海軍のやり方に合わせようと躍起《やっき》になるが、若い空尉候補生たちに、もっと分別を持てと言っても無駄なんです。彼らはまんまと放免される者を目《ま》の当たりにしているわけですからね――」

グランビーははっと足を止め、苦しげなまなざしを寄こした。自分のことを語っているつもりが、いまの言葉がローレンスへの当てつけのようにも聞こえてしまうことに気づいたからだろう。

「きみは間違っていない」と、ローレンスは言った。自分も海軍時代には同じように感じていたものだ。航空隊は粗野で無鉄砲で放埓《ほうらつ》で、法や権威——ことにドラゴンの管理に適用される法や権威を軽んじていると。

「いっそうの自由を求めるとしたら」ローレンスは気詰まりな雰囲気を切り抜けようとして言った。「それは、ドラゴンにとっての自由だ。戦いに勝っても、彼ら自身が報奨金《ほうしょうきん》をもらえるわけじゃない。担い手が幸福であることに満足するだけだ。国家は、国家の平和と安寧《あんねい》のためにドラゴンを養っているにすぎない。わたしたちは本来すべきではないことを許され、ドラゴンを従順にさせるために彼らの愛情を利用している。その愛情が彼らを生かすどころか、損うほどまでに」

「では、ドラゴンをどう扱えばいいんです？　ほかの道などあるんですか？」グランビーが言った。「ぼくらがこの戦争に負けたら、フランスがこの国を支配し、ドラゴンの卵をすべて持ち去っていくだけです」

「中国では、ドラゴン自身が自分たちの道を選ぶ」ローレンスは言った。「アフリカでは、いっそうそれが顕著だ。ドラゴンの知性が否定されることも、心と精神が引き裂かれることもない。そう、この英国においてドラゴンたちに自然な愛国心が、わたしたちが当たり前に感じるような愛国心が育たなかったとしても、それはドラゴンの責任じゃない、わたしたちの責任なのだ」

その夜は、グランビーの簡易ベッドを奪うようなことはしたくなかったので、彼のテントで毛布にくるまって眠った。それでも充分に暖かく、真夏のような汗をかいて目覚め、テントの外に出た。ひと晩のうちに雪の降り積もった野営地を眺めるのは、奇妙な感じがした。汚れた灰色のテントが純白に変わり、地面では早くも解けた雪と泥が混じり合っている。

「帰ってきたのね」と、イスキエルカがローレンスの姿を見つけて言った。早起きしたらしく、朝食の焦げた残りをつつきながら、動きの鈍い野営地を不満そうなまなざしで見おろしている。「テメレアはどこ？　テメレアのせいで、あなたはこんなみじめな恰好になっちゃったのね」澄ました顔で言った。

ローレンスは言い返す気にもなれなかった。確かにみすぼらしい恰好だ。みすぼらしい上着に、縫い目のほつれた靴、長靴下にいたっては目も当てられない。

「ねえ、グランビー」と、イスキエルカはローレンスの肩越しに声をかけた。「ローレンスに四番目にいい上着を貸してあげてはどう？　それでね、テメレアに伝えてほしいの」と、ローレンスのほうを向き直って言う。「グランビーがもっといいものをあげられなくて心苦しいって」

ところが、グランビーが日頃身につけているのが、彼の手持ちのなかで四番目にいい上着だった。というのも、イスキエルカの熱心な報奨金稼ぎのおかげで、ほかの三着は金モールやら宝石やらで飾りたてられ、実戦にはまるで不向きなものになっていたからだ。いずれにせよ、グランビーのほうが背丈はあるが、肩幅はローレンスのほうが四インチほど広かったので、グランビーの上着は借りるのに適したものではなかった。そこでグランビーがどこかへ使いをやり、まもなくすると、幼い見習い生がきちんとたたんだ上着とブーツを持ってやってきた。

「やあ、サイフォ！」ローレンスは声をかけた。「元気そうでうれしい。きみの兄さんも元気か？」アフリカで大いに助けられ、英国に連れてきた兄弟がどうしているか、ずっと気になっていた。短期間は彼らを養育するために自分のチームに加えていたが、あまりにも突然に地位を失ったものだから、誰かにその後を託すこともできずにいたのだ。

「兄も元気にしております」サイフォは、ローレンスがこれまで彼から聞いたこともない完璧な英語で答えた。この子は英語をはじめて耳にしてから一年とたっていないはずなのに……。「兄は、アルカディといっしょに飛んでいます。キャプテン・バークリーから、歓迎する、こちらに来てマクシムスに会ってやってくれ、意固地《いこじ》な頑固野郎じゃないならな——とのことでした」と、少年は大真面目な顔でメッセージを伝えた。

ローレンスがバークリーの宿営を訪れ、兄弟を引き取ってくれた礼を言うと、「あいつらに恩があるのは、きみだけじゃないぞ」と、彼は持ち前のぶっきらぼうな口調で返した。「心配ご無用。あいつらが放り出されることはない。むしろ必要とされている。なにしろ、野生ドラゴンどもの言葉が航空隊の誰よりもわかる。兄のほうは、あのおかしな巻き舌言葉を、英語を話すときより早口で話すんだ。むしろ、けんか騒ぎでぶっ倒されないように心配してやってくれ。海軍省からしつけをまかされて、おれは四苦八苦した。海軍省は兄のほうを士官見習いにするつもりだ。九歳に満たない弟のほうはまだだがな。ディメーンなら、おれの進言がなくても、昇格していただろう。ただ、あいつの問題はけんかっぱやさだ」バークリーはきっぱりとひと言で言いきった。「あいつは仏兵《カエル》と戦ったほうがいい。それなら説教を食らわずにすむんだから」

マクシムスはローレンスが最後に会ったときよりずいぶん回復していた。三か月間、海岸でしっかりと栄養をつけたおかげで、体重は戦闘に参加していた当時に近づいていた。マクシムスは頭をおろし、謀《はかりごと》をもちかけるように声を潜めて言った。「テメレアに言ってほしいんだ。おれとリリーは約束を忘れてないって。求められれば、いつでもテメレアといっしょに戦う覚悟がある。あなたを縛り首なんかにさせるもんか」

ローレンスは、この巨大なリーガル・コッパーを見あげた。マクシムスのクルーたちが複雑な表情になっている。無理もない。マクシムスは声を潜めたつもりでも、その声は周囲のドラゴンの宿営にも筒抜けなのだ。「そんな話なら、これまでもさんざん聞いてきた。いまよりもっとでかい声でな」と、バークリーだけが鼻を鳴らして反応した。「もしかしたらそれもあって、きみが軍艦に監禁されるはめになったのかもしれん——まともな陸の監獄じゃなくてな。おれに謝る必要はないぞ。これから、きみとあのイカれドラゴンが目にもの見せてくれるにちがいない。早くやつを取り戻せ。

あいつといっしょに仏兵《カエル》を打ち負かしてくれ。そうすりゃ、きみが縛り首になるのをみんな心配せずにすむんだからな」

そうなるかどうかはともかく、このやたらと快活な励ましを受けて、ローレンスは伝令竜発着所に向かった。みすぼらしい身なりはいくぶんましになっていた。ずんぐりとした体型のバークリーから借りた上着は、大きすぎるが着られないことはなかったし、ブーツもつま先に藁を詰めればなんとかなった。だが、見てくれがましになったところで、待遇がよくなったわけではない。

発着所には十数頭のドラゴンがいて、送り届ける文書や命令書を待っていたにもかかわらず、伝令竜管理官から「お待ちいただくことになりますよ」と言い渡された。発着所の外で待っていると、管理官が部下の士官たちに話しかけるようすが見えた。ローレンスを乗せようと申し出る伝令竜のキャプテンはひとりもいなかった。

一時間ほど待っているあいだに四件の文書が届き、すぐに送り出されていった。そのあと、新たなウィンチェスター種が一頭、海軍省の命令書をたずさえて飛来し、ようやく、伝令竜管理官が近づいてきて言った。「さて、ようやくあなたをお連れする伝令使が見つかりました」

ローレンスが言われたほうに近づくと、「おはようございます」と、その伝令使が軍帽に触れて挨拶《あいさつ》した。以前ローレンスの部下として地上クルーの長を務めていたホリンだった。「エルシー、キャプテンをお乗せするように。キャプテン、こちらのストラップをお使いください」

「ありがとう、ホリン」ローレンスは言った。ホリンの実務的な対応をありがたく思いながら、エルシーの背にのぼった。「行き先は、ペナヴァンだ」

「承知しました。航路はわかります」ホリンが言った。「エルシー、出発前に食事はいいのかい?」

「いいの」エルシーは、水桶から水のしたたる頭をあげて言った。「あそこにはいつもおいしい牛があるから、着くまで我慢する」

飛んでいるあいだ、会話はほとんどなかった。小型でスピードの出るウィンチェスター種は、どのあたりを飛んでいるかがよくわかるが、強い風圧に竜ハーネスのカラビナの強度をつねに試されている気がした。革製のハーネスをつかんだローレンスの手にはすぐに水ぶくれと青痣ができた。

飛行速度の速さゆえ、褐色の畝《うね》と雪とが縞のように連なる農地がぼやけて見える。

寒風が顔を打ち、首もとから上着のなかに流れこみ、シャツのすり切れた布地を通って、肌を刺す。しかし、ローレンスにはそんなことはどうでもよかった。ペナヴァンに一刻も早くたどり着きたくて、目的地までにまだまだ距離があることがうらめしかった。

やがて、丘の上に建つグッドリッチ城が見えてきた。上空を通り過ぎるために、ホリンが信号旗を掲げる——〝伝令竜命令書携行〟。城塞《じょうさい》の信号砲が受信応答の空砲を放ったときには、城はすでに後方に過ぎ去っていた。

山岳地帯がしだいに近づき、日が暮れかかるころ、エルシーは最後の険しい尾根を越え、さらに地面が踏み固められた採食場の広い土地を越えた。採食場の地面の黒い汚れの多くは、ドラゴンたちの腹におさまった家畜の流した血だった。その先には断崖絶壁がつづき、そこにドラゴンたちの洞窟が点々と穴をうがっていた。

エルシーが着陸した。牛の囲い地に牛はいなかった。囲い地の入口が大きく開かれたままになっている。明かりもなく、物音もしない。

どの方角を見わたしても、ドラゴンは一頭もいなかった。

# 4　ロンドンを目指せ

ひと晩かけて洞窟の入口に成長したつららは、けものの歯のようにぎらぎらと光った。いまそれは朝日に暖められ、不揃いなリズムを刻んで水滴を岩の上に落としている。テメレアはときどき目をあけて、しだいに細くなるつららをぼんやりと見あげ、また目を閉じた。もう誰もここを立ち退《の》けとは言ってこないし、干渉してくる者もいない。

だがふいに、背中をかぎ爪でつつかれ、頭をあげた。洞窟入口の岩棚に小型ドラゴンが舞いおり、テメレアを起こしたのだ。小型ドラゴンからおりてきたのは、ロイドだった。「さあ、もう外に出てきてくれ」とロイドは言い、靴音けたたましく、泥汚れを岩の上に落としながら近づいてきた。「お出かけの時間だよ。おいおい、なんでそんなに機嫌が悪いんだ、坊や？　すてきなお客様がお待ちかねだ。だから、まるまるとした仔牛を――」

テメレアはこれまで、ローレンスの身に危険が迫ったときを除けば、誰かを殺したいと思ったことは一度もなかった。血が騒ぐ戦闘はけっして嫌いではないが、自分のために誰かを殺したいと思ったことは一度もない。しかしこのときばかりは、目の前にいるロイドの息の根を止めてやりたかった。ローレンスが死んでしまったというのに、こんなふうに話しかけてくるこの男を。

「うるさい」と、テメレアは言った。

だが、ロイドは話をやめなかった。「特別な仔牛をきみのために用意したよ。今夜は——」

テメレアは首を伸ばし、ロイドに頭を近づけ、低い声で言った。「ぼくのキャプテンが死んだ」

なにがしかの効果はあったようだ。ロイドの顔から血の気が失《う》せ、ぴたりと口を閉ざすと、凍《こお》りついたように動かなくなった。テメレアは近くでロイドの顔を見つめ、いささかがっかりした。もしロイドがなおも戯言《ざれごと》をぬかすようなら、あるいはいつものように無礼なふるまいにおよぶようなら、この男をひと思いに……。いや、そんなことをローレンスは好きではない……いや、好きではなかった。テメレアはシューッと威嚇の音を発して首を引っこめ、きつく体を丸めた。ロイドがへなへなと腰を崩した。

「なにかの間違いじゃないかな」しばらくたって、ロイドは言った。その声はいくぶん沈んでいたが、みじんの誠意も感じられなかった。「なにも聞いてないいんだよ、坊や。わたしのところにそんな知らせは届いていない——」

テメレアの胸にまたも怒りが込みあげた。しかし、今度の怒りは前とはちがった。先刻の突きあげるような激情は切っ先を鈍らせ、むしろ疲労感が勝っていた。ロイドがいますぐどこかへ消えてくれればそれで充分だ。

「あの人がタイバーンの処刑場で縛り首にされても、あなたは言うだろうね、〝彼は生きてる〟って」テメレアは苦々しさを噛みしめて言った。「その嘘でぼくをだまし、ぼくを生かし、繁殖させ、あなたたちの言うなりにさせられるならね。でも、もういやになった。ぼくは耐えてきた。なにをされても耐えてきた、ローレンスに生きてほしかったからだよ。でも、もう我慢なんかしない。食べたいときに食べる。あなたたちの言うなりにはならない。ぼくが選んだ相手でないかぎり、繁殖もまっぴらだ」そのあと、ロイドを乗せてきた小型ドラゴンに向かって言った。「こいつを連れ去ってくれないか。そして、仲間に言ってほしいんだ。今後、こちらから求めないかぎり、こいつをここへ連れてこないようにって」

小さなドラゴンは意を決したようにうなずき、驚いて抵抗するロイドを前足のかぎ爪でつまんで背中に乗せた。テメレアは目を閉じ、ふたたび体をきつく丸めた。ぽたりぽたりと落ちるつららの水滴だけを友として、これからは過ごしていこう。

ところが数時間後、ペルシティアとモンシーがわざとらしい快活さを装って、洞窟の岩棚にあらわれた。殺したばかりの牛を二頭持ってきており、洞窟にいるテメレアの目の前に置いた。「いらない」テメレアはきっぱりと言った。

「そうかい？　きみのところへ持っていくって言うだけで、ロイドはすごくうまいやつを都合してくれたんだけど」モンシーがいそいそと言った。「そんなら、ぼくらがここで食べてもかまわない？」そう言うと、最初の一頭をかぎ爪で引き裂いた。

生温かい血の臭いが漂い、テメレアは思わずしっぽをぴくりとさせた。それを見計らったかのように、ペルシティアが二頭目の牛をひょいと放って寄こす。テメレアはとっさに顎で受けとめ、数口で呑みこむと、最初の一頭も瞬時にたいらげた。

そのあとは洞窟から出ていき、採食場でさらに一頭を、結局は都合四頭を腹におさめた。食べているあいだはなにも考えず、なにも感じなかった。小型ドラゴンたちが採食場の隅で肩を寄せ合い、不安そうにテメレアを見つめていた。テメレアが新たな牛を目でさがすと、小型ドラゴンの二頭が立ちあがり、一頭の牛をテメレアのほうへ追いやった。が、話しかけようとはしなかった。テメレアは食事を終えると、川沿いに飛んで、誰にもじゃまされない場所を見つけ、水を飲んだ。みぞれのなかを長時間飛んだあとのように、体の節々が痛かった。

自分だけで洗えるところは洗い、体の汚れを落とした。それから洞窟に戻り、ふたたび考えごとをした。ペルシティアがやってきて、テメレアなら興味を持ちそうな数学問題を披露《ひろう》した。しかし、テメレアはそれを横目で見ただけで言った。「いまは無理。それより、モンシーをさがしにいかない？　戦争がどうなったかを知りたいんだ」

「さあ、どうなってるんだか」モンシーはテメレアの問いかけに驚いたようすで言った。テメレアとペルシティアは、モンシーをさがして山腹まで来た。モンシーはその牧草地で、同じウィンチェスター種の仲間と遊んでいた。何頭かの野生の小型ドラゴンもいっしょだった。みんなでゲームをしており、木の枝を地面に大量に放って、一本も落とすことなく、できるだけたくさん拾いあげたものが勝者になるらしい。

「ここにいるかぎり、ぼくらには関係ない話だからね。フランスのドラゴンとキャプテンがスコットランドに侵攻して、さらに北上していると聞いたよ。でも、ここらへんで戦うことはないいんじゃないかな」モンシーが言った。

「ぼくらにも関係あることだよ」テメレアは言った。「ここはぼくらの領土だ、どこもかしこもぼくらのものだ。それをフランスが乗っ取ろうとしてる。きみの洞窟を乗っ取られるのと同じことさ。ううん、それ以上だ。あいつらは、きみの洞窟もろとも、あらゆるものを奪っていくんだから」

小さなドラゴンたちがいくぶん興味を引かれたのか、ゲームの枝を地面に置いて、テメレアのそばに集まってきた。

「で、きみはどうしたいんだ?」モンシーがテメレアに尋ねた。

軍や公的機関の伝令竜がこの地方にも飛んでいた。伝令竜たちはあらゆる方位に向けて全速力で飛んでおり、まだ午後の早い時間だったので、モンシーやその仲間のウィンチェスター種がさっそく飛び立ち、テメレアの求める情報を集めて戻ってきた。

報告される数字は多少ちがったものの、戦況の大筋はつかむことができた。ナポレオンは間違いなく大量の兵士を英国本土に送りこみ、その大軍がロンドンに近づいていた。だが、まだナポレオン軍を追い払う大規模な戦闘は起こっていないようだ。

「ナポレオン軍が海岸地帯にうようよいるらしい。なんでもダヴー元帥《げんすい》とかがロンドンの南東のケントにいて、もうひとりの元帥、ルフェーブルはこっちに向かっているんだとか」モンシーが、ロンドンの西方、ウェールズに近い地方の状況について報告した。

「ふふん、ルフェーブル元帥なら知ってるよ。ダンツィヒの砦《とりで》の戦いのときに会ってるからね」テメレアは言った。「あまり賢い人じゃなかったな。彼ひとりの指揮ではぼくらに大きな攻撃を仕掛けられず、結局、リエンがやってきて、すべてを引き継いだんだ。ところで、英国陸軍はいまどこにいるの?」

「ロンドンまで退却したんですって」ミノーが言った。「みんな言ってたわ、大きな戦いがあるだろうって。たぶん、二週間かそこらで」

「一刻の猶予《ゆうよ》もないな」テメレアは言った。

こうしてただちにドラゴン評議会が招集され、すべてのドラゴンが集結した。大きなドラゴンたちもテメレアに敬意を払うようになっていたが、バリスタだけはあいかわらず居丈高《いたけだか》だった。「あなた、気が動転してるのね。しかたないわ、当然よ。でも、もしあなたが新しいキャプテンがほしいって進言したら――」

「ちがうったら！」テメレアは即座に返し、目を逸らした。残響で体が震えるほどの大声だった。場が静まり返り、すべてのドラゴンがテメレアの言葉を待った。

しばらくして、やっと口をきけるようになり、テメレアは言った。「新しいキャプテンがほしいなんて思ってないよ。どうせ、その人は他人だもの。ロイドの牛じゃないんだから、ぼくはもう誰にも担われなくていいんだ。自分の力で戦える。ここにいるみんなだってそうだよ」

「しかし、なんのために戦う？」レクイエスカトが言った。「フランスが勝とうが、おれたちが困ることはない。卵を持っていかれるくらいだろう。それだって、ドラゴンの卵なら慎重に扱われる」

同意のささやきが起こり、モンシーが憂《うれ》いを含んだ声で言った。「海軍省がどんなに公正じゃないかは誰でも気づいてる。やつらはどんな自由もぼくらドラゴンに与えようとしなかったし――」

「いまは政府のやり方に不満を言いたいわけじゃない」テメレアは言った。「でも、この国は人間の領土であると同時に、ドラゴンの領土でもある。そう、ここは、ぼくらの国だ。ナポレオンが国を乗っ取ろうとしているのに、なにもしないでここで牛を食べてたら、異議を唱える権利がなくなってしまうだろう」

「なにに異議を唱えようと言うんだ？」レクイエスカトが言った。「ここにはなんでもある。おれたちのほしいものはなんでも手に入る」

「きみは、じめじめした不快な洞窟でも、強引にほかのドラゴンと取り替えてしまうからね。だから、ドラゴン舎で眠りたいなんて考えないんだ。ドラゴン舎ならけっしてじめじめしないし、冬だって寒くないのに」テメレアは冷ややかに言った。「ほしいものはなんでも手に入ると思ってるのは、もっといいものを知らないからだ。なぜ知らないかと言うと、一生をここか基地かに閉じこめられて過ごしてきたからだ」

テメレアはドラゴン舎について少しだけ説明したあと、アフリカのドラゴンの暮らしについて語った。「そして、シルクロードのユーティエンでは、ドラゴンたちが露店を開いて、山のような宝石を売っていた。ローレンスはブリキやガラスのまがい物だって言ったけど、ものすごくきれいだった。アフリカには黄金がいっぱいあって、ドラゴン・チームの全員が黄金を身に付けていた」こんな話を聞いて、ため息をつかないドラゴンはまずいなかった。たとえ小さくても装飾品を付けたドラゴンは自分のそれを見つめ、そうでない多くのドラゴンはそのようすをうらやましげに見つめた。

「おれにはその話じたいがまがい物に聞こえるぜ」レクイエスカトが言った。

「じゃあ、きみはここに残って、ぼくの洞窟を使うがいいさ。ドラゴン舎とは比べものにならないけどね」テメレアは冷ややかに言った。「ぼくらがナポレオンに勝利して報奨金を手に入れても、きみには分配しない。モンシーがきみよりたくさんの黄金をもつことになるかもしれないね」

「報奨金とな！」老いたゲンティウスが突然、居眠りから目覚めて言った。「わたしも戦って報奨金をもらったことがある。わたしのキャプテンは十四分の一の分け前をもらった。それで彼女はあの肖像画を描かせたのだ」

どのドラゴンもゲンティウスの洞窟にある肖像画のことを知っており、感嘆の声があがった。どこかの国の見たことのない、想像するしかない宝石よりも訴えかけるものがあるのだろう。

「まあ、まあ。落ちついて」バリスタがしっぽで地面をバンバンと打ったが、いつもより寛容さが感じられた。「いいこと？　わたしたちの誰もフランスを勝たせたいなんて思っちゃいないわ。軍務経験があるものは、みんな一度はあいつらと戦ってる。でも、ハーネスも付けず、キャプテンもいなくて、いったいどうするのかしら。それじゃあ戦えないわ。まわりを囲まれて撃たれておしまい――たとえ大型ドラゴンでもね。冗談じゃないわよ」

「軽はずみに戦えばそうなるよ、単独ならなおさら」テメレアは言った。「でも、そうなるって決まったわけじゃない。ハーネスを付けてなきゃ、斬りこみ隊に乗りこまれることもない。つまり、捕まらない。ドラゴンの軍隊をつくって、ぼくらで作戦を考えよう。飛べもしないのに、ぼくらの考えを聞こうともしない人間が考えつくような作戦じゃなくてね。しっかりやれば、間違いなく、もっといい作戦で戦える」

「へえぇ、なるほど」バリスタがさも納得したようにつぶやいた。おおかたのドラゴンの反応も同じだった。

「けっこうけっこう」レクイエスカトが言った。「なんともうまい話じゃないか。だがな、すべてペテンだ。戦って宝石が手に入る――まことにけっこうな話だが、問題は当座の食いものをどうするかってことだ」

翌朝、食事時間になると、すべてのドラゴンが採食場に舞いおりた。牛たちが柵囲いのなかで、哀れっぽく鳴きながら、放たれるのを待っていた。草をいっぱい食べた牛特有のうまそうな匂いに、テメレアは思わず舌なめずりしそうになった。しかし、ほかのドラゴンたちと横一列に並んで、微動だにしなかった。牛たちが走り出しても、そっちへ鼻先を突き出すドラゴンすら一頭もいなかった。牛たちがいぶかしげに牛をドラゴンのほうへ追いやったが、それでも同じだった。牧夫たちは互いに顔を見合わせ、それから後方のロイドを振り返った。

ロイドは横一列に並んだドラゴンの前を行ったり来たりしながら、困惑したようすでそれぞれのドラゴンを見あげ、「ほらほら、食べるんだ」と声をかけた。かなり必死になっていた。テメレアはロイドが自分のほうに近づいてくるのを見計らい、頭をおろして尋ねた。「ロイド、牛たちはどこから来るのかな?」

ロイドはテメレアをまじまじと見つめた。「おいおい、食べるんだ、坊や」と、弱々しく同じことを言う。もはや命令ではなく、懇願《こんがん》のようだった。

「黙れ。ぼくの名はテメレアだ。口のきき方に気をつけてくれ。礼儀をわきまえた話し方をするように」

「は、はあ」ロイドの返事は納得しているとは言いがたかった。

「フランス軍の侵攻については聞いているんだね？」テメレアは尋ねた。

「それか！」ロイドの声に安堵《あんど》がにじんだ。「それなら心配しなくていい。フランス軍はこのあたりには来ないから、やつらに牛を横取りされることはない。食べるのに困ることはない。牛はここに毎日やってくる。節約しろというお達しも来てないよ、坊や」

テメレアは頭をもたげて、小さく吼えた。それだけでロイドを黙らせるには充分だった。採食場を見おろす丘の斜面から、テメレアのかぎ爪に隠れてしまうほどの小さな雪塊が転がり落ちた。「口のきき方に気をつけろ」頭をおろし、ロイドを片目でぎろりとにらむ。

「は、はい……」ロイドがかすれた声を出した。

テメレアは満足し、ふたたび尻を落としてすわった。「ぼくらはここから出ていく。だから、牛をここに運んできてもしょうがないんだ。ぼくらはナポレオンと戦いに行く。ここにいるみんなで。だから、牛を連れていかなくちゃならない」

ロイドはぽかんとしていた。彼が事態を呑みこむのにほぼ一時間を要したが、そのころにはすべてのドラゴンが採食場から立ち去ろうとしていた。立ち去ったが最後、二度と戻ってこないだろうことをロイドも察して、必死にすがり、せがみ、泣きついた。その醜態《しゅうたい》を見て、テメレアは複雑な気分になった。ロイドはとても小柄で、この小さな男の懇願をはねつけるのがまるでいじめのように思えてきた。

「もういい！」テメレアは決意を固めようとして言った。「ロイド、あなたを傷つけたり、あなたの食いぶちや財産を奪ったりしようとは考えてないよ。だから、そんなふうに泣き言を言わないでくれ。ぼくらはただ出ていくだけなんだから」

「だから困るんだ。わたしは間違いなくお払い箱だ。それだけではすまないかもしれん」ロイドは涙ながらに訴えた。「おまえたちが逃げ出し、みちみち農家から家畜の略奪でもしてくれたら、生きていられるかどうかもわからない」

「略奪するつもりなんかないよ、ぜんぜん」テメレアは言った。「だから、あなたに尋ねてるんだ、牛たちはどこから来るのかって。政府がぼくらのためにどこかで牛を飼ってるなら、そこの牛は全部ぼくらのものだ。だったら、その牛を持っていって、どこか別の場所で食べちゃいけないってことはないだろうからさ」

「いや、牛はそこらじゅうから来る」ロイドは手で牧夫たちを示して言った。「彼らが毎週、あちこちから牛を連れてくる。ここのドラゴンを養うには、ウェールズじゅうの牛がいるくらいだ。一か所じゃとても足りない」

「ふふん」テメレアはかぎ爪で頭を掻いた。この山並みを越えたあたりに巨大な牛囲いがあって、そこでおびただしい牛が迎えを待っているのだろうと想像していたのだ。「それなら」と、決意して言った。「きみたちに手伝ってもらうよ。農家をまわって、牛を集めて、それをぼくらの飛行ルートに沿って運ぶんだ。それなら――」新たな考えがひらめき、付け加えた。「きみたちは誰からも文句を言われないし、お払い箱になることもない。なぜって、ぼくらを逃がすことにはならないんだから」

牧夫たちは納得せず、口々に抵抗した。なかには家族をかかえる者もいた。そして、誰も戦争に行きたがらなかった。

「笑止千万！」と、テメレアは言った。「フランスと戦うのは、ぼくらだけじゃなく、あなたたちの務めでもある。なぜって、あなたたちの政府だから。あなたたちが必要なら、政府は強制徴募だってするだろう。これまで強制徴募された兵士をいっぱい見てきたよ。だけど、あれはあんまりいいことじゃないね」そう付け加えたものの、なぜ彼らが戦いに行きたくないのかがわからない。

この胸が悪くなるような閉鎖的な場所と比べれば、テメレアにはたいていの場所はましに思えた。そこには、少なくとも自分にとって果たすべき仕事があり、ぼんやりと過ごさずにすむのだから。

「それでも、ナポレオンに勝たせるわけにはいかない。あなたたちだって、ドラゴンがいなくなったのに、ここでぼうっとしていたと政府に知られたら、もう賃金はもらえなくなるんじゃないかな。でも、ぼくらといっしょに来たら、ぼくらの報奨金を分けてあげることもできる」

報奨金という言葉は、ドラゴン同様、人間にも魔力のような効果を発揮した。静かな同意のつぶやきがあちこちで生まれ、それによって総意がまとまった。もし、ここに留まれば責められることになるだろう。しかしもし、逃亡するドラゴンたちを追っていくなら、職務を放棄したことにはならないだろう。少なくとも、ついていった者たちを非難することはむずかしくなる。

「出発が来週あたりなら、準備を整えられるんだが」ロイドがまだ決めかねるのか、最後の抵抗を見せた。「なんなら、きみたちも少し食べて、寝て――」

「出発はこれからだ」テメレアはそう言うと、腰をあげ、声を張りあげた。「前衛部隊から出発。その前に食事をとってくれ」

モンシーとその仲間の小型ドラゴンたちが嬉々《きき》として家畜の群れに襲いかかり、仕留めた獲物を噛み砕きながら、空に舞いあがった。一時的に混乱をきたしそうになったが、ドラゴンたちは家畜を捕まえてしまえばあとは早かった。ミノーが牛の頭を呑みこみながら、翼端を振った。「じゃあ、集結地点で会いましょう」雌ドラゴンは地上に向かって叫び、「さあ、行くわよ！」と、伝令竜とほぼ同じ大きさの仲間たちに呼びかけた。小型ドラゴンたちはまたたく間に上昇し、飛び去った。計画された飛行ルートどおりに北へ、それから東に向かうはずだ。

「さて、おれたちも食べていいのか？」レクイエスカトが物思わしげに、小型ドラゴンたちが飛び去る姿を見つめながら言った。

「いいよ、みんな食べてくれ。でもいまは半分だけにしておこう。残りは持っていって、途中で食べる。そうしないと、速力が落ちるし、目的地に着くころに腹ぺこになる」テメレアは言った。「ロイド、ぼくらの行き先はアバーガベニー、あるいはそのはずれだ。アバーガベニーがどこかはわかるね？」

「しかし、明日までに家畜をそこへ連れていくのは無理だ」ロイドが言った。

「じゃあ、できるだけ近くまで連れてきて。あとはぼくらがどうにかするから」テメレアは言った。「ぼくはナポレオンの戦いぶりを見たことがある。たぶん、あと一週間で敵はロンドンに到達するだろう。だから、ぼくらもそうしなくちゃならないんだ」

「ロンドンまでは百五十マイルもある」ロイドが最後の抵抗を見せた。

「だったら、急ぐしかないね」テメレアはそう言い残し、仲間を追って空に舞いあがった。

# 5　赤い旗を掲げて

　ローレンスは人も竜もいない土地に茫然と立ち、テメレアの名を何度も叫んだ。返事はなく、断崖がくぐもったこだまを返すばかりだった。小さな赤毛のリスが一瞬動きを止めてローレンスを見つめ、また去っていった。背後に、エルシーが舞いおりた。

「空には一頭のドラゴンも飛んでいませんでした」と、ホリンがその背中から言った。「でも、見つけたものがあります。こちらへ」

　エルシーがローレンスとホリンを谷の中腹にあるその洞窟まで運んだ。日が暮れはじめていたが、ローレンスは洞窟入口の岩に深く刻みこまれた「テメレア」という文字を見つけ、それを指でなぞった。

　ここにテメレアがいたことは確かだ。そして、この文字を残せるほどには元気だったということだ。たいまつをつくり、ホリンとともに洞窟を調べた。しかし、内部はあまりにも整然としており、テメレアがここに棲んでいたとしても、もはや戻ってはこないだろうと想像された。食べたけものの骨や残りかすもまったく落ちていなかった。

フランス軍の英国本土上陸からまだ二日しかたっていない。しかしもし、すべての牧夫が仕事を放り出し、牛の供給が止まってしまったら、ここにはおびただしい数のドラゴンがいるのだから、牛の備蓄はすぐに底をつくだろう。ドラゴンたちはひもじさから去っていったのか——ちりぢりばらばらに、あらゆる方角に。

「心配いりませんよ」ホリンが慰めるように言った。「テメレアは賢い竜ですから。それに、竜たちがここを離れてからまだそんなにたっていません。囲い地のそばに骨が散らばっていましたが、見たところ、今朝食べた牛の骨のようです」

ローレンスは首を振り、低い声で言った。「テメレアなら、最後までここに残っているようなことはしない。ドラゴンたちはこの近辺の牛を食べ尽くしてしまうだろう。テメレアは、小型ドラゴンより大量に食べなくてはならないから、さらに遠くを目指したはずだ」

「あたし、小型ドラゴンだけど」と、エルシーがいささか不安げに言った。「小さくたって、おなかがすくわ。ここには、なにもないのね」

一行は、ペナヴァンからもっとも近い村落、スレフリドに向かい、小さな農家からエルシーのために羊を一頭買った。農家の住人は、この村は幸運にもドラゴンの襲撃をまぬがれたと語った。「東の空に飛んでったよ。全部いっしょにね。まだ今朝のことだ」エルシーが家畜小屋の裏手で上品に羊を食べているあいだに、農家のおかみさんが言った。「カラスの大群がやってきたみたいに、三十分ほど空が暗くなった。襲いかかってくるかと思ったけど、みんな通り過ぎてったよ」

「ホリン」ローレンスは失望とともに、エルシーのキャプテンを振り返った。「わたしはきみに命令できる立場にはない。それに残念ながら、いまは情報も足りない。テメレアが食糧を求めて出ていったのだとしても、どこへ向かったかは知りようもない」

「そうだとしても」と、ホリンが言う。「ぼくはテメレアとあなたを連れて戻るように言われました。新たな命令を受けるまでは、それが命令だと考えます。きっと明日には見つかりますよ。テメレアなら見逃されるはずがありません」

しかしそれは、おびただしい数のドラゴンが一度に飛び立った場合にまでは当てはまらなかった。実際、この地方のあちこちではぐれドラゴンが目撃されており、大量のドラゴンが自由に飛びまわるようになったら、いったいなにが起きるのか想像もつかなかった。ただし、いくら尋ねても、特殊な形状を——つまり黒い体色に冠翼を持つドラゴンを見たという者はあらわれなかった。

さらに三十マイルほど行ったところで、度胸のある農夫が地下室に逃げこまず一部始終を見ていたと証言した。農夫によれば、一頭の巨大なドラゴンが彼の牛を四頭たいらげたあと、この代金は戦争のための供出として英国政府によって支払われるべきだと告げた。おまけにそのドラゴンは、弁済用の覚えとして樫《かし》の古木に印まで刻んだということだった。

ローレンスは希望をいだいたが、実際に見てみると、それは中国式の印ではなく、ただの〝X〟だった。樫の樹皮にぞんざいなXが刻まれ、その下に四本の引っ掻いた痕がある。母親の手を振り切って家の窓から外をのぞいた少年が、「赤と黄色、炎のような色だった」と証言し、これでローレンスの希望は完全に砕かれた。

モンマスシアの由緒ある旧家では、その敷地内の湖に十頭のドラゴンが飛来して水を飲んだことが大騒ぎになっていた。その家の家政婦頭は怯えたようすで、ドラゴンたちが鹿を何頭か襲ったことも付け加えた。十個の整然としたXが湖畔の地面に印されていた。「黒か赤か……緑と黄色のまだらだったか……確かなことは申しあげられません。なにしろ息をするだけで精いっぱい。メイドの半分は気絶しておりました」家政婦頭は語った。「そのうちの一頭が玄関に近づき、扉越しにカーテンはないかと尋ねました。赤いカーテンがほしいと。寝室から赤いカーテンをすべてはずして、外に放り出しました。けだものたちはそれを持って立ち去りました」

ローレンスは当惑した。銀の皿を要求したというのならともかく、カーテンだって? それでも、ドラゴンたちが集団で行動し、しきりと略奪の弁解をしていることが明らかになった。テメレアがそこにいなかったとしても、テメレアの影響が見てとれた。ドラゴンが商品を買って自分の印を刻む中国式のやり方をまねているのかもしれない。

翌日、ローレンスの一行は、新たな印を持った農夫に遭遇した。農夫は意外にもうれしげで、ドラゴンたちに四頭の牝牛を奪われたものの、今朝、数人の男たちがやってきて、代わりの牛を置いていったと語り、牛たちのほうを手で示してみせた。その四頭の牛は、もともとここにいる痩せっぽちな家畜の群れに比べると格段にりっぱな肉牛だった。

ペナ＝クラウドに七頭、スランドゴの川べりに四頭のドラゴンがおり立ったことが目撃されていた。そのうち一頭の体色が黒だったような気がするという者も、間違いなく黒だったという者もいた。十数頭見たという者、いや二十頭以上いた、いや百頭はいたという者もいた。宿屋の社交場でかまびすしくその数が議論され、話はどんどんふくらんでいった。

ローレンスは話を鵜呑《うの》みにすることはなかったが、エルシーに乗ってさらに数マイルの距離を飛ぶと、草地を大きく掘り返した跡が見つかった。そこは川よりも低い土地で、用足しのための巨大な穴が掘られており、まだ臭気が漂っていた。ここに何頭かのドラゴンがいたことは間違いない。

「だんだん近づいていますね」と、ホリンが励ますように言った。しかし、その翌日、ドラゴンの目撃情報は一件たりともなかった。探索する円をさらに拡大し、何時間も飛びつづけてみたものの、成果は得られなかった。ドラゴンたちの行方《ゆくえ》は杳《よう》として知れなかった。

「明日はさらにフランス軍に近づくことになる。これからは、日暮れを待って飛ぶことにしよう」テメレアは言った。「なるべくこっそりと目立たないように。みんなに伝えてほしいんだ、明かりを見つけても近づいちゃいけない。牛の匂いがしても同じ。牛は鳴くし、走りまわるし、たいへんな騒ぎになるからね」

仲間のドラゴンたちがうなずいた。テメレアは立ちあがり、自分たちの柵囲いのなかの牛を見た。ゴン・スーがいないのが残念だった。調理した肉のほうがうまいからではない。いまは味のことなどどうでもいい。ゴン・スーにいてほしいのは、彼なら米か、米のように肉といっしょに調理できるなにかで、一頭の牛から五頭の飢えたドラゴンを満足させる料理をこしらえてくれるからだった。

ウェールズから離れるほどに、面倒なことが増えていった。ロイドは牛を遠くまで運ぶのは高くつくと言った。なぜなら、道々餌《えさ》を与えなければならないからだ。また、急いで移動させることにも無理があった。急がせれば牛は体調を崩すし、よく食べさせて肥らせるためにはどこかに留まる必要がある。行く先々で牛を手に入れ、借用書を書いて、あとでそれを支払うという方法は、マジェスタティスが考えついた。しかしながら、いつも近場の農場から牛を集めて飛んでいては、早晩、その行動がフランス軍に察知されることだろう。ルフェーブル元帥の軍も、牛を集めるのに忙しかったからだ。

「ぼくたちが牛を運ぶってのはどうだい?」モンシーが提案した。「自分たちで取りに行って、また戻る」

「だめだよ、それじゃあ」ペルシティアが容赦なく言った。「補給のために長時間飛ぶことになる。牛のいる場所に行って戻ってくるだけでおなかが減るよ。そんなの無駄だ。戦うより、行って戻ってくるのに多くの時間を費やすことになる」

「補給線だ」ゲンティウスが首を振り、物思わしげな声で言った。「戦争は、補給線の確保に尽きる。それが、わたしの三番目のキャプテンの持論だった」

ゲンティウスはどうしてもついてくると言い張った。もう飛ぶのに充分な視力もないし、すぐに疲れてしまう。それでも痩せて軽くなったゲンティウスなら、大型ドラゴンに乗せることもできた。また、老いているとはいえ、仲間に毒噴きのロングウィング種が加わっていることが、ドラゴンたちを大いに心強くさせていた。

食糧の確保についてはともかく、テメレアはドラゴンたちの進歩がうれしかった。テメレアとペルシティアとで、いくつかの作戦を考えた。それらは口うるさいバリスタも納得させるほど上出来な作戦だった。モンシーとその仲間が、フランス軍に関する情報を大量に仕入れてきた。捕まらないぎりぎりまで敵に近づき、こっそりのぞき見るという方法で集めた情報だ。テメレアはもっと効率のよい諜報《ちょうほう》活動はできないものかと考えつづけている。野営地を快適にする工夫も凝らした。土地を効率よく使うために小型ドラゴンが大型ドラゴンの上に寝ることにした。これなら暖もとれる。また、初日の手痛い失敗をもとに、水場から離れた場所に排泄用の穴を掘ることにした。

それでも野営の環境は良好とは言いがたく、五頭のドラゴンが体調を崩した。喉の渇きに耐えきれず、臭気を放つ水を飲んでしまったのが災いした。うんざりして、勝手に去っていったドラゴンもいた。そのすべてが軍務に就いたことのない野生ドラゴンだった。しかし、そのうちの何頭かは、自力で食べ物を見つけるのが容易ではないと気づいて、舞い戻ってきた。そうなるとまた食糧の確保と供給が急務になった。

「阿片《アヘン》チンキでおとなしくさせれば、一度に何頭も運べるんだけどな」テメレアは言った。「でも、フランス軍が牛を運んでいるなら、ぼくらはそっちを先に食べてしまうのがいいんじゃないかな。あいつらに牛を集めさせてやろう。それなら戦って食べて、一石二鳥だ」

合理的な戦略だとみなが賛成した。テメレアとしては、牛を奪うことではなく、戦うことが目的だった。戦いたくてたまらなかった。荒々しい欲求、特定の相手ではなく漠然とした何者かへの荒々しい衝動が胸の底でうずき、解放されるのを待っていた。

ペルシティアとモンシーから不安そうなまなざしを注がれていることがよくあった。ときどき、眠りから、いや、眠り半ばの状態から頭をもたげると、自分がひとりきりになっているのに気づいた。ほかのドラゴンたちは距離を置くか、あるいは、低くうずくまり、テメレアをじっと見つめていた。

「体にも悪いだろう、あの若者を閉じこめておくのは」ある会議のあと、ゲンティウスが大きな声で言った。視力の衰えた老ドラゴンは、テメレアが聞こえる距離にいることに気づいていなかった。「ほんとうにすばらしいキャプテンを得て、そのお方を亡くすというのがどんなにつらいか、おまえたちにはわからないだろう。自分の宝物をすべて奪われるよりつらい。あの若者がときどき妙なふるまいをするのはそのためだ。本物の戦い、あいつが必要としているのはそれだな。ちびっと血を見るような戦いだ」

まさにそれこそ、テメレアの求めるものだった。移動がわずらわしかった。好きでこうしているわけではない。もし戦いがこの心の穴を埋めてくれるのなら、すぐにもさがしに出かけたかった。

しかし、仲間がいっしょだ。彼らに好き放題やらせるわけにはいかないし、実はそれが自分の望みであったとしても、愚かしいけんかをさせておくわけにはいかなかった。そんな状態だったから、荒々しい衝動に耐えきれなくなると、ひとりきりになれる場所まで飛んでいき、そこで頭を横腹に突っこむようにきつく体を丸めた。翼で体をくるむようにして、ラッセルの『数学原理』の一節をつぶやいた。ローレンスにたびたび読んでもらううちに、いつしか丸暗記していた。低い声でつぶやいていると、テメレアの翼で雨をしのぐローレンスが、おだやかに本を読んでくれているような気分になれた。

しかし、戦いたいという衝動を押さえつけずにすむ日がすぐにやってきた。ゲンティウスがテメレアについて発言した翌日、ミノーとリードリーが息せき切って野営地に戻ってきた。二頭は地面を何歩か走ってようやく止まると、その情報をあえぎながら伝えた。「豚がたくさん！」リードリーは言った。「あいつらがたくさん持ってる。あいつらの陣地の奥に、大きな囲い地がある。小馬《ポニー》みたいに大きなやつもいるぞ！」

「豚か……」ゲンティウスがうっとりとつぶやいた。「豚はうまいのう」

「豚なら確かに扱いやすい」ロイドが横から口をはさんだ。「森に追いこんでやれば、勝手に餌をあさる。ほしいときに一頭だけ連れ出せばいいし、必要なら駆り集めることもできる」

「豚を警備してるのは、年とった二頭のグラン・シュヴァリエだけなの。大きいけど、動きが鈍くて、すぐに眠ってしまうわ」ミノーが言った。

「それはいいね」テメレアは言った。落ちついたふうを装っていたが、しっぽでバンバンと地面を打ちつけたい気分だった。「ロイド、牧夫たちを連れて、モンシーと仲間のウィンチェスターたちとで行ってくれないかな。敵陣の近くで待ち、ぼくらがフランス軍を追い払ったところで、豚を連れ出し、ここまで運んできてほしい」

さらに体の向きを変え、しっぽの先で地面を平らにならしてから言った。「ミノー、敵の陣地がどんなだったか、ここに描いてくれない？」

その作戦は、日暮れの二時間前からはじまった。ミノーとリードリーが、フランス軍陣地にフルール・ド・ニュイ〔夜の花〕種はいなかったと断言したので、襲撃は夜間に決まった。夜なら敵は眠っていて奇襲にあわてふためくだろうし、豚を連れて逃げても、それを追跡するのがむずかしいだろう。作戦会議で決められたとおり、小型ドラゴンたちが後方についた。テメレアの考えによって、チェッカード・ネトル種のアルマティウスが前方につき、その背にゲンティウスを乗せた。バリスタとマジェスタティスがテメレアの両脇に、レクイエスカトが後方に、その両脇に二頭のイエロー・リーパーが配され、それぞれが旗を持った。

若木にベルベットの赤いカーテンを結んだだけの旗は優雅とは言えなかったが、本物の軍隊は旗を掲げるものだ。赤は吉兆の色だし、風にたなびくようすはなかなかだった。オレンジと赤のレクイエスカトの両脇にイエロー・リーパーがいて旗を掲げると、赤い色がいっそう映えた。旗が風をはらむさまにみなの気分が高揚した。

イエロー・リーパーの二頭はことさら誇らしげだった。レクイエスカトでさえ、テメレアの横を飛びながら、「ふむ、旗ってのはいいもんだな」と話しかけてきた。テメレアはうなずき返しただけだった。まだ親しく口をきくほどには、レクイエスカトに信頼を寄せてはいない。

敵陣に近づくころには背後に日が沈み、あちこちのテントのあいだから、煮炊きの煙があがっていた。テメレアは老ドラゴンに呼びかけた。「ゲンティウス、ぼくが吼えたら、まずあなたから出ていって、長い翼を敵によく見せ、大砲のあたりに毒を噴いてほしい。そのあとはまたアルマティウスの背に乗って、戻ってください。目がよく見えないだろうから、ぼくらが攻撃を仕掛けるときに毒を噴くのは無理だ。でも、敵にはそれがわからない。だから、すごく警戒するはずなんです」

「はっはあ!」ゲンティウスが声を張りあげた。「この歳でまた戦うとはな。卵から孵《かえ》ったばかりの幼竜に戻ったような気分だ」ゲンティウスは翼をわずかに震わせ、胸を張った。

テメレアは編隊から飛び出して敵陣に向かい、はるか上空で空中停止《ホバリング》した。月はまだ昇っていない。敵は、ドラゴン軍団の襲来に気づいていないようだ。こんなに敵に近づいているのに戦いがまだはじまっていないということが、戦闘開始を宣言するのがこの自分だということが、とても奇妙に思われた。そして、それをさほど心地よく感じなかった。これまで単独で攻撃を仕掛けるときには、ごく当たり前のことだったのに……。

そう、今回は自分のことだけ考えていればいいというわけではない。大勢の仲間のことも考えなければならない。もちろん、敵のこともだ。ふいに、ある疑念に襲われた。もしかしたら、フランス軍のドラゴンが近くで大挙して待ち構えているのではないか。姿は見えないし、気配も感じられない。しかし、突然どこからともなくあらわれ、形勢を一変させてしまうのではないか。そうなったら負ける。自分の失策だ。自分のせいで勝利を逃してしまう。

これまでの戦闘では感じたことのない不穏な空気が漂っていた。引き返したほうがいいのだろうか。仲間に意見を訊いたほうがいいのだろうか。テメレアは北西の方角を振り返った。かろうじて仲間の姿が目視できた。眼下の森より、野原より黒い、大きな影のかたまり。それがゆっくりと——スピードを限界まで落として近づいてくる。羽ばたきの間隔をとって下方へと滑空し、さっと舞いあがる。それを繰り返しながら、一直線の横並びではなく、大きな弧を描くような編隊を組んで飛んでいる。そして、テメレアの指示を待っている。ここに助言をしてくれる誰かがいたら、どんなにいいだろう。

しかし、ひとりきりだった。思わず身震いしたが、ここで臆病風を吹かすわけにはいかない。助けてくれる人はいない。自分で決めなければ。眼下では、二頭のグラン・シュヴァリエが、小山のように重なって眠っていた。そこは低くぞんざいに土を盛っただけの防塞《ぼうさい》のなかだった。

防塞の外側を歩哨《ほしょう》が往復している。緊張感はない。陣地のなかに焚き火がいくつかある。馬もいる。風が少し吹いている。風はところどころで渦巻いている。馬のなかの一頭が首をもたげて不安そうにいなないた。また別の一頭が蹄で地面を掻き、頭を揺らした。

「なんでもない《ス・ネ・リアン》、なんでもない《ス・ネ・リアン》」馬のそばで夕食を食べていた男が言った。

テメレアは息を肺いっぱいに吸いこみ、ローレンスのことを思い、宣戦布告の咆吼を放った。

長く吼えた。二頭のシュヴァリエが即座に体を起こし、敵を認めるより早く翼を開いて、怒りの咆吼をあげた。頭をあちこちにめぐらし、空を見あげている。兵士の一団がテントからドラゴンたちの周囲に駆けつけた。金の肩章をつけたキャプテンがドラゴンに騎乗するのをテメレアは確認した。二頭のシュヴァリエが、おそらくは通常の半分のクルーを乗せただけで空に舞いあがる。地面を離れる瞬間に、竜ハーネスに飛びつく兵士もいた。

「ほら、ここ《ジュ・スィ・ラ》！」テメレアは叫んだ。敵陣の真上から猛烈な勢いで飛びすさり、ふたたび吼える。「ここだったら《ムヴォワラ》！」中空で輪を描いていた二頭が、怒りに歯を剝き、突っこんできた。テメレアは空中停止《ホバリング》しながら待ち、機を見計らって急降下した。翼をきっちりとたたみ、銃撃をやり過ごす。二頭のシュヴァリエの背でライフルが火を噴き、白い閃光が炸裂した。背後から、ゲンティウスが大きな翼を目いっぱいに開いた優雅な滑翔《かっしょう》であらわれ、敵陣の真上に到達すると、一列に並んだ十門の大砲に強酸を噴きつけた。

警鐘が鳴り、たいまつが灯り、兵士たちが駆け出してきて隊列をつくった。何頭かの馬が激しくいいなき、なだめようとする者を手こずらせている。テメレアの胸に言いようのない興奮が込みあげた。レクイエスカトとバリスタとマジェスタティスが飛来し、敵陣の上をかすめながら、かぎ爪と長い尾でテントと杭を焚き火もろとも引きずり、持ちあげてばら撒いた。赤い軍旗が炎を受けて輝いている。焚き火の炎があちこちに撒き散らされ、ほうぼうで赤い花が一気に開花した。

テメレアは高度を下げ、冠翼を大きく開き、仲間の長い一直線の列に加わった。一瞬の躊躇《ちゅうちょ》もなく長い天幕を引き裂き、かぎ爪に引っかけた粗布やらロープやらをすべて持ちあげると、銃撃されない高度まで戻り、かぎ爪で引っかけてきたすべてを敵陣の上にぶちまけた。

これはペルシティアが考えついた作戦だった。「こっちに爆弾はないけど、敵のテントを持ちあげれば、それを胡椒銃《こしょうじゅう》の上に落とせるよ」と、ペルシティアは言った。

作戦はうまくいった。テントのほとんどは落ちていくときに絡まり合ったが、幸いにも一個のテントが大きく拡がり、銃身の長い胡椒銃で上空のドラゴンを狙おうとしていた歩兵隊を上から覆いつくした。胡椒銃の尖端には剣がついているため、粗布が引っかかり、よけいに面倒なことになった。

「ふふん!」テメレアは勝ち誇った。「ふふん、うまくいったぞ。ねえ、ペルシティア、見て――」しかし、ペルシティアの姿はなく、折悪しく二頭のシュヴァリエが戻ってきたので、彼女をさがしている余裕はなくなった。だが、二頭のシュヴァリエはテメレアたちとの距離を詰めようとしなかった。

ゲンティウスの噴いた強酸の臭いが、まだ大気に漂っている。闇のなかでも、その臭気は嗅ぎわけることができた。敵陣から立ちのぼる炎がテメレアの腹を赤く照らしている。近くには、マジェスタティス、レクイエスカト、バリスタがいた。四頭の大型種がいることは敵にも見えているだろう。テメレアはすばやく態勢を立て直し、咆吼を放った。「カルセドニー！　取り囲め、あいつらを！」

「なんだって？」カルセドニーが叫び返した。中型ドラゴンのカルセドニーやイエロー・リーパーたちが小さく旋回しながら同じ高度を保ち、敵陣攻撃の指示が出るのを待っていた。

「シュヴァリエだよ！　みんなで取り囲んで攻撃してくれ。あの二頭をぼくのほうに追い立ててくれ」テメレアはじりじりしながら言った。

「よしきた！」カルセドニーがひと声あげた。イエロー・リーパーたちが勢いよく飛び出し、一群となってシュヴァリエを攻撃しにかかる。

「第二隊列！」テメレアが叫んだ。アングルウィング種とグレー・コッパー種が、短い二列になって、大型ドラゴンが敵陣を攻撃したときと十字に重なるような攻撃のコースをつくった。彼らはみな中型か小型ドラゴンで、動きが敏捷《びんしょう》であるため、どんな状況でも撃たれにくい。そこで、敵の砲兵たちは大型ドラゴンを狙うのだが、こちらもなかなか当たらない。

アングルウィング種には自分の飛行術を鼻にかけるタイプが多く、ただまっすぐに飛ぼうとしなかった。ヴェロシタタスとパリアチアと数頭の仲間は、宙で急停止し、ほぼ直角に方向転換すると、背面飛行で後方にさがり、また体勢を戻した。さらにその一部は、複雑な交差までしてみせた。その曲芸もどきの飛行に、テメレアは顔をしかめた。時間をかけすぎて撃たれる可能性を高くしている。それにどうせ、すぐに大型ドラゴンの出番になるだろう。

いや、それはこちらのうぬぼれかもしれない、とテメレアは思い直した。彼らが大型に代わって、シュヴァリエと果敢に戦ってくれることもありえない話ではないだろう。が、シュヴァリエはアングルウィングたちには向かわず、防戦で手いっぱいだった。二頭のイエロー・リーパーが一頭のシュヴァリエに横合いから突っ込み、シュヴァリエがその二頭に応戦しようとすると、また別の二頭が反対側から攻撃を仕掛けた。下からも新たなイエロー・リーパーたちが加勢にやってくる。シュヴァリエの背に乗った兵士たちは、銃撃の目標を定めきれずに苦戦していた。

「ふふん」テメレアはいささか不機嫌《ふきげん》になった。なかなかの戦いぶりだ。しかし、まったく計画には含まれていなかったことだ。

ただ、グレー・コッパー種は、もっと堅実に戦っていた。中型のアングルウィングたちが派手に騒いでいるころ、この小型ドラゴンたちは手近なテントの柱や若木を地面から引っこ抜いて、敵陣にばら撒き、あるいは人間やテントを打ちすえ、火事をさらに拡大させていた。

「大砲のお出ましか」マジェスタティスがぼそりと言い、長いかぎ爪で地上を示してみせた。この混乱のさなか、フランス兵たちはどうにか大砲の準備を整えた。大砲のそばには胡椒銃を構えた十数名の兵士が並んでいる。

「離れろ！　ヴェロシタス！　パリアチア！」テメレアは下に向かって叫んだ。「ふふん、なにも聞いちゃいないな」大砲が火を噴き、砲弾が放たれ、それでやっと彼らも気づいたようだ。胡椒弾を浴びたアングルウィングたちから悲鳴があがった。「行こう、マジェスタティス。急がないと——」

「おっと、おれものんびり構えてるつもりはないぜ」レクイエスカトが言ったが、テメレアは咆吼とともに急降下をはじめていた。

「大砲はまかせろ！」垂直に降下しながらマジェスタティスが叫んだ。低空飛行で熱い大砲に体当たりし、長く鋭いかぎ爪で砲兵に襲いかかる。

テメレアはアングルウィングたちのほうに向かい、彼らを上空に追いやった。胡椒弾をまともにくらったヴェロシタスの肩を軽く押し、上へと誘導する。黄金色の頭が黒と赤に染まり、目と鼻がすでに腫《は》れあがっていた。なにも見えていないようで、顔から粘液をだらだらと垂らし、哀れなうめきをあげている。

一方、テメレアのあとから、その体重の割には早い速度で降下してきたレクイエスカトは、速度を落とそうと翼を大きく広げたまま、敵陣のあらゆるものをなぎ倒した。兵士もドラゴンも弾き飛ばし、野営のどまんなかにかぎ爪としっぽで深い溝を残していく。

「空へ！」テメレアは声を荒らげ、身をよじって体にからまりついたテントや足にしがみつく兵士を振り払った。「みんな、飛び立て、すぐに！」

そのあと、大砲のそばに積まれた砲弾の箱にを狙いをさだめて、咆吼を放った。ピラミッド状に積まれた箱ががらがらと崩れ、砲弾が四方八方に転がって、兵士たちの足に襲いかかる。この新たな混乱に乗じて、すべてのドラゴンが空に上昇した。

「見てよ、見てよ」グレー・コッパー種のフリカティオが叫んだ。「馬を取ってきた！」かぎ爪でがっちりとつかんだ馬を振ってみせる。

「食べてる時間なんてないからね！」テメレアはそう叫んでから、この奇襲の目的をはっと思い出した。全体を見るために、さらに少し上昇した。豚の囲い地のそばにうごめく人影が見える。囲い地の扉が開かれるのも確認できた。

「豚を手に入れたぞ！」テメレアは声を張りあげた。みなも大声で快哉《かいさい》を叫んだ。

「さあ、引き返そう」

「なぜだ？」と、マジェスタティス。

「なぜだって？」テメレアは問い返した。

「なぜ引き返さなくちゃならない？」そう言って、マジェスタティスが地上をかぎ爪で示した。フランス兵たちが東に向かって逃げていく。総崩れの敗走だ。フランス兵は負傷者を荷車に乗せるときだけ立ち止まり、また道を急いだ。空でもシュヴァリエたちが逃げていく。炎をあげる敵陣はもぬけの殻だ。つまり、すべてが勝者のものになったのだ。


「なかなかのものだね」翌日、テメレアは目を細くして、わずかに焦げた大砲を見おろした。「でも、ぼくらには使えないな」

「つぎの戦闘で、敵の上から落としてやろうよ」モンシーが言った。

「いや待て、本物の大砲をそんなふうに無駄にしてはならん」ゲンティウスが言った。

「われわれに必要なのは、これを使える人間。そう、正式な砲兵隊だ。そして、正式な外科医だ。われわれのためにも、そして彼らのためにも」ゲンティウスが〝彼ら〟と言ったのは、フランス軍の捕虜たちのことだ。多くは怪我を負って野原に取り残されていた。だが助かった者はそう多くない。火事はドラゴンによって鎮火されたが、多くの負傷者が命を落とした。

ロイドとその部下が生存者を助け出し、彼らのためにテントを設営した。死者はまだ陣地に倒れたままだった。戦闘はテメレアの望むほどには長くなかったし、秩序も欠いていた。だが、おおむねは満足のいくものだった。テメレアは兵士を殺したことを悔いてはいなかった。しかたない。こうしなければ、また戦うことになる。それに英国は侵略されているのだ。だがそうは思っても、敵の死に心が沈み、死者を見ると悲しみが込みあげた。

野生ドラゴンの多くはそのような沈痛を理解せず、食べてしまおうと言い出すものまでいた。テメレアは震えあがって冠翼を倒し、ほかのドラゴンもシューッという音で不快感を示し、この提案はすぐに却下となった。

「もう、そんな話は聞きたくない」ゲンティウスが言った。「しかし、このまま野辺《のべ》に放っておくわけにもいくまい。そんな扱いは、兵士にふさわしくない。彼らは良き敵であった」

そこで、イエロー・リーパーの二頭が、深さ二十フィートあまりの墓穴を掘り、伝令竜並みの小さなドラゴンたちが敵の兵士の遺体を集めてまわり、その穴におさめた。穴に土をかぶせたところで、カルセドニーがフランス国旗のなかからいちばん焦げが少ないものを選んで、うやうやしく土まんじゅうに突き刺した。ドラゴンたちはしばらく神妙に頭《こうべ》を垂れ、そのあと何頭かの豚を食べた。

つぎには、敵陣から使える品を選び出す作業が待っていた。おおかたは燃えてしまったが、金属の鍋や留め具、砲弾などは残っていた。ドラゴンたちをもっとも喜ばせたのは、溶けてひとつになった金貨の大きな塊だった。それは黒焦げの衣類箱のなかから見つかった。リードリーが鼻先でみなのほうに押しやると、いくつもの頭がぬっと出て、感嘆の声があがった。金貨の塊が朝日を浴びてきらめいている。

「さあて、これをどう分けるかな?」レクイエスカトが貪欲そうなまなざしを注いで言った。

「どこかに安全に保管しておく必要があるね」テメレアは言った。「そして、戦争が終わったら、こんなふうにしてぼくらが勝ちとった宝をそこらじゅうにすばらしいドラゴン舎を建てるんだ。ぼくらは、それを好きなときに使うことができる。ひとつの土地にひとつのドラゴン舎を持つよりずっといいと思わない？　それでもまだ余裕があったら、全員に勲章をつくる。それぞれの大きさに合った勲章をね」

この提案にみなが賛成し、侃々諤々《かんかんがくがく》の協議の結果、リードリー、カルセドニーと別のイエロー・リーパー種、アングルウィング種の一頭が、金貨の溶けた塊を運ぶという大役を射とめた。もっとも、それはリードリーが背に載せて運ぶことになったのだが、ほかの三頭が付き添い、繁殖場の裏手の安全な場所に隠すことにした。残りのドラゴンたちは敵陣に戻り、がぜん熱心に焼け跡の探索をはじめた。そして、覆い隠されていた無傷の大砲が発見されたのだ。

多くの大砲は破壊されていた。炎やゲンティウスの強酸に砲架がやられなかった大砲も、逃げる前に兵士たちが火門を釘でふさいで使えなくしていた。しかしその大砲は、厚いテントの粗布の下にあり、粗布はくすぶっていたものの、大砲そのものは損傷をまぬがれていた。車輪の一部が焦げてはいるが、まぎれもなく十二ポンド砲だ。そばから大量の砲弾と、なんと火薬まで見つかった。陣営から少し離れた場所に台車が捨てられ、そこにたっぷりと火薬が積まれていた。

「でも、あの人たちは兵士じゃないから、大砲の使い方を知らないんじゃないかな」テメレアは言った。軍艦の上で大砲を撃つところを何度も見ているが、手順を正確に思い出せるわけではない。「ペルシティアなら、なんとかしてくれるよ」テメレアは視線をあげ、ペルシティアがほかのドラゴンのように宝さがしをせず、水飲み場の脇で体をきつく丸めているのに気づいた。

「怪我したの？」ペルシティアに近づいて尋ねた。

「怪我するわけないさ」ペルシティアがぴしゃりと返した。

「じゃあ、なぜここにずっといるの？　見にくればよかったのに。金貨の塊を見つけたんだ。たぶん、さがせばもっとある」

「でも、あたしの分け前はないよ。戦ってないんだから」

「戦うチャンスは平等にあったはずだよ」テメレアはむっとした。そんな不公平な差配をしたつもりはない。大型ドラゴンが先陣を切り、そのつぎにはかならず――。

ペルシティアは目を逸らし、体を包んでいた翼をいっそう引き寄せた。「もう行きなよ。あざ笑って、ばかにするんなら。自分の勝手でいいじゃないか。あたしは気が乗らなかったんだ」

「あざ笑ってないよ。けんか腰になるのはやめてくれないか」テメレアは言った。

「きみが戦ってないことに気づいてなかったんだ」

ペルシティアは少しうろたえて、謝罪の言葉をぶつぶつ口にした。「みんな、戦ったのにね」ほかのドラゴンのほうを見やって言う。

「それじゃあ、なぜ戦わなかったの？　戦う気になれば、きみならいつでも戦えた」

「戦いたくないんだったら！」ペルシティアが声を荒らげた。「卑怯者《ひきょう》呼ばわりされたってかまわない。まったく平気さ」

「ふふん」テメレアは尻ずわりになった。なんと答えたらいいのだろう。「気を悪くさせたのかな」さぐりを入れるように尋ねてみた。卑怯者だと思われるのは気分のいいことではないだろう。でも、卑怯者は、戦ったら負けるとわかっているから、こっそりと物を盗むような、ふがいないやつのことを言うのではなかったか。ペルシティアにそんなところはない。「きみはいつも物怖じしないでけんかしてるのに」

「別の次元の話さ！」ペルシティアが言った。「けんかしても撃たれることはないだろう？　翼を引き裂かれることも、大砲の弾を胸に受けることも。そういうのを見たことあるんだよ。そりゃあひどいものだった」

「そうだとしても……機敏になることだよ。機敏になれば弾をかわせる」

「阿呆《あほ》らしい。マスケット銃の弾は、どんなドラゴンより速い。かわせたと思っているだろうが、そりゃまぐれだよ。むろん、あんたがとても機敏なドラゴンなら、敵が大砲を撃つ前に、逃げられることもあるだろう。でもね、撃たれたくないなら、銃や大砲のあるところに行かないことさ」

テメレアはかぎ爪でひたいを掻きながら、しばらく考えこんだ。「中国にはね」と切り出す。「まったく戦闘に加わらないドラゴンがいる。そういうドラゴンの多くは学者だ。だから、戦い方も知らない。でも、彼らは卑怯者呼ばわりされないよ。きみって、彼らと同じなんじゃないかな」

ペルシティアが頭をあげた。そこで、テメレアはさらに言った。「どのみち、ぼくらは戦うのが好きで戦ってる。戦うのが好きじゃないきみが戦っても意味ないよ」

「そうだね」ペルシティアの顔が輝いた。「あたしは、役立たずって言われるのがいやなんだよ。でも、戦うことのほかに役割なんてないし」

「大砲の使い方を知りたいんだ」テメレアは言った。「大砲があれば戦いがすごく有利になる。きみなら大砲の使い方がわかるんじゃないかな？　それで、戦いの役に立てる。みんなと平等に取り分もある。誰も使い方がわからないんだ」

ペルシティアはこの提案がいたく気に入り、その日の終わりには、ペルシティアの指示のもと、砲兵となった十数名の男たちがきびきびと働いていた。彼らは新たに加わった四十数名の在郷軍兵士のなかから選ばれた。兵士たちはその朝、夜のうちになにが起こったのかを調査するべく、この地方の在郷軍から派遣され、マスケット銃を構えて、おそるおそるこの戦場跡に近づいてきた。

そして、そこにフランス国旗ではなく、赤い旗がひるがえるのを見て安堵し、さらに近づいたところで、ロイドとその部下に捕まり、容赦なく、無理やり仕事を押しつけられた。ロイドたちは、六十頭近いドラゴンのために、牧夫同然に働かなければならないことに疲れきっていたのだ。

在郷軍兵士はいきなりそのような職務に就くことを許されていないし、ペルシティアに怖じ気づいてもいたが、ナポレオンの侵攻を食い止めたい一心から虚勢を張ってロイドの説得に耳を傾け、最後にはペルシティアのやさしい心根にほだされて砲兵隊となることを承諾した。こうして一日が、大砲の構造と、清掃、おくりなどの手順の研究に費やされた。ペルシティアは兵士たちからマスケット銃の扱いを、かつて軍務に服していたすべてのドラゴンから、艦上や艦隊行動で大砲がどのように撃たれていたかを聴き取った。

これにはいささか忍耐を要した。それぞれのドラゴンの記憶が少しずつちがっていたからだ。それでもペルシティアは辛抱強く取り組み、みなが覚えている命令の符合点を見いだし、まとめあげ、答えを導き出した。夕方にははじめて砲弾の発射に成功し、そのとどろきが、焼け跡の宝さがしを堪能しきって昼寝をしていた多くのドラゴンたちを驚かせた。

「砲架の扱いさえきちんとできりゃ、空にだって持っていけるんだけどね」と、その夜の議論に加わったペルシティアが思案するように言った。彼女本来の自信を取り戻したようだ。この時刻になっても、ペルシティアはまだ大砲の研究をつづけたがったが、彼女のもとで働く人間たちが、これ以上は働けないと抵抗し、睡眠と食事を要求した。彼らはこの雌ドラゴンにすっかり慣れて、あまりの疲労にわずかに残っていた恐怖心さえも捨て去っていた。「レクイエスカトぐらい大きけりゃ、背中に載せられる。問題は、発射時の反動をどうするかなんだよ」

「つぎはどう出るか。問題はそこだと思うな」テメレアはそう言うと、首をさげ、モンシーがもたらした情報を書きこんだ地図を見つめた。フランス軍の行動を先読みするためにはどうしたらよいのか、つぎの交戦はいつごろになるのか、それを考えなければならなかった。

# 6　テメレアはどこに

「キャプテン」と、ホリンが言った。「こんなに長く、こんなに広く調べて、それでもまだ見つからないということは、やみくもに飛びまわっているわけではないということです。彼は、あなたを、さがしにいったんじゃないでしょうか」

「ああ、そうだな」ローレンスは言った。

もしテメレアが自分をさがしてドーヴァー基地に向かったのなら、侵攻するナポレオン軍と真正面からぶつかることになるだろう。だが、テメレアのあとを追うことはできない。ジェーン・ローランドがテメレアの解放を要求したのは、貴重なドラゴンをフランス軍の手に渡さないという大義名分のためだった。しかしすでに戻る予定日を四日過ぎている。任務遂行のために多少の遅延は許されるとしても、これだけ遅れるのはまずい。ローレンスが参謀本部に戻ってこないことが、ナポレオンのロンドン進軍に備えて思いどおりの布陣を組みたいジェーンの重荷になっているだろう。

ローレンスには、いま、自分のするべきことがわかっていた。ウーリッジの英国軍本営に戻ること、そして、自分の任務の失敗を報告することだ。あとはふたたび獄中で、テメレアの運命について噂が流れてくるのを待つしかない。ひたすら待つ、いつやってくるとも知れない知らせを待つ——自分からはテメレアになにが起きたかを知るすべもなく。その責め苦にどうやって耐えればよいのだろうか。

しかし、ほかに取るべき道はない。すでにホリンの軍歴を傷つけている。キャプテンとクルーという以前のつながりも、傷にならなかったわけではないだろう。自分はジェーンの軍歴も、フェリスや多くの仲間たちの軍歴も、これ以上はないというほどに傷つけてしまった。

「もう一日さがしませんか」ホリンが提案した。「それでも見つからなければ、本営に戻りましょう。戻りながら各所で尋ねたら、フランス軍の侵攻についてなにか知っている者が見つかるかもしれません。それこそ将軍たちが知りたいことなんですから」

この提案を退けるべきだとローレンスにはわかっていた。これは友愛から生じる厚意であり、ホリンの本心、熟慮からくる判断ではない。「ありがとう、ホリン。それも一理あるが……」しかし、最後には、ひとつの見立てにすがり、葛藤を捨てて言った。「いまから本営に引き返そう」

これで是《よ》しと思いたい。言葉にすることで自分を納得させようとした。もしかしたら、テメレアがウーリッジに本営があるとどこかで聞いて、そこへ向かったかもしれない。そして、本営でわれわれを待っているかもしれないではないか。

いや、まさか……。楽観にもほどがある。ローレンスは胸の内でつぶやいた。テメレアは待ってなどいない。担い手である自分をさがしまわるだろう。なんの手がかりもなくアフリカ大陸の半分を縦断し、あの未知の大陸のどまんなかで、とうとう自分をさがし当てた。戦火のなかだろうが、怪我を負おうが、自分を求めて英国全土をさがしまわるだろう。

ローレンスたちはウーリッジに向けて飛びながら、大きな家畜の群れや、伝令竜が発着できそうな広場を見つけるたびに、地上におりて、人に尋ねた。しかし、新しい情報は、少なくとも求めている情報は得られなかった。

「二十頭の羊をやられちまった。でも、ドラゴンじゃない、フランス軍にですよ。こんちくしょう」ひとりの牧夫が言った。

「もうここまで？」ローレンスは驚いた。フランス軍はまだロンドンの西にいると思っていた。敵は自分の予想した以上に、小隊に分かれて進軍しているらしい。

牧夫はさらに息巻いた。「きのうここにやってきて、うちの家畜を奪っていきやがった、あのくそ野郎ども。おっと失礼、だが、聖人だってトサカにくるようなひどいやり方なんでさあ。うちのよく育った牡山羊がみんな、あいつらの腹に消えちまう。そうだ、種牛もやられた。うちのばか息子が丘に放しておかなかったもんでね。ああ、なんでこんなに早くやってきやがったんだ？」

トゥイッケナム〔ロンドン南西部の街〕の市長は、フランス軍部隊はこの近辺にいると請け合った。「噂によれば、やつらはドラゴンに乗って、川向こうのリッチモンドにやってきたそうです。どうやらこの地方を行きつ戻りつしながら略奪を繰り返しているらしい。在郷軍が招集されて、息子たちも戦いに備えて北に向かいました。在郷軍のドラゴンが兵を集めてまわっていた。なにがどうなるやら皆目《かいもく》わかりません。逃げたドラゴンについてはなにも聞いていません。うちの牝牛たちをしっかり隠しておくことにしましょう」

市長は親切にもローレンスとホリンに昼食をふるまい、エルシーに与えた山羊一頭の代金を受け取ろうとしなかった。食事には、市長の妻と学校を出て数年の長女も同席した。ローレンスは時折り食事の席で会話するという礼儀作法を思い出したものの、社交の会話は苦痛でしかなかった。新情報を入手したからには、すぐにも本営に戻り、ここまでフランス軍が進軍していることを上層部に伝えなければならない。

「〝鷲《わし》〟たちは確かにいるそうです」途中から会話に加わった令嬢が、フランス軍を俗称で呼んだ。「兄のジョージが出ていく前にそう言っていました。街の少年が二個連隊を見たそうです」

それが本当なら、非常にまずい事態だ。ナポレオン軍の主力からこんなに遠く離れた内陸に二個連隊がいる。つまり、この地方にフランス軍の元帥《げんすい》がいる可能性が高い。どんな元帥だろうと、ひとりで充分な働きをするだろう。最高司令官の命令を実行することにかけては毒蛇のように危険な存在だ。

英国西部を戦略拠点にする旨みはそれほどないが、豊かな食糧を奪い、フランス空軍のドラゴンを支えることはできる。「騎兵隊もいましたか?」ローレンスは唐突に頭をあげて質問した。「あ、申し訳ない」すでに座の会話は別の話題に移り、ホリンと令嬢が道中に訪れた土地について語り合っていた。

「その、すみません。兄がなんと言っていたか憶《おぼ》えておりませんの」令嬢が話しかけられたことに赤面して答えた。

「騎兵隊はいなかったようですな、キャプテン」市長が言った。「歩兵ばかりとか」

あれほど空の戦力を重視してきたナポレオンがどうしたことだろう。ローレンスは不可解に思った。騎兵隊と歩兵隊から成る陸軍部隊が胡椒銃と大砲を装備してドラゴンによる空からの攻撃を防ぐというのがかつての常道だった。ただしそれは、五十頭以上のドラゴンによる一斉攻撃などありえなかった時代の話だ。一八〇五年、ナポレオンが英国本土への侵攻を狙い、百頭のドラゴンを従えてイギリス海峡を渡ろうとしたときの衝撃は、いまも忘れられない。

食事のあと、みなで外に出た。ホリンが令嬢――もう名前を忘れていた――にエルシーを紹介するあいだ、ローレンスは礼儀作法を守って、手持ちぶさたに待った。令嬢がドラゴンを見たいと勇気ある申し出をしたのだが、エルシーのほうも令嬢に興味しんしんだった。航空隊では、女性キャプテンがたまさか普段の装いを見せることはあっても、淑女と交流する機会はまずめったにない。エルシーは存分に撫でてもらい、令嬢お手製の甘いブランマンジェをご馳走になった。大皿に盛られたその菓子を、エルシーはふた舐めでたいらげた。

「ああ、なんてきれいなお皿！」エルシーは思い入れたっぷりに言い、皿が引かれようとするのを名残惜《なごりお》しそうに見つめた。赤と青と少々の銀を縁模様に使った大皿だった。「こんなきれいなお皿を見るのははじめてよ」首をぐっと伸ばし、皿をふたたび見つめて言った。

「ええと、それは、その――」令嬢は一瞬言いよどみ、意を決したように言った。「わたしが絵付けしたお皿ですの。よろしかったら、お持ちください」

「んまーっ」エルシーは喜びの声をあげ、ねだるようにホリンに言った。「ちゃんと、とっておいてね。洗ったほうがいい？　割れないように包むことはできる？」

エルシーの満足がいくようにその作業が終わるまで、さらに三十分かかった。エルシーと令嬢は何度もうなずき、お世辞《せじ》を言い合った。その楽しげな会話も、ローレンスにとっては、耳もとを通り過ぎていく蜂の羽音のようだった。だがとうとう、しびれを切らして言った。「ホリン、そろそろ、お暇《いとま》したほうがよさそうだね」

「あら。でも、あのドラゴンを待っていらしたのではなくて？」令嬢が空の彼方を指差して言った。新たなドラゴンが一頭、こちらに向かって飛んでくるのが見えた。

「ほう、これはこれは」と、キャプテン・ミラーが言った。「キャプテン・ホリン。四日前に本営に戻っているはずのきみに、こんなところで会おうとはな。おまけに、有罪宣告を受けたご仁までごいっしょか」

ホリンがさっと顔を赤らめ、切り返した。「キャプテン・ミラー、ぼくが過ちを犯したと思うのなら、まずはぼくに釈明を求めるべきではありませんか。ぼくらは迎えにいったドラゴンをさがしていた。ところが、繁殖場の人間が仕事を放り出して消えてしまった。ドラゴンたちもどこへ行ったのかわからない」

「なんだって？」ミラーは驚きのあまり、もったいぶった言い回しを忘れて素《す》っ頓狂《とんきょう》な声をあげた。「全部消えた？　繁殖場のドラゴンが？　いったいどこへ、食事はどうやって――」

ミラーの担う伝令竜、デヴァスタチオがエルシーより小さいのは一目瞭然だった。エルシーはウィンチェスター種のわりに体が大きい。ホリンは伝令竜を担うおおかたの若いキャプテンよりドラゴンを食事させる場所に詳しく、大きな基地周辺にいる牧夫たちと親交を保っていた。それがエルシーの体格にも影響をおよぼしている。

デヴァスタチオはこれ見よがしに派手に舞いおり、着地のあとも気どって歩いていたが、遅まきながらエルシーに体格で劣っているのに気づいたらしく、懸命に胸をふくらませ、地面が高くなった場所に移動した。エルシーは怪訝《けげん》そうにデヴァスタチオを見やって言った。「あなた、あたしのお皿を見たくはない?」

「諸君《ジェントルメン》!」ローレンスは、ミラーがここまでの道中をホリンからすべて聞き出したところで声をあげた。「もう時間がない。フランス軍が近くで目撃されている。すぐにもこの情報を本営に届けなければ」

「いや、フランス軍がこの近くにいることはすでにつかんでいる。戦闘もあったと聞いた」ミラーが言った。「とある優秀なる在郷軍司令官が、この地方で兵を集めて、ウェンブリーで敵をこっぴどく打ちのめしたそうだ。そして昨夜はハールズデンでも。だから、このわたしが派遣されてきた——優秀なる在郷軍司令官を英国陸軍大佐に正式に任命するとの辞令を手渡すために」

「まあ!」会話に入るのをためらっていた令嬢が言った。「勝利をおさめたのですね、ハールズデンで? 兄がそこにいたはずですわ。さっそく母に知らせて——」きびすを返しかけてまた向き直り、膝を軽く折って正式なお辞儀をする。令嬢がおずおずと片手を伸ばすと、ホリンが一歩進み出て、やはりおずおずとその手を取り、唇を近づけた。「ごきげんよう、ミス・ジェムソン。また、お会いできるように願っております」

「わたしも」令嬢は頬を染めてそれだけ言うと、足早に立ち去った。

「ローレンス、ミラーにわたしたちの居場所を伝えてもらってはどうでしょう？　そうすれば、捜索をつづけられます」ホリンが振り返って言った。彼の頬にもかすかに赤みが残っていた。

「いやいや、それは困る」と、ミラーが割って入った。「きみたちは、この天地を放浪せよと命令されたわけではないだろう。くだんのドラゴンを連れて戻れというのが命令だった。が、そのドラゴンはどこかに消えた。だったら、あとは本営に戻るしかない。もし捜索をつづけさせたいなら、上層部がそう言うはずだ。いっしょに行動しよう。持ち帰るべき情報がある場合、襲撃を受ける場合を想定し、複数で行動したほうがいい。百頭のドラゴンが放たれたからといって、なにも人間まで食うわけではあるまい。すぐに戻らないと考える理由がわからんね。もちろん、そのうち一頭だけを守りたいと言うのなら——」

「キャプテン・ミラー！」ホリンが声を荒らげた。

「もういい」ローレンスは言った。「この状況で言い争う気はない。キャプテン・ホリン、テメレアが早期に見つかる可能性は確かにあった。わたしたちがあの繁殖場に着いたのは、ドラゴンたちが消えてまだ間もない時間だった。しかし、それでもまだなんの手がかりもない。きみの友情と厚意をありがたく思うが、甘えつづけるわけにはいかない。すぐに本営に引き返そう」

固めた意志を保ちつづけるだけで、ローレンスには精いっぱいだった。自分勝手に任務の枠を超えてホリンを付き合わせてしまったが、早く戻れば、それだけホリンの負担は小さくなる。もちろん、任務に成功すれば遅延も許されていたかもしれないが、それでも自分は責められる立場にある。自分の軍人としての規律はもはや崩壊してしまったのか。航空隊のなかで航空隊にふさわしいやり方を身につけてこなかった。そのくせ、規律の厳しい海軍から、軍務の特質ゆえに規律のゆるい航空隊に移り、いきなりの解放感に酔って、ただの放縦に陥ってしまったのではないか。

ローレンスは意を決してエルシーに近づき、ホリンにつづいて竜の背にのぼった。無言のまま自責の念と闘い、搭乗ハーネスのストラップを留める。飛び立ったあとも、周囲の景色にも航路にも関心が湧かなかった。頬を打つ寒風がすべてを麻痺させてくれるのにまかせた。

デヴァスタチオは自尊心を満たしたいがために、エルシーより先を飛んでいた。エルシーにふたりの人間を乗せるという負荷があるからこそできることだった。しかし、それが不幸中の幸いをもたらした。距離が開いていたために、突然あらわれたプティ・シュヴァリエ〔小騎士〕は二頭を同時に攻撃できず、先行のデヴァスタチオだけを襲ったからだ。

小柄なウィンチェスターは悲鳴をあげ、急降下した。かぎ爪で引き裂かれた翼と脇腹から血を流している。荒い息をつき、なんとか態勢を立て直し、体を開いて落下速度をゆるめたものの、まともには飛べず、斜めに傾いだまま地面に近づいた。敵のドラゴンはデヴァスタチオが地面を打ち、すぐには立ちあがれずにいるのを満足そうに見とどけると、方向転換して、エルシーに関心を移した。

プティ・シュヴァリエの〝プティ〟〔小さい〕は、あくまでもグラン・シュヴァリエ〔大騎士〕と比較しての話だ。こちらに向かってくる大型ドラゴン、プティ・シュヴァリエは見たところ十八トンはあった。そのかぎ爪はデヴァスタチオの血で赤黒く染まっている。プティ・シュヴァリエは近づきながら、けたたましく吼えた。

エルシーは悲痛なうめきを洩らし、敵の進路からくるりと身をかわした。一瞬天地が逆さまになり、ローレンスもホリンも竜ハーネスから搭乗ストラップ一本で宙ぶらりんになった。エルシーは精いっぱい速力をあげた。大型ドラゴンから腹側乗組員《ベルマン》たちがライフル銃を撃ち、銃弾がスズメ蜂のように頭上を通過した。

だが、エルシーが最大限の速力を出すには、ふたりの人間が重荷になっていた。プティ・シュヴァリエがふたたび態勢を整え、エルシーを追う。距離をおいても、そのドラゴンの戦闘力は見てとれた。逃げきるしか助かる道はない。重量級ながらも速力があり、一時間はエルシーを視界におさめて飛びつづけるだろう。エルシーの横腹から地上をかすめ過ぎるドラゴンの影を見おろしながら、ローレンスはそう判断した。

プティ・シュヴァリエの影は、エルシーの小さな影の後ろから、山の斜面を黒く染め、波打つ丘陵では上下に動きながら、地上を走る雲のように追いかけてきた。影に驚いた鹿が森の木立からつぎつぎに飛び出した。地表の景色が飛ぶように過ぎていくが、敵ドラゴンの速度はいっこうに落ちない。この風のなかでも二十五ノットは出ているだろう。風がうなり、どんなにエルシーの首にしがみつき身を低くしても、衣類が風できつく引っ張られる。

プティ・シュヴァリエが後方でふたたび吼えた。風のせいで振り返ることはできないが、広々とした農場の上を飛んでいるのはわかった。雪をうっすらとかぶった長方形の農地と、そのあいだに伸びる道。白い雪面に、ドラゴンの影がくっきりと落ちている。エルシーは疲れはじめ、プティ・シュヴァリエとの距離がしだいに縮まっていく。

ところが突然、プティ・シュヴァリエの影の後方に、三頭目の影があらわれた。最初は小さな点に過ぎなかったが、ぐんぐんと大きくなり、ついにプティ・シュヴァリエの大きさを超えた。そして、すさまじい咆吼とともに、巨大なリーガル・コッパー種のドラゴンが姿をあらわした。赤と金の体色をもつ大型ドラゴンは、上から勢いよくプティ・シュヴァリエに襲いかかり、デヴァスタチオの復讐を果たすかのように、力まかせにプティ・シュヴァリエを打ちすえた。

二頭の大型ドラゴンはもつれ合いながら降下していった。逆さになり、うなり、咬みつき、組み合ったまま錐《きり》もみになった。フランスのドラゴンの背から二名の兵士が宙に放り出された。弾薬や爆弾やライフルも飛び散り、落ちていく。ローレンスは、リーガル・コッパーのほうの乗組員はどうなっているのかと目を凝らし、そのドラゴンがハーネスを装着していないことにはっと気づいた。

エルシーがあえぎながら速度をゆるめ、中空に大きな弧を描いたおかげで、ローレンスたちは後方で二頭の大型ドラゴンが繰り広げる戦いを直接見られるようになった。

「ああ、よかった」エルシーが息もたえだえに言った。「あのフランスの大型ドラゴンから、やっと逃げられたのね」

「今度は、あいつにぼくたちが追われるはめにならなきゃいいんだけど」ホリンが言った。ローレンスも同じことを考えていた。リーガル・コッパーは、プティ・シュヴァリエより少なくとも七、八トンは体重が上まわっており、敵の肩をかぎ爪でがっちりとつかんで、後ろ足で蹴りあげ、間断なく揺さぶっている。そのためにプティ・シュヴァリエの射撃手たちは射撃の狙いを定めることができず、銃撃がさほどの脅威にはなっていない。

荒々しい戦いだった。編隊飛行による戦法より粗野で残忍だ。このような突発的な一騎打ちでは、規律正しさより、持ち前の凶暴性が勝敗の行方を決める。ついにプティ・シュヴァリエが悲鳴をあげ、発作的に相手を振り切った。その両肩にはそれぞれに三本の長く深い裂傷が、階級をあらわす線章のごとく走っていた。痛手を負ったドラゴンはすぐに逃げ出し、リーガル・コッパーが悠然《ゆうぜん》と空に残った。

　勝利をおさめたドラゴンは、太陽を背に大きく翼を開いた。深紅《しんく》の翼を日差しに輝かせ、逃げていくプティ・シュヴァリエに、雷鳴《らいめい》のように深く低くとどろく雄叫びを放った。それからエルシーのほうを振り向き、いかにも不満そうに言った。「おい、なんのつもりだ？　ちっこいくせして、あんなやつにひとりで挑みかかるとはな」

「とんでもないわ」エルシーがおどおどしながら答えた。「そんなつもりじゃなかった。あいつが突然あらわれて、襲いかかってきたのよ。それでデヴァスタチオが怪我をして」

「ほう、仲間がいるのか」リーガル・コッパーは方向転換し、地表を調べはじめた。最初に襲撃を受けた地点まではかなりの距離があった。デヴァスタチオは身を隠すため木々のあいだに這いつくばっていたが、リーガル・コッパー種は遠目がきくため、少しさがすだけですぐにデヴァスタチオを見つけてしまった。

「ははあ、ここにいたぞ」そう言うと、デヴァスタチオのそばにすさまじい音を立てて着地した。「このあたりに近づくなと、今朝、言われたんじゃなかったのか？」巨大なドラゴンは、デヴァスタチオの傷に鼻先を近づけ、咎《とが》めるように言った。「フランスのドラゴンが兵士を運ぶために、ここを行ったり来たりしてるから気をつけろってな。うへ、こりゃひどい怪我だ、手当てが必要だな」

「そんなことはなにも聞いてないぞ！」キャプテン・ミラーが、リーガル・コッパーの鼻で突き倒されないように、体を斜めに傾げて言った。

リーガル・コッパーは驚きにさっと首を引っこめ、さらに後ろへ引いて、目を細くした。が、遠視のために、しっかり見えてはいないようだ。「人間か？　おお、そう言えば、おまえ、ハーネスをつけてるじゃないか」そう叫ぶと、今度はエルシーのほうを見た。「おまえもだ」

「当然だ」ミラーが言った。敵を追い払ったことへの感謝もなく、こう言える男の度胸に、ローレンスは恐れ入った。「おまえこそ、どうして好き勝手に飛びまわっているる？　繁殖場からなぜ逃げた？」

「そういうことか」と、リーガル・コッパーが言った。「おれは説明するのが得意じゃない。いっしょに来て、おれたちの司令官に会うがいい」

「司令官だと？」ミラーがとまどって尋ねた。「おまえは在郷軍といっしょに戦っていたのか？」

「そうだ。そいつらもおれたちといっしょだ」リーガル・コッパーは言った。「いいから来てくれ。さあ、上に乗りな」最後はデヴァスタチオに向かって言った。半べそを掻きながら傷を舐めていたウィンチェスターは、巨大なドラゴンの背中におとなしく乗った。リーガル・コッパーは大きな跳躍とともに、空に飛び出した。ゆったりと羽ばたく巨大な竜の後方を、エルシーが懸命に追いかける。

遅い速度にもかかわらず、飛行時間は短かった。リーガル・コッパーが到着したのは、よく整備された広い野営地のはずれだった。ローレンスは、ドラゴンがそれぞれの宿営に寝そべっているのを確認した。上空からちらっと見ただけだが、相当な数がいる。広い囲い地もあり、よく肥った黒豚がたくさんいた。

リーガル・コッパーは木立のあいだを抜け、野営の中心に至る広い道をゆっくりと進んだ。途中で、一頭のウィンチェスターが一行を呼びとめた。そのドラゴンもやはりハーネスを装着していない。ウィンチェスターはさっと立ちあがり、声を張りあげた。「止まれ、合い言葉を！」

「おれだ」リーガル・コッパーが言った。「こっちは、おれの連れだから問題なし」

「それがどうした」ウィンチェスターは果敢に反撃した。「みんなが合い言葉を言うことになってる。でないと大声を出すぞ。でも――」リーガル・コッパーが頭をおろし、ウィンチェスターの頭上でフンと鼻を鳴らすと、ウィンチェスターはたじたじとなり、「きみは例外としよう」と言って脇に退いた。

ローレンスは驚かずにいられなかった。ここの司令官はドラゴンがハーネスを装着しないことによほど寛容なのだろう。だから、こんなに多くのドラゴンを集め、こんなふうに使うことができる。もしかすると、航空隊に在籍していた人物なのか。航空隊の関係者だろうか、あるいは、基地のそばに住んだことがあるのか。ドラゴンが田園地帯をうろついて略奪を行うという事態を避けながら、なおかつ、ドラゴンによって戦力の増強をはかっている。ドラゴンを見張りに就かせるのにはとまどいを覚えるが、あらゆる無断侵入者を防ぐにはこのほうが効果的なのかもしれない。

ミラーはデヴァスタチオとともにリーガル・コッパーの背に乗り、傷ついたドラゴンをさすっていたが、ハーネスを装着していない見張りのドラゴンを見るその顔は、感銘ではなく憤慨の表情になっていた。

リーガル・コッパーは見張りに呼び止められたことにも、もはやこだわっていないようすで、「つぎにはなにが起きるか、おれにはさっぱりわからねえ」と言いながら頭を振りふり、道を進んだ。「ドラゴン舎について話し合うのならいいんだがな」

その言葉を聞いた瞬間、ローレンスの心に希望の光が差した。

リーガル・コッパーは、一行を野営地の中心にある宿営に案内して言った。「テメレア、おまえに会いたいって連中を連れてきたぜ」

ローレンスは搭乗ハーネスを引きちぎるようにほどき、エルシーの背から飛びおりた。と同時に、あのよく見慣れた黒い竜の頭が、くるりと振り返った。

「鷲が一羽ついているところが、とてもすてきだね」と、テメレアは言った。

日差しを浴びて、一本の旗竿《はたざお》の先端で、黄金の鷲が鮮やかに輝いている。ドラゴンはみな、その旗竿の汚れを洗い落とす仕事をやりたがり、最後に人間が入念に磨きあげた。いささかゆがんでいて売りものはならないかもしれないが、自分と同じように、この旗竿と旗を見る人が感じ入ってくれるといいな、と、テメレアは胸の内で思った。

「でも、なんでも思いどおりになると驕《おご》っちゃいけないな。まだフランスのドラゴンとたくさん戦ったわけじゃない。やつらはいま兵士を運ぶのに忙しいからね。そのことも、早めに手を打ったほうがよさそうだ」

「あたしにひとつ考えがあるんだけど」ペルシティアが言った。「つぎに戦う前に、やっておいたほうがいいのは——」

「テメレア……」と、そのとき背後から名を呼ばれ、テメレアは振り返った。

そこには、傷ついたウィンチェスターを背に乗せたレクイエスカトの姿があった。その後ろから、別のウィンチェスターが歩いてくる。その雌ドラゴンの背には、以前テメレアの地上クルーだったホリンが乗っていた。

レクイエスカトがなにかしゃべっていた。ペルシティアも胡椒銃への対策についてなにかしゃべっていた。しかし、テメレアにはもはや、その話の内容が理解できなかった。言葉がまるで意味をなしていなかった。ローレンスがいる。ローレンスがそこにいて、自分のほうに近づいてくる。だが、ローレンスは死んだはずだ。

死んだはずのローレンスが口を開く。「テメレア……」。ああ、なんてことだ。テメレア、きみをこの五日間、ずっとさがしていた」

「でも、あなたは死んだんじゃ……?」テメレアはぞくりとした。まだ幽霊《ゆうれい》は見たことがない。いつか見てみたいとずっと思っていたが。こんな幽霊はぜったいにいやだ。

まるで生きているかのようなローレンスに近づいて、抱きよせ、守ろうとするなんて、あまりにつらすぎる。

ローレンスがふたたび口を開いた。「わたしは死んでいないよ、愛しいテメレア。わたしは、ここにいる」

テメレアは頭をおろし、ローレンスをまじまじと見つめた。舌をちろりと出して匂いを嗅いだ。そしてとうとう慎重に、きわめて慎重に、自分の前足を差し出し、ローレンスの体をそっと包んで、すくった。

ああ、硬い肉体。ふわふわした幽霊じゃない。死んではいない。テメレアは喜びの低いうめきを洩らし、ローレンスを包むかぎ爪をさらに狭くした。

「ああ、ローレンス、ぼくはあなたを二度と離さない。あなたを誰にも渡さない」

# 第二部

# 7　優秀なる司令官

「だめだよ。あいつらのせいで、あなたは溺れ死ぬところだったんだ。それも、ただの不注意からね。そんなやつらのところへ、あなたを戻すわけにはいかないよ」テメレアが言った。「それに、ぼくはここから出ていけない。ここに仲間を残して、どこかに行きたくない」

「きみは国の主戦力として渇望されている」ローレンスは言った。なんとか説得しようと思ったが、テメレアの決然とした眼の輝きを見て、気持ちが萎《な》えた。「とにかく、それについては、司令官と話をしなくては」

「ぼくが、その司令官だよ」テメレアは言った。

　ローレンスは、大真面目で答えたテメレアを見あげた。周囲にドラゴンたちが円形の壁をつくっている。テメレアの肩までのぼって、この宿営をとっくりと見わたした。上級士官らしき人間はどこにもおらず、ドラゴンたちがローレンスを興味深そうに見つめていた。巨大なリーガル・コッパー、老いて白濁したオレンジ色の眼を持つ、眠たげなロングウィング、大きなチェッカード・ネトル、パルナシアン、そして小型ドラゴンたち。ハーネスを装着したドラゴンは一頭たりともいなかった。

円陣の外側にもまだドラゴンがいて、野営地はドラゴンであふれ返っていた。十数頭のイエロー・リーパーがひと固まりになって眠っている。小さな伝令竜や小型ドラゴンがいたるところに散らばっていた。数名の男たちが豚の群れと数頭の牛の世話をしているが、その身なりは素朴で、航空隊士官ではないようだ。もとは赤だろうが、色あせて海老茶《えびちゃ》色になった上着をまとった、二百名ほどの兵士が銃を持って立っていた。私服の志願兵もいた。だが、それで全部だった。すべてを確認し終えて、ローレンスはようやく言った。「みんな民兵だな」

「そうだよ。ロイドと牧夫たちが、どこへ行けば彼らを集められるか教えてくれた」テメレアが言った。「みんな、いい人たちだよ。頭を冷やして、ぼくらが彼らを食べちゃうわけじゃないってことをわかってくれた。大砲を撃つためには、彼らが必要だったからね」

「なんてことだ」ローレンスはようやく事態を呑みこんだ。軍上層部が熱い期待を寄せる、優秀な若き軍人が率いると噂される頼もしき在郷軍は、なんと、ハーネスを装着しないドラゴンたちから成る、実験的かつ先鋭的な独立部隊だったのだ。彼らは国王に忠誠の誓いを立てたわけではない。おまけに、部隊の指揮をとるのは、英国でもっとも御しがたく不服従であるという烙印《らくいん》を捺《お》されたドラゴンだ。海軍省委員会がこの事実を知ったら、どんな反応を示すか、ローレンスにはそのようすがありありと想像できた。

「なるほどね、わかった」と、テメレアが言った。ローレンスはここまでやってきた経緯《いきさつ》について、自分が受けた命令と、在郷軍部隊に関する軍上層部の誤解について、一部始終をテメレアに語り終えた。「ぜんぜん込み入った話じゃないよ。だって、その人たちは、司令官が人間でなきゃ大佐にはしないって言ったわけじゃないんでしょう?」

「おい、それは困る」ミラーが言った。「なぜなら――」

「いいや、ちっとも困らない」テメレアはミラーに頭をぐっと寄せて言った。「ぼくは手紙を書くつもりだ。大佐への任命を喜んでお受けしますって。そして、自分の部隊に対して責任があるので、いまはローレンスといっしょに戻ることはできませんって。誰も文句は言えないはずだ。それに、一刻も早く知らせなくちゃならないことがあるんだ。二日後に、ナポレオンはロンドンを攻撃する」

上層部の譴責《けんせき》をうやむやにするのに、これ以上劇的効果をあげる情報はないように思われた。しかし、それはほんとうなのか？　ローレンスはとまどい、考えをめぐらした。テメレアはドラゴンの距離感で判断しており、敵地に上陸したのちに兵馬や補給物資を攻撃点に移す労力を、実感として理解できないのかもしれない。

フランス軍がイギリス海峡を渡って英国に上陸してから、まだ一週間もたっていない。もちろん、英国軍が応戦しなければ、いまごろ、フランス軍の長い隊列がロンドンに向かっていたとしてもおかしくないだろう。

しかし、戦闘をつづけながらだとしたら……そこまで早く進軍できるわけがない。ローレンスはそう信じたかった。が、ナポレオン軍のワルシャワへの猛攻を思い出した。あのときも、予想より一か月も早く攻撃点に到達していたのではなかったか……。にわかに不安を掻き立てられて、テメレアに尋ねた。「それは確かなのか？」

「ぼくらは、ルフェーブル元帥の軍団を監視してたんだ」テメレアが言った。「今朝、出撃命令が出て、すぐに進軍を開始した。きょうは一日じゅう、ロンドンに向かって兵を移動させていたよ。レクイエスカトが見てきたから確かさ」

「レクイエスカト？」

「ほら、あなたたちをここへ連れてきたドラゴン」と、テメレアが答える。

「あんな大きな体では、敵陣には近づけないだろう。すぐに気づかれてしまう」ローレンスは言った。リーガル・コッパーはおよそ密偵《みってい》には向かないドラゴン種だ。

「ふふん、忍びこんだんじゃないよ。誰だってレクイエスカトみたいな巨大なドラゴンと戦いたいとは思わない。だから、彼は敵が攻撃する前に、敵陣に近づくことができるんだ。近づけば、敵は彼が人間を乗せていないのに気づく。そして、このドラゴンはおそらく繁殖場から逃げ出して、仲間をさがしているんだろうって考えるんだ。だから、彼を味方につけようとして、牛を出してくる。なんと敵がレクイエスカトを養ってくれるんだ。実に好都合だよ」

「なんで、そんなにロンドンに急ぐんだろうな」レクイエスカトが割って入った。

「何度かぶちのめしてやったら、必死になって、おれたちをさがしていたのにな。出撃命令が出たら、すぐに出発だ、牛の群れもまるごと連れて……」最後は、いかにも残念そうだった。

「ぶちのめしてやった、か」ミラーがフンと鼻を鳴らした。「すべて出まかせだな」

「いや、そうでもないでしょう」とホリンが言い、あるものを指差した。ローレンスが指の先を目で追うと、そこには鷲の軍旗が地面から突き立っていた。〝第十三連隊〟というフランス語が旗に読みとれる。

「ぼくがこの知らせを届けます」ホリンがローレンスと視線を合わせて言った。「ぼくとエルシーだけなら速力を出せます。すぐにも、この情報を――」

「ばからしい」ミラーが言った。「伝えるべき情報は、〝六十頭のドラゴンをとっつかまえて、繁殖場に戻す必要あり〟だろう」この無礼な発言に憤《いきどお》ったテメレアが一歩踏み出し、頭をぐぐっとミラーに近づけた。

「ぼくらを、ぼくらの望まない場所に集めようとしたって無駄だ。ナポレオンだろうが、あなたたちの空将だろうが、そんなことはできない。たとえ、あなたがたが航空隊にいるドラゴンに頼んだところで、彼らはすぐにその愚かしさに気づくだろう。もし、気づかないなら、ぼくが彼らを説得する。だから、そんなことはやめて、ぼくらの仲間に加わったほうがいいよ」

ローレンスには、そんな状況なら説得をほとんど必要とせずに、英国航空隊の全ドラゴンがテメレアに味方するだろうと想像できた。いますでに、ここにはテメレアに信頼を寄せるドラゴンたちがいる。まず、二頭のロングウィング——ただし、そのうち一頭は戦場からかなり長く遠ざかっているようだ。二頭のリーガル・コッパーと、ローレンスの目に入るかぎり五頭の大型ドラゴン、そして充分な数の中型ドラゴンと伝令竜たち。これだけの竜がいれば、テメレアの軍隊は、英国航空隊——少なくともいま現在、この英国でハーネスを装着した正規のドラゴンたちから成る航空隊——の戦力に匹敵すると言っていい。

ミラーはこの新たな局面をまだ理解できないようだが、テメレアの発言に青ざめ、口をつぐむ程度には知恵が働いたらしく、片隅に退いて報告書を書きはじめた。

一方、テメレアもローレンスの助けを借りて口述筆記をはじめた。

紳士のみなさん、

辞令をありがたく受けるつもりです。もしまだこの数字が使われていないなら、ぼくたちは、第八十一連隊と名のりたく思っています。ぼくたち第八十一連隊は、ライフル銃を必要としません。いくつかの大砲と、大量の火薬と砲弾を持っているからです。

ローレンスにはこの文面が招く衝撃がありありと想像できた。

ただし、ぼくたちはつねに、たくさんの牛と豚と羊を必要としています。たやすく手に入るなら山羊も必要としています。ロイドと牧夫のみなさんには、いずれよくしてあげてください。あの人たちはたいへん頑張ってくれています。それでも、ぼくたちは数が多いため、もっと牧夫がいてくれたら助かります。

「胡椒！　胡椒も必要だって書いといて」一頭の雌ドラゴンが首を突き出して言った。交配種と思われる、黄色と灰色の縞模様の中型ドラゴンだった。「粗布もいるね。大量の粗布が――」

「ふふん、了解。胡椒ね」と、テメレアが言い、要求する品目の列挙に戻った。

竜医のケインズがここへ来てくれたら、たいへんうれしく思います。ゴン・スーもです。ぼくの爪飾りを持っているエミリー・ローランドと、ほかのぼくの乗組員たちもお願いします。怪我をした人間のための外科医も何名か必要です。ドーセットにも来てほしい。ケインズ以外にも、竜医が何名か必要なのです。

そして、あなたがたは、いまいる場所からさっさと離れたほうがよいかと――

「テメレア、上官に向かって、そういう言い方はよくないな」ローレンスはペンを持つ手を止めて言った。〝大佐〟への任命がすぐに撤回されるかもしれないとは言わず、ここまでは手紙の文体についても意見しなかった。どんな書面であろうが、火急の報を伝えるのが最優先事項だと、少なくともジェーン・ローランドなら理解してくれると思っていたからだ。しかし、何事にも限度はある。

「だって、ほんとうに離れたほうがいいんだよ」テメレアは意外そうに言った。「充分な兵力もなくて、近くに援軍もいない。英国陸軍は移動がのろいからなあ」

ローレンスは結局、言いまわしを穏当にするよう説得することしかできなかった。

ナポレオン軍が火曜日に攻撃を仕掛けます。ほぼ総攻撃です。輸送手段としてドラゴンを使うため、ナポレオン軍はとてもすばやく移動します。あなたがたの増援隊は間に合わないでしょう。ぼくたちの仲間の伝令竜が道を行く英国陸軍を見たところ、彼らは一日に十五マイルしか進んでいませんでした。

「でも、こんな書き方で退却したほうがいいんだって理解できなかったら、どうするの?」テメレアが不服そうに言った。

「理解できる。だいじょうぶだ」ローレンスは言った。上層部がこの手紙の内容を信じず、テメレアの助言が無視されるかもしれないとは思ったが、あえて口にしなかった。

しかし、それはローレンスの完全な読み違いだった。望ましい方向ではなかったとしても、手紙は無視されるどころか、大きな波紋《はもん》を呼んだ。

翌朝、竜の前足の寝床で眠っていたローレンスは、翼の薄い膜の外から聞こえるけたたましい叫びに起こされた。が、すぐには地面におりられなかった。テメレアがローレンスをかぎ爪ですくいあげ、保護するように自分の背の、胸飾りの鎖のすぐそばに乗せてしまったからだ。

テメレアは後ろ足立ちになり、なにが起きたかを確認しようとした。ローレンスにも、二頭の小型ドラゴンが野営の囲いのほうから半ば飛ぶように駆けてくるのが見えた。近づいたところで、そのうちの一頭があえぎながら言った。「テメレア、あの雌ドラゴンは合い言葉を知らない。なのに――」

「阿呆《あほ》くさい！　合い言葉なんかいらないわよ」

雌ドラゴンというのは、イスキエルカだった。テメレアにバタバタと駆け寄ると、体半分でとぐろを巻き、自分が正しいのは当然と言わんばかりにシュッと蒸気を噴きあげた。イスキエルカのあとからは、パミール高原から来た野生ドラゴンたちまでぞろぞろとあらわれた。

「きみはなにがしたいんだ？」テメレアは不快感もあらわに言った。イスキエルカがここまでやってくる理由がわからない。うるさいし、わがままだし、いいところはひとつもない。

「戦うため」イスキエルカが当然という顔で言う。「あたしたちは、戦うためにいるんでしょ。この四日間、なんの戦闘もないし、どこへも行けなかった」また蒸気をシュッと噴く。「だからちょっと狩りに出てみただけなのに、上の連中がやってきて、あたしのグランビーにお説教を！」

「もうすぐ、あっちで大きな戦いがある」テメレアは言った。「だから、きみは戻らなくちゃいけない」

「ないわよ、そんなもの」イスキエルカが言った。「戦闘の準備なんてしてなかった。戦うとしたら、一週間後だって聞いた。でも、きみはもう二度も戦ったっていうじゃない。手紙には、これからも戦闘がありそうだって書いてあった。だから、あたしたちも分け前をもらうためにやってきたってわけ。それから、あたし、決めたんだけど――」と付け加える。「ナポレオンを打ち倒したら、きみの卵を産んであげる」

「ふふん！」テメレアは憤慨のあまり気が遠くなりそうだった。「それはありがたい！　なんという名誉！」

「でしょ？　あたしはきみよりお金持ち、それに火も噴ける。感謝して」

「いやだ。きみにぼくの卵を産ませる気はないよ」テメレアはきっぱりと言った。「ぜったいにいやだ。きみがぼく以外に地上に残された、たった一頭のドラゴンになったとしても」

「知らないんだ」イスキエルカが言った。「きみはまだ一個の卵もこしらえていない。つまり、きみの卵を産んだ雌ドラゴンはまだ一頭もいない。だから、あたしが試してあげようって言ってるの」

あまりうれしい知らせではなかった。テメレアはいささかショックを受けて、首をわずかに引いた。もともと繁殖に熱心なほうではなかったが、相手のドラゴンから求められることはうれしく、これから自分の卵がいくつ孵るだろうかと考えることもあった。なぜ卵が産まれないのか理由はわからないが、あまりいい気分ではない。でもだからといって、イスキエルカで試してみるのはまっぴらだ。

イスキエルカはすまして身づくろいをしていた。とぐろをほどき、長々と体を伸ばしているので、いっそう周囲の注目が集まっている。その竜ハーネスには派手な飾りがたくさん付いていた。金鎖はどうせ純金ではない、そうに決まっている、とテメレアは思った。鎖のところどころに埋めこまれた色とりどりの宝石も、どうせガラス玉にちがいない……。

テメレアの眼はいやでもグランビーにいった。いま、グランビーはあの鷲の軍旗のそばにローレンスとサルカイといっしょにいて、声を潜めて話している。その上着は、金の縁取りが付いた、いかにも上質そうなグリーンのベルベットだ。腰に吊した剣は二刀。そのうちひとつは短いが、どちらも柄《つか》の部分に華やかな装飾がほどこされ、鞘《さや》はつややかで良質そうな革でできている。ただ、グランビー本人はあまり幸福そうには見えないのだが……。テメレアには、ローレンスのみすぼらしい恰好がまったく彼にふさわしくないものに思われた。

周囲のドラゴンたちは、イスキエルカに羨望《せんぼう》のまなざしを注いでいた。アルカディとその仲間の野生ドラゴンたちも一頭残らず、光りものをめったやたらと竜ハーネスから吊している。まるで安っぽい海賊だな、とテメレアは思った。そして、アルカディの背に、もとは自分のクルーだったディメーンを見つけて憤然とし、非難がましく少年に言った。

「アルカディといっしょになにをしてるの?」

「アルカディは信号旗が読めない」ディメーンがテメレアを見あげて言った。「だから、ぼくが教えてる。ときどき旗のほうが間違ってることもあるけど」

野生ドラゴンたちはクルーを連れていなかった。食糧も、役立ちそうな備品もなにひとつ携行していなかった。どうやって食事を確保するか、どこで眠るか、まるで考えておらず、この野営の秩序を尊重する気もないようだ。

野生ドラゴンのわりに大きなリンジは、英国航空隊の中型ドラゴンぐらいの大きさがあり、一頭のイエロー・リーパーを押しのけて自分の居場所にしようとした。当然ながら、イエロー・リーパーたちが跳ね起きて、唐突に侵入してきた野生の雌ドラゴンに威嚇の声を発した。それに対して、アルカディとその仲間も跳ね起き、威嚇した。テメレアは、彼らを黙らせ、引き離すために、しかたなく吼えた。

「きみたちは新参者なんだ。自分の居場所は自分でつくってくれ」厳しい口調で言いわたす。

「あら、そんなの簡単」イスキエルカが言い、アルカディに低い声で指示を出すと、野生ドラゴンの長《おさ》はただちに仲間を片側に駆り集めた。それを見とどけて、イスキエルカは宿営の端の地面に向かって火焔《かえん》を放射した。乾いた葉に火がつき、銃撃のような音をたてて樹皮が幹から剝がれ、松の古木がたいまつのように燃えあがり、ぱちぱちとはぜながら大きな炎をあげる。そのあいだ、ドラゴンたちはぴょんぴょん跳ねて、大声で騒ぎ立てた。

「もうたくさんだ!」テメレアは言った。「この野営で火を噴かないでくれ。ここには大量の火薬があるんだ。きみのせいで、ぼくたちみんな吹き飛んでしまうかもしれないんだぞ。まず、木々を取り除き、整地するんだ。火を使うんじゃないぞ、一本ずつ引っこ抜くように」

野生ドラゴンたちは、土を使うという常套《じょうとう》手段で火事を消すと、テメレアの指示に従った。しかし、イスキエルカだけはなにもせず、ただすわって、あくびをし、作業を見守っている。そんなイスキエルカを、この野営地にいる多くのドラゴンが見つめている。みなが彼女に一目置いているようにテメレアには思われた。おもしろくない。ペルシティアにそう言ってみたが、なんの共感も得られず、よけいに傷ついた。

ペルシティアは言った。「火噴きは使えるね」そして、彼女が考えついたというイスキエルカを使った作戦について語りはじめた。

「彼らは、あの手紙をまったく信じようとしませんでした」と、グランビーがローレンスに言った。驚くには値しないとローレンスは思った。グランビーは見るからに疲れきっており、ひたいから流れ落ちる汗を手の甲でぬぐった。「そう、お偉方はみんな。でも、あの子は全部信じました。とにかく行って戦うんだの一点張りで。そうしないと、テメレアが栄誉も報奨金も全部さらってしまうと言うんです。鷲の軍旗もほしかったようです。そして、あの子が決めたことなら、野生ドラゴンたちは地の果てまでも従います」アルカディはいまも野生ドラゴンたちの長ではあったが、多くの宝をもたらすイスキエルカを、通常のリーダーを超えた、自然の力を操る特別な存在と見なすようになっていた。

「もちろん、ローランド空将はよくわかっておられます」グランビーはつづけて言った。「イスキエルカが飛び立ったあと、伝令竜がぼくたちを追いかけてきました。その竜は空将の命令書を持っていて、その命令というのが、ぼくたちに偵察任務を与えるというものだったんです。これで建前上は規律を破ったことにならずにすみました。でも——」やってられないと言いたげに、両手を振りあげた。

「本営はフランスの攻撃に備えていないのか？」ローレンスは声を落として尋ねた。

「まったくなにも？」

「公平を期すために言えば」と、グランビーが言う。「ほとんど打つ手がないんです。兵力が集まっていない。ローランド空将が、空輸部隊をつくるべきだと説得を試みたんですが、お歴々に言わせれば、そんなものは混乱を招くだけだと。兵士たちをドラゴンに乗せようとするだけで、反乱が起きるだろうと」

「退却すべきですね」と、サルカイが言った。「敵を待ち受けて完敗するよりは」

「いや、それは……」グランビーが言葉を濁した。ローレンスにはその気持ちが理解できた。敵の上陸を阻《はば》めずに海岸線から撤退するのならともかく、戦わずしてロンドンを明け渡すようなことなど、ぜったいにありえない。

「きみの読みが間違っているという可能性は？」しばらくして野生ドラゴンたちが野営に落ちついたあと、ローレンスはテメレアに尋ねた。

「フランス軍は兵士たちをどこかに移してる」テメレアはたんたんと答えた。「ぼくには、そのどこかというのが英国陸軍のいる場所、つまりロンドン以外には考えられないんだ。このあたりにはまだ牛がたくさんいる。だから、食糧のための移動じゃないはずだ。でもなんだったら、モンシーたちに頼んで、どこに向かったのかを突き止めてもらおうか？」

だが、その計画を実行する前に、新たな局面が到来した。伝令竜のエルシーが息せき切って野営に舞いおり、地面を横滑りしてなんとか停止し、大声で叫んだ。「急いで、ああ、急いで。攻撃は明日じゃない。あいつら、今夜、攻撃するつもりよ」

ホリンがエルシーの背から転がり落ちるようにおりてきて補足した。「そうなんです。行軍距離にしてロンドンから一時間もない地点に、敵が集結しています。その野営には、完全武装したフルール・ド・ニュイ〔夜の花〕も十頭」

ドラゴン軍団がすみやかに野営を移動させるようすを、ローレンスは目の当たりにすることになった。まずは、家畜の群れが鳴き声もうるさく土ぼこりをもうもうとあげながら道を進み、それを後ろから牧夫たちが追った。空からも何頭かのドラゴンが、牧羊犬のように家畜を追い立てた。

「ハーペンデンで会おう」と、テメレアが牧夫のかしらに言う。「あとで連絡する。どこに牛たちを連れていけばいいか、どの道を選べばいいか。ぼくらから連絡がなくても、とにかく家畜を安全に、フランス軍にとられないように運んでくれ」

「了解」牧夫のかしらは、ごく自然に前髪に触れて竜に敬礼すると、部下たちと快活に言葉を交わし、自分はラバにまたがって去っていった。

いくつかのテントがたたまれ、まとめられ、杭《くい》といっしょに大きな布の上に山積みにされた。調理道具と砲弾を入れた大鍋もそこに加わった。中型ドラゴンが大砲をかかえ、在郷軍兵士らが小柄なドラゴンにまたがり、ロープに体を固定した。

「ほら、見て。ロープはそんなに使わなくてすんでる」テメレアが言った。「小型ドラゴンたちに人間を運ばせるんだ。またがって乗るのは、足を組んですわるよりずっといいって、みんなが言ったんだよ」

テメレアは、厳格な校長のようなまなざしで作業を見守っていたが、ときどき評価をうかがうようにローレンスのほうをちらりと見た。だが、不備な点などどこにもなかった。ドラゴンたちは空に舞いあがると、家畜の群れの後ろを飛び、そのうちの何頭かをつかみあげ、たいらげた。牛やよく肥えた豚で、遅れてのろのろと歩いている家畜から順に食べられていった。少々の血が飛び散ることを除けば、なんの支障もない。

「さあ、ぼくらも準備完了」テメレアはそう言うと、前足を差し出してローレンスを背に乗せ、大きな跳躍とともに飛び立った。こうして一時間もしないうちに、眼下には荒野しか見えなくなった。

一刻を争う事態であるため、ドラゴン部隊は相当なスピードを出していた。みなが整列しているわけではなく、雑然とした大きなひと固まりになり、絶え間なく形を変えながら飛んでいた。いや、最初はそう見えた。だがそのうち、小型ドラゴンが時折り大型ドラゴンの背で休むのに気づいた。というのも、小さな褐色の野生ドラゴンがテメレアの背におりてきて、そこにしがみついたからだ。その雌ドラゴンは頭だけあげて荒い息を整えながら、ローレンスを品定めするような目でじっと見た。

「ウィリアム・ローレンスだ。以後お見知りおきを」しばらく雌ドラゴンと見つめ合ったあと、ローレンスは丁重に名のった。

「あたしの名前はミノー」そのドラゴンも名のった。「ここにおじゃましたのは、あなたにちょっと興味があったからなの。あなたが死んだと聞かされたとき、テメレアがものすごく落ちこんで……。でも、それがあなただったとは、ちょっと信じがたい気持ちよ」

つまり、とくに感嘆するような資質は目の前の人間に見いだしにくいということか。むっとしたテメレアが、首だけ返して言った。「ローレンスは最高のキャプテンだよ。ぼくとローレンスは、みんなを疫病から救おうとして、空将たちに盾突いた。だから、いまはいいものをなにひとつ身につけていないんだ。それだけのことさ」

「担い手がいたことは一度もないのかい？」ローレンスは小さなドラゴンに尋ねた。小さなと言ってもそれは比較上のことで、その頭だけでもローレンスの体重分ぐらいの重量はあるだろう。

「あたし、仲間がいればいいの」雌ドラゴンは言った。「だけど、ハーネスを付けられるのも、どこへ行けとつねに指図されるのも、あたしはいや。そういうの、あなたみたいな大きなドラゴンには向いてるかもしれないけれど」最後はテメレアに言った。「軍務に就いても、いやなことばかり無理やりやらされるとは思ってない。でも、引退した伝令竜からいろいろ聞いてるから、自分には向かないってわかる。彼らが言うの。キャプテンが死ぬころには自分の体にもガタがきてるって。だけどなにも残らない。体について消えなくなったハーネスの痕ぐらいしかね。さあ、そろそろ行くわ」来たときと同じようにとくに挨拶もなく、雌ドラゴンは飛び立ち、速力をあげて、前方に位置をとった。

ローレンスはこのような飛行方法と運用を評価した。ただし、飛行の位置を変えるときにいかに混乱を防ぐかが鍵となるだろう。大型ドラゴンはほぼ定位置で飛び、隊全体の守りを担っていた。飛行速度は大型のなかでいちばん遅いレクイエスカトに合わせている。中型ドラゴンは耐久力では大型ドラゴンに勝るため、時折り急降下して地上に近づき、牛や豚や羊をつかんで自分たちで食べ、大型ドラゴンたちのところにも運んだ。

「このやり方なら、休憩をとる必要がないんだ」テメレアが言った。「そのうえ、目的地に着いたとき、空腹のドラゴンは一頭もいない。あのレクイエスカトでさえね。まだ足りないなんて文句を言うけど、見栄を張りたいだけさ」

「見栄じゃないぞ」レクイエスカトが首をめぐらして言った。「戦闘竜として現役だったころ、おれの体重は二十六トンだった。だが、なかなかもとに戻らない。あのひどい風邪にやられてからだ」多くのドラゴンの命を奪った竜疫《りゅうえき》の過酷さからすれば、〝ひどい風邪〟というのは控えめすぎる表現だった。竜疫はことさらリーガル・コッパー種に重い症状となってあらわれた。同種の多くの竜が体重を激減させ、回復に時間がかかっている。ただ、レクイエスカトはいまでも充分に大きく、これよりさらに巨大だったレクイエスカトは想像しにくいのだが。

道中で敵に遭遇《そうぐう》することはなかった。数頭のフランスの偵察竜を見かけたが、敵はドラゴン軍団を認めるや、すぐに逃げ去った。この新しい情報を一刻も早く持ち帰るためだろう。これだけ大きな軍団が空を飛んでいるのだから、気づかれないはずがない。だがもし、この新しい情報がナポレオン軍の攻撃を遅らせることになるのなら、望むところだ。キューとハマースミスの上空を過ぎると、眼下に褐色のテムズ川の蛇行する流れがあらわれた。川辺の氷と雪がきらめいている。やがてロンドンの街が見えてきた。

ホリンがすばやくエルシーを最前列に進ませ、信号旗を出すと、それに応えて空砲が鳴った。街の通りに人々が飛び出し、喝采《かっさい》する。距離があってかすかな声しか聞こえないが、それでも心強い声援だった。テメレアが前方に向かって叫んだ。「ディリジオン、ヴェンティオーサ、旗がよく見えるように前へ！」二頭のイエロー・リーパーが前方に進み、それぞれの持つ赤いベルベットのカーテンが勢いよくひるがえった。

さらに二十分ほど飛ぶと、陸軍本営が見えてきた。泥と雪が混じり合った野営に赤い軍服があふれている。軍団のさらに上を飛ぶテメレアが、息を深く吸いこんで咆吼を放った。大気は冷え、前方には白い雲の小さな塊がいくつも浮かんでいる。その雲の群れが縞状の大きなさざ波となって、〝神の風《ディヴァインズ・ウィンド》〟のすさまじい衝撃を束の間だが可視化した。

〝神の風〟は、夏の盛りに土や砂の上にあらわれる陽炎《かげろう》のように景色を揺らし、切れぎれになった雲をたちどころに散らし、溶かし去った。地上では、英国航空隊のドラゴンたちがそれぞれの宿営から頭をもたげ、近づくドラゴン軍団を見あげていた。地上のドラゴンたちは、テメレアの咆吼に応えてうれしげに吼えた。テメレアは、プラムステッドに近い陸軍本営の左翼側の広い空き地に、ドラゴン軍団を着地させた。

「ねえ、ローレンス」軍団が地上に落ちつくあいだに、テメレアが言った。「将軍たちに伝えてくれるかな。会って話せるとうれしいって。でも、本部があの中央のテントなら、そこに空き地をつくってもらわないといけないね。それに、馬もなんとかしたほうがいい」

「きみに言っておかなくてはならない。彼らはきみたち全員を歓迎するわけじゃない。この事態を打開しようと、きみたちが行動を起こすことも」

「それなら」と、テメレアが言った。「ぼくらはまた出ていく。ぼくら抜きでナポレオン軍と戦うがいいさ。ぼくは来いって言われたから来た。彼らはぼくを必要としていた。だったら、ぼくらドラゴンのことを奴隷のように扱うべきじゃない。牛を提供するのがいやだって言うなら、いいよ、自分たちでなんとかするから」

ローレンスは言葉に詰まった。なにか意見したい、それぞれの使命というものについて語りたい気がした。しかし、それでは公平さに欠けると思い直した。ここにとどまることはテメレアの果たすべき使命ではない。どんなドラゴンにとってもだ。彼らは国王に忠誠を誓うことを求められてはいないし、軍務に服しても報酬が約束されるわけではない。

一方、自分自身の使命に関しては、なんの迷いもなかった。戦うことだろうが、死刑宣告だろうが、それが命令ならほかに選択肢《せんたくし》はない。ただ、恐れているのは――ドラゴンの意思は無視して、それが必要だからという理由だけで――ここにとどまるようにテメレアを説得せよとの命令が下ることだった。

ローレンスは前の参謀会議のときと同じテントに通されたが、そこはずいぶん様変わりしていた。いちばん目立つ場所に大きな机が置かれて地図が広げられ、その上に目印用のこまや模型が散らばっていた。新たに増設された奥のテントから、出入り用の垂れ幕《フラップ》越しに、議論する声が洩れてくる。気むずかしげな声、怯えるような声――ローレンスに識別できる声はわずかだったが、ジェーン・ローランドの声はよく響いた。ローレンスは黙したまま、立ち聞きはすまいと自分に言い聞かせた。

ひょろりとして無愛想な若い士官たちが地図をのぞきこんでいた。彼らはローレンンスに冷淡な蔑《さげす》みの目を向けると、あとは無視を決めこんだ。しばらくするとようやくひとりの大佐が会議のテントから出てきて冷ややかに言った。「きみは赦免《しゃめん》されることになった——あのドラゴンたちを戦いに送り出すならな」

この伝言がその大佐にとって喜ばしいものでないことは、見るからに明らかだった。

「恥さらしな」と、若い士官のひとりが顔もあげずに言った。

「戦いを目前にして六十頭のドラゴンを引き連れてくるのだ。反逆罪だろうが、殺人罪だろうが、わたしなら許そう」ウェルズリー将軍が奥のテントから顔をのぞかせた。「ローレンス、きみは災いを招く天才というほかないが、狙う敵がわれわれでなくナポレオンであるかぎり、きみを縛り首にするわけにはいかない。あのドラゴンたちを従わせられるのだろうな？」

「お言葉ですが」と、ローレンスは言った。「わたしがドラゴンを連れてきたのではありません。むしろ、わたしはドラゴンに連れられてここに来ました。彼らはわたしには従いません。テメレアに従うのです」

「で、そのドラゴンはきみに従う。それで充分だ」ウェルズリーは言った。「法的手続きで時間を無駄にするのはごめんだ。きみの使命を果たせ。でないと、きみは縛り首だ。そして、わたしは戦場で討ち死にすることになる」中央のテーブルから紙を一枚つかみとり、数行の走り書きをした。そこに書かれているのは、個人の解釈でいかようにも受け取れる文面だった。

ローレンスはウェルズリーから突きつけられた書面をつらつらと見た。生命も、自由も、使命も……その一枚の紙のなかにあった。甘言《かんげん》と脅迫を一度にくれたウェルズリーには感謝したい気さえした。おかげで、この命令を拒絶しやすくなった――もちろん、軍上層部には不愉快な結論だとしても。

「お許しください」ローレンスは言った。「あなたがお望みのような約束はできません。わたしにはそれをなし遂げる力もありません。ドラゴン民兵の指揮官と交渉されたいのであれば、相手はテメレアです。テメレアはあなたからの要請に納得しないかぎり、命令には従いません、彼の仲間のドラゴンも同じです」

「なんと面倒なことだ。ナポレオン軍がすぐそこまで迫っているときに。そんな時間があると思うのか？　ここから野営の端まですっ飛んでいって、ドラゴンどものご機嫌をとれと？」

「テメレアはご機嫌をとられることを求めてはいません。求めているのは、遅れてやってきた実質的民兵である指揮官に対して示されるべき適切な情報です。なによりもまず、今回の攻撃計画を前もって知らされることです。テメレアはここへ来て、会議に参加したがっています。そのためには、彼が身をおける広い空間が必要です。また、飛翔するものを本能的に恐れる馬たちにも対処したほうがよいかと」

ウェルズリーが鼻を鳴らした。「攻撃計画だと？　人間なら、どんなでくの坊だろうと、あのドラゴンよりは攻撃計画を理解できると思うがな。ローリー！」と、テントの端に控えた青年に呼びかけた。青年がさっと姿勢を正して命令を待った。「馬をしっかり繋いでおくように伝えてくれ。それから、ドラゴンが着地できる空間をつくれと。大きさはどれぐらいだ？」

ローレンスの答えを待たずに、ウェルズリーはテントの奥の将官たちの会議に戻った。「テメレアが着地のために必要とするのは縦数百フィート、横五十フィートの空き地だ」ローレンスはテントからローリーに促されて退出しながら言った。

「なんと手間のかかるやつだ」青年は苦々しげにつぶやき、命令を叫んでいくつかのテントを移動させ、馬のために防御柵をつくらせた。「もし将軍のお気に入りの馬を食べてしまうようなことがあったら、あなたの首はないものと思ってください」

こんな嫌みになにか言い返すのもわずらわしく、ローレンスは一刻も早くテメレアの宿営に戻ろうとした。そして宿営に近づいたところで、はっと足を止めた。噂はまたたく間に広まったようだ。かつて自分のもとで働いていたクルーが何人か、そこに集まっていた。誰もが別の任務から抜け出してきたとしか思えなかった。

「お久しぶりです」フェローズが作業から顔をあげて挨拶した。かたわらに鍛冶用の小さな炉があり、そのそばにブライズがいる。若くてのっぽのアレンが、顔を輝かせて立ちあがった。前に会ったときより二インチは背が伸びているだろう。アレンは軍帽に指で触れて挨拶した。その隣に、エミリー・ローランドの姿があった。

「みんな……」ローレンスは感謝と落胆のあいだで揺れながら言った。なぜなら、彼らが手入れしているのはただの竜ハーネスや武具ではなく、テメレア専用のプラチナ製の胸当てであり、エミリーは宝石をちりばめたかぎ爪飾りまで準備していたからだ。

中国でテメレアに贈られたかぎ爪飾りは、とびきり美しく、きらびやかで、金と銀に東洋風の文様が繊細に彫られ、宝石の粒が象嵌《ぞうがん》されていた。一方、大きな真珠とサファイアで飾られた胸当ては豪華このうえなく、かつてローレンスが送った金鎖と真珠も――けっして釣り合うものではなかったが――そこに付いている。おまけに、テメレアはそれを自分でピカピカに磨きあげていた。

ローレンスは胸あてに、黒いくぼみとなって残る瑕《きず》を見ると、胸が痛んだ。テメレア自身の体にも、いくつもの傷痕がある。いちばん大きな傷は、海上の戦いでフランス軍の棘《とげ》のある砲弾を受けたときのものだ。いまはうろこの流れがよじれた瘤《こぶ》ぐらいにしか見えないが、あのときはほんとうに酷《ひど》いありさまだった。

テメレアは自分の見栄えをよくすることに一心不乱で、テメレアの体の五フィート分くらいしか映せない姿見をのぞきこみ、輝く鎖のネットを冠翼から垂らそうかどうか悩んでいた。

「イスキエルカが貸してくれるって」と、テメレアは言った。「もちろん、ふつうのときなら、誰かからなにかを借りて自分のものであるかのように見せかけるようなことはしないよ。でも、今回は勲章をつくってる時間がないんだ。だから、これを代わりにしてもいいんじゃないかな」

「わたしから助言させてもらうなら」とローレンスは言った。これを見たときの将軍たちの反応は、だいたい想像がつく。「借り物の装飾品は、どんなものでも自分の好みにぴったりというわけにはいかない。それに、もし壊したり、なくしたりすれば、責任を負わなければならないよ」

「ふふん。それもそうだね。やっぱり、借りないほうがいいかな」テメレアは物思わしげなため息をついた。「よし、決めた。ローランド、はずしてくれない？」しぶしぶというようすで頭をおろした。

しかし結局、装飾品を付けているかどうかはたいした問題ではなかった。テメレアは、冷ややかな沈黙のなかに舞いおりることになった。馬たちでさえ、その静寂《せいじゃく》に圧倒されて、いななきを押し殺した。戸外で待っていたローリーの顔が、黒い口ひげのほかはすべて青ざめていた。テメレアはぎりぎりの広さしかないその場所にみごとに体をおさめると、長い尾を体に巻きつけた。

「おお、来たか」ウェルズリー将軍がテントから出てきて立ち止まり、テメレアを見あげ、さらに見あげ、押し黙った。あまりの高さに、テメレアが宝石を身につけていることには気づかないようだ。いや、そもそも彼にとって、こんな間近で大型ドラゴンを見るのははじめての経験なのだ、とローレンスは気づいた。海軍にいれば、ドラゴン輸送艦に乗る機会もあるが、陸軍軍人であるウェルズリーは、伝令竜より大きなドラゴンには近づいたことがないのだろう。

「ぼくは、テメレア大佐です。以後お見知りおきを」テメレアはそう言って、ウェルズリーをつらつらと見おろした。

「きみが……大佐？」ウェルズリーはしばらく言葉を失ったあと、なんとか立ち直って言った。「あと何人か口をきけなくなる者が出そうだな。ローリー、全員に出てくるように言ってくれ、新任の大佐がお出ましだと」

ちょうどそのとき、ひとりの男がテントから飛び出してきた。軍人ではなく身なりのよい紳士で、濃い茶色の落ちついた服を身につけていた。「将軍、ちょっとよろしいですか。陸軍省としては、先例がないことは受け入れがたい。わたしから、ひと言申しあげるなら――」その男はテメレアをまともに見ようとしなかった。話しながら視線を泳がせ、時折り黒いうろこやかぎ爪にちらりと目をやった。目にするものの印象が彼の言葉を徐々に遅らせ、ようやくまともに上を見あげたときには、もはやどんな言葉もその口からは出てこなかった。

「おや、ひと言もないようですな」ウェルズリーが満足そうに言い、むせかえる男を見つめると、有無を言わさず折りたたみ椅子のほうに押しやった。「まあ、すわりなさい、ジャイルズ。さて、ローリー。テントに行って、全員を外に連れ出してくれ」

「あの、いいですか?」テメレアが、椅子にすわった哀れな男に話しかけた。男はドラゴンの頭が近づくだけで身震いした。「あなたは政府の役人とお見受けしました。それなら、むしろ、ぼくのほうからひと言、言わせてもらいたい。ぼくらドラゴンに投票権を、そして報酬をいただけませんか?」

歴戦の陸軍軍人たちは、政府の役人ほど臆病ではなかった。テントから出てきたジェーン・ローランドが、堅苦しい空気を一掃《いっそう》するように、テメレアに話しかけた。

「あなた、クリスマスみたいな飾りを付けてるのね。これは戦争なのよ、ヴォクソール公園の見世物小屋に出るんじゃなくてね」

「いちばんいいものを身につけてきたんだよ、きりっと見えるように」テメレアが心外だとばかりに言い返した。

「要するに、見せびらかしたかったのね」と、ジェーンが言う。こんな会話をしても、食われもしないし踏みつけられもしないとわかると、がぜん、ほかの者たちも大胆になった。少なくともウェルズリーよりも大胆になろうとした。

ウェルズリーが、テメレアの意見に関心があるわけではなく、テメレアという代理によって脅しをかけ、強固な反対に直面している自分の提案を押し通そうと考えていることは誰の目にも明らかだったからだ。

英国軍が脅威に直面していることに議論の余地はなかった。斥候《せっこう》隊や街道の噂が充分すぎるほど確かな情報をもたらしている。敵の軍団にはフルール・ド・ニュイが何頭かいるということだ。それだけで、ドラゴン編隊二隊分の威力はあるだろう。フランス軍は夜目のきくドラゴンを使って深夜から明け方まで爆撃をつづけ、その後に陸軍部隊が襲いかかり、英国軍を現在の陣地から追い出そうとするだろう。

ここは、まさに理想的な陣地だった。将軍たちは海岸部から撤退してくるとき、考え抜いて、つぎの戦いに有利なこの土地を選んだ。敵がロンドン占領を狙っているのは間違いない。ナポレオンは戦略的価値が高いわけではないウィーンを占領し、ベルリンに進軍した。敵の土地に立ち、そこが自分のものになったことを実感したいという自己満足を追求するためだけに。一方、ロンドンには大銀行が数多くある。金と銀の誘惑がナポレオンの欲をいっそう掻き立てているだろう。ここを占領すれば、英国を南北に分断することも、テムズ川を海から物資を運ぶ太い動脈とすることもできる。

そのような敵の思惑を見越して、英国陸軍はテムズ川南岸、ウーリッジとオクスリーウッドの中間に本営を定めた。ここからならロンドンに至るグレート・ドーヴァー街道を見おろすことができる。この街道以外にも、フランス軍が通りそうなすべての道には防壁が築いてあった。街道の封鎖は当初の見込みほどには敵の前進を阻めず、ナポレオン軍はきわめて迅速に移動していた。しかしそれでもなお、防壁の存在が大量の兵士の移動を遅らせ、英国軍に背後から襲いかかるだけの時間的猶予をもたらすはずだった。

また、万一ナポレオン軍がテムズ川下流から進軍してきた場合に備えて、河岸にも防壁が築かれていた。しかし、ナポレオンは一度投げた手袋を拾うような優柔不断な男ではない。おそらくは街道沿いに堂々と進軍してくる、というのがおおかたの予測だった。

この野営の利点は高台にあることだった。要塞として使える数軒の堅牢な農家があり、古い石壁があり、柵囲いもあり、敵が攻めてきたときの守りは堅いはずだった。

「われわれはここを保持すべきだ」と、ヒュー・ダルリンプル将軍が言った。司令官のひとりであり、こめかみあたりに残った金髪を後ろにぴったりとなでつけている、猪首《いくび》の老軍人だ。「このような有利な陣地を手放すなど愚の骨頂だ」

「否応なく手放すしかない状況になったとしたら?」と、ウェルズリーが厳しく返した。この陣地の西に湿地があり、雪がぬかるみをつくっているのだが、誰もその難点については語ろうとしない。

「敵はわれわれの予測以上に動きが速かった。しかし、うろたえるのは禁物ですぞ」ダルリンプル将軍が言った。「プロイセン帝国は、まさにそれでしくじった。やつの手にまんまと乗せられて混乱し、迷走し、日に十度も陣地を移した」

「失礼ながら」ローレンスはこらえきれなくなって切り出した。「決断力の欠如がプロイセン軍に災いしたことは否定しません。しかし、プロイセン軍が敗北を喫《きっ》したのは、開けた土地でした」

「きみが報告書において提言してくれた、馬に目隠しをさせるというあの方法についてなら」と、ダルリンプル将軍は言った。「安心したまえ」その言い方には皮肉がこもっており、将軍がローレンスの不安をいかに理解していないかが伝わってきた。「きみの報告書をまったく信用しなかったわけではない。いままでは英国軍の馬も独自の斜眼帯をつけておる。もしナポレオンが、数頭のドラゴンの急襲でわれわれを敗走させる気でいるのなら、やつはすぐに思い知ることになるだろう」

「今回のナポレオンは迅速さを渇望するあまり、持ち前の勘を見失っているようですな」と、別の将軍が言った。「斥候隊が口をそろえるし、ドラゴンたちでさえ言うのは――」彼は、ジェーンが口をはさもうとするのに気づき、切っ先を制するように彼女のほうを向いて冷ややかにつづけた。「今回、ナポレオンは全軍を投入しているわけではないということだ。乗りこんできた兵士はおよそ三万。五万ではない。在郷軍などの援軍を含めなくとも、兵力において、われわれはけっして劣らない」

「ここにとどまって、敵の爆撃に持ちこたえられるというのは、見立てが甘すぎる」と、ジェーンが言った。「斥候隊は三万と報告しましたが、これからさらに送りこまれてくる可能性も否定できません」

「あの六十頭を超えるドラゴンを使えとわめきたててきたのは、きみではないか」食ってかかる勢いで、同席していた大佐が言った。「あの反逆者と御しがたいドラゴンを加えて戦えと、きみはそう主張した。にもかかわらず、まるでわれわれが、ここでフランスのドラゴンから爆弾を落とされるがままになって、手も足も出ないでいるかのような物言いをする。あのドラゴンどもをここで使わずして、いったいどこで使えというのだ！」

「ウェールズからここへ来る途中、フランスのドラゴンたちをたくさん見ました」と、テメレアが口をはさんだ。「もちろん、ぼくらなら、フルール・ド・ニュイだって食い止めてみせますよ、やつらの姿が見えるなら。でも、夜はむずかしい」

「むずかしいだと？　困難を乗り越えずして勝利はつかめない」渋面《しぶつら》をあげようともせず、ダルリンプル将軍が言った。補佐官に合図して地図を持ってこさせると、それをローレンスに突きつけた。「わが軍のドラゴンをここに。この野営から一マイル手前のここだ。ここで、フルール・ド・ニュイを食い止め、夜が明けたら――」

「それはおかしいな。だって、一マイルも離れていたら、フルール・ド・ニュイはぼくらを迂回《うかい》していくだけです」テメレアが言う。

「ルフェーブル元帥のしんがり部隊と二度戦ったくらいで、偉そうな口をきいてもらっては困る」ダルリンプル将軍はテメレアを無視してローレンスに言った。「いいか、言わせてもらうが、きみは命令に従うべきだ。言われたとおりのことをやり、このチャンスを与えられたことに感謝し――」

「もし、ぼくが言われたとおりにしたら」と、テメレアが言った。「六十頭のドラゴンのほとんどがここから去っていくでしょうね。ルフェーブル軍のほうが食糧事情ははるかにいい。そして明日、あなたがたはフランス軍に叩きのめされる。当たり前すぎて、言うのもばかばかしいや。どうして、ぼくが言われたことに従わなくちゃならないんですか？」

「おまえが従わないなら、縛り首になるのは――」と、先刻ジェーンに食ってかかった大佐が言い出し、ジェーンが「マクレーン！」と呼びかけ、黙らせようとした。が、間に合わなかった。テメレアがうなった。喉の奥から低い音を出し、冠翼をシャッと逆立てて首をおろした。

しばらくのあいだ、テメレアは高いところから聞こえる奇異でよく響く声であっても、協議に意見を述べる参加者の一員と見なされていた。しかし、かすかな慣れが生んでいた人間たちの蔑みの表情は、テメレアのうなりとともに一瞬にして消し飛んだ。うろこがつやつやと輝く大きな頭がさがり、幅が半フィートほどもある眼が細く鋭くなり、ランプのような黄みを帯びた光を放った。いちばん小さなサイズでも人間の手のひらほどもある歯は、のこぎりの刃のように顎の端から端まで並んでいる。

そういったものを見れば、目の前にいるのが人を殺せる、この場にいる人間すべての息の根を瞬時に止めてしまえる生きものだということを誰もが思い知らされた。もちろん、ローレンスだけはテメレアを恐ろしいものとは思っていない。しかしそれは、ローレンスが孵化のときから成竜になるまでを見てきたから、テメレアがまだ犬ぐらいの大きさしかなかったころを憶えているからだ。

「ローレンスは国王に宣誓し、忠誠の義務を負っている。そして、絞首刑にも甘んじる覚悟を持っている。ぼくにはどうしてそうなるのか、さっぱりわからないけどね」

しばしの沈黙をはさんで、テメレアは怒りに満ちた低い声で言った。「わからないけど、ローレンスの意思を無視して、彼をどこかに連れ去ろうとは思わない。それも間違ったことだから。でもぼくはもう二度と、ローレンスから離れるつもりはない。もし、あなたがたが彼を縛り首にするなら、ぼくは仲間を引き連れて、この国から出ていく。でも、中国には戻らない。ナポレオンのもとに行く。そして、あなたがたを叩きつぶすためなら、ぼくを好きに使っていいと言ってやる。ナポレオンがぼくに望むことはすべてやる。さあ、どう？ ぼくを脅すがいいさ、いくらでも」

ローレンスは困り果てて立ちあがった。こうなることは予測しておくべきだった。あのリエンも、守り人《もりびと》のヨンシン皇子が無念の死を遂げたあと、同じことをした。ナポレオンと西洋世界のすべてを軽蔑していたにもかかわらず、リエンはナポレオンにみずからを差し出した。ヨーロッパの覇者《はしゃ》となったナポレオンが、いずれは自分の憎んでやまない祖国の朝廷に狙いを定めるであろうと、それだけを心の支えにしたのだ。テメレアのなかに育ちはじめていた英国への忠誠心、ローレンスだけがテメレアのなかに注ぎこめたかもしれない忠誠心は、海軍省の忌まわしき作戦によって、もろくも潰《つい》えてしまった。ヨーロッパの全ドラゴンに竜疫を感染させて殺してしまおう、英国だけがその治療法を保持していようという、あの策謀《さくぼう》だ。そして、ローレンスを投獄し、絞首刑の宣告を与えたことが、テメレアの忠誠心の崩壊を決定的にした。ローレンスに対する死刑宣告は、つねにテメレアに対する脅しとなってきたし、いまもそれが使われている。

自分の処刑がテメレアを中国に戻すのではなく、英国の宿敵のもとへ送りこんでしまうかもしれないことが、ローレンスにとって新たな苦悩となった。テメレアの脅迫は、結局のところ、将軍たちに自分と自分の担うドラゴンをいっそう軽蔑させることになりはしないだろうか。それが自分の延命をはかる姑息《こそく》な手段としか見なされないだろうと、ローレンスには確信できた。ナポレオン軍が英国の土を踏んだいま、将軍たちはあえてテメレアを刺激しようとは考えないだろう。それがつづくことを心の底から望んだ。だがそれは所詮、いっときのもの。やがてはまた……。

ローレンスは、ダルリンプル将軍とはちがって、テメレアの戦績を高く評価していた。指揮官の経験も訓練もないテメレアが、ただもうがむしゃらに、六十頭もの、ものぐさで食の足りたドラゴンたちを戦いに送り出し、二度の勝利をおさめたのだ。

ルフェーブルはフランス軍最強の元帥ではないし、多くのドラゴンを帯同しているわけでもない。テメレアが交戦したのは彼の配下の比較的小規模な軍隊だった。しかしだからといって、それがテメレアという一頭のドラゴンがみずから軍隊を組織し、養っているという大いなる成功を否定するものではない。ところが、将軍たちは、浅はかにも、テメレアとテメレアに従う――つまり彼らにとっては御しがたい――ドラゴンたちを追い払えたらもっけの幸いと考えている。そして、それができない場合、テメレアを抹殺するという卑《いや》しい謀略の根拠に、今回の一件を加える可能性もある。

「テメレア……」静まり返ったなか、ローレンスは低い声で切り出した。「テメレア、そんなことを言ってはいけない。きみはいまや軍の一員として働く士官だ。そして、きみが話しかけているのは、きみの上官たちだ。脅してはいけない。上官の命令にうなってはならない。いまの発言を撤回するんだ」

「命令にうなったんじゃないよ」テメレアがしばしの間をおいて言った。声はまだ怒りを帯びて低いが、前よりも頭を引きあげ、息を深く吸いこんで胸をふくらませている。「命令に対してうなったわけじゃないんだ。これからもそんなことはしない、たとえどんなにばかげた命令だとしてもね。でも、縛り首のことは別だ。もし誰かがあなたをぼくから奪おうとするなら、ぼくはうなる。もっとひどいこともやる。それについては、なにを言おうがやろうが、無駄だよ」

「しかし、それはすでに決まった――」マクレーン大佐が、いささか弱々しい声で切り出した。が、すぐにウェルズリー将軍に割って入られた。

「やめたまえ、マクレーン。熊を餌で釣って踊らせるようなまねは」これを好機ととらえてか、周囲のまだ怯えて黙りこんでいる人々に向かって、ウェルズリーが言った。「斥候隊がどんな妄想を持ち帰ってこようが、ナポレオンがこの戦いに全兵力を投入してくるだろうことを、わたしは一度も疑っていない。日はかかるとしても、ウィードンベックになら、四万の兵を集められるだろう。武器弾薬も完全装備の状態にできる。やつが狙って仕掛けてきた戦いに、全兵力を投入せずに臨むようなことになれば、わが英国軍はうつけの集団だと言うほかはない」

「では、どうしろとおっしゃるのか？」と、ダルリンプル将軍が言下に問いただした。

「脇へよけて、手を振ってナポレオン軍をロンドンに通せと?」

「われわれは三日前にロンドンを離れ、国王陛下はエジンバラ城へお移りになった」ウェルズリーが言う。「それが二週間前だとしてもおかしくはなかった。ネルソン提督が二十隻の艦隊を率いてコペンハーゲンに向かったことを見逃さず、ナポレオンはここぞとばかりに英国上陸作戦に打って出た。われわれの失策を認めるのは、早ければ早いほどよい。今夜すぐにも兵士たちを移動させよう。この一週間、酒と賭け事と街の女にうつつを抜かすほかなかった連中だ、今夜ぐらいは一睡もせず――」

ついに、ここまで抑えられていた異議を唱える叫びが、むざむざと敗北と撤退を選ぶのかという糾弾《きゅうだん》の声があがりはじめた。ウェルズリーは声をさらに大きくしてつづけた。「失った陣地に固執して、武器弾薬、兵士、竜を無駄に失うなんて、もってのほかだ。それでは、われわれ全員が国賊として縛り首にされてもおかしくないだろう。目指すはスコットランド。スコットランドとその山岳地帯だ。もちろん、ここからすべてを移す! やつがこの地を保持しつづけようとすれば、イギリス海峡の守りが手薄になる。ひと月は、このイングランドをやつにくれてやろうではないか。そして、やつにはこの地を保持するために、ロッホ・ラガンに進軍するために、兵士とドラゴンを使い尽くさせてやればよい。われわれ英国軍はクリスマスまでに十万の兵を集める。そして、機が熟したとき、そう、ナポレオンではなく、われわれの機が熟したときに、南へ攻めくだり――」

「そのあいだ、やつはロンドンで略奪のかぎりを尽くす。この地方を荒し尽くすことを許せと言うのか！」抗議の声があがった。

「ロンドンに使者を送ろう。商人と銀行家に、持てるかぎりの財産を持ってロンドンから出ていくように告げればよい」ウェルズリーが言った。「彼らの半数はすでに国王陛下を追ってエジンバラに逃げている。残った者たちにもそうさせるだけ」

「もし彼らが」と、切り出す者がいた。「――逃げることではなく、ロンドンに進軍したナポレオンと手を結ぶことを選んだら？」

「とどまりたい者を、どうすることもできないわ」と、ジェーンが言った。「いまナポレオン軍と戦って破れたら、ますます彼らはロンドンから逃げることを望まなくなるでしょう。いまいましいことだけど、スコットランドへの撤退が、いま考えうるもっとも実利的な選択肢になる。マクレーン、わたしたちは六十頭のドラゴンを必要としているわ。でも、ドラゴンたちを砲弾のように使い捨てにすることは許されない。

一週間あれば、彼らをなんとか使いこなせるでしょう。クリスマスまでには、適切な使いどころが見つかるはず。もし明日戦えば、六十頭のドラゴンをナポレオン軍の間近で解き放ち、好き勝手に散りぢりにさせてしまうだけ」

「そのとおりだけどね」と、テメレアが口をはさんだ。「明日戦って、ナポレオン軍に勝てないって決めつけるのはどうかな。数で負けてるとしても、戦わずに逃げるなんて臆病者のすることだよ」

ローレンスは暗澹《あんたん》たる思いだった。テメレアの発言に、少しも鼓舞《こぶ》されなかった。もちろん、撤退するという考えに全面的に賛成できるわけではない。しかし、これまでの協議で明日の戦いに関して具体的な方策はなにも示されず、いまの英国軍にナポレオン軍と対決する準備ができているとは到底思えなかった。

すぐにも戦うことを声高に主張する将軍たちのおおかたが、上等な軍服に身につけ、戦場の兵士の糧食と同じ割り当てではけっしてこうはならないだろうというほど肥《ふと》っているのを見ると、なおさら気持ちが沈んだ。

「哀れなる血に飢えた生きものよ」と、ジェーンがテメレアに向かって言った。「いつも堂々と胸を張って大いばりでいられるわけじゃない。あなたはそうしたいみたいだけど、わたしたちがいま必要としているのは冷静な判断力なの」

「ぼくは大いばりしたいわけじゃないよ」テメレアがぐっと首と胸を引いて言い返した。「判断力だって持ってるよ。だから、英国軍が逃げ出すのはまずいってわかってる。少なくとも、これまでみたいなやり方じゃ、あっという間に、ナポレオン軍に追いつかれてしまうだろうね。彼らは一日に五十マイルも移動するんだから」

「まさか！」と声があがった。

「まさかじゃないんだ」と、テメレアが言う。「ルフェーブル元帥率いる軍隊は、兵士が八千人で、木曜の朝にはニューベリーの近くにいた。月曜日にディールに上陸したばかりだっていうのに。ナポレオン軍にはそれができる」

場が静まり返った。敵との交戦について論じることと、敵との交戦がまぬがれようもないことを知るのは、また別なのだ。ややあって、ジェーンが言った。「ナポレオン軍は兵士の数ではわが英国軍に勝っているわ。でも、いまやこちらには数十頭の大型ドラゴンがついている。ナポレオン軍は、フルール・ド・ニュイのほかに、大型ドラゴンはせいぜい十頭というところでしょう。つまり、こちらには敵に勝る速度で移動する手段がある。ここは思いきって——」

「わかった、わかった。英国陸軍兵士をドラゴンに乗せようと言うのだな。きみがさんざん言ってきたことだ」ジェーンの話の腰を折って、ひとりの大佐が言った。「やれるもんなら、やってみせてくれ」

「ぼくらの野営に来てみてはどうですか?」テメレアが言った。「ぼくらはこれまでも大量の兵士を運んできた。ただし」と、厳しい表情になってつづける。「ぼくらすべてを運び手にしたいなら、運搬用ハーネスをつくる時間が必要です。それについては、ローレンスに尋ねたらいい。運搬用ハーネスがあれば、ただのロープより一度にたくさんの兵士を運べます。そして、もし兵士がテントでつくった袋や腹の下につけるネットにまとめられるのをいやがらなければ——」

「わたしから言わせてもらおう。いやがるに決まっておる」将軍のひとりが言った。

「相手は兵士ではないか」ウェルズリーが辛辣《しんらつ》に言い返した。「最初に拒んだやつを撃て。あとはおとなしくなる」

ウェルズリーはその後も撤退論を展開したが、いかんせん、それに賛同するジェーンとの距離が離れすぎていた。結局のところ、反論を浴びせられ、ふたりとも黙るしかなくなった。

「もうけっこう。議論は尽くした」と、ダルリンプル将軍が言った。「敢然《かんぜん》と戦おうではないか。ウェルズリー将軍、きみには明日、右翼を担ってもらう。兵舎の地点で、敵の前進を阻んでくれたまえ。バラード将軍、きみは左翼だ。ナポレオンをはさみ撃ちにする作戦でいこう。やつが疲弊《ひへい》しきったところで、わが英国軍の主力部隊が陣取る丘に追いこむのだ」

ウェルズリーは引きつった表情で、この采配《さいはい》を聞いていた。これは一種の侮辱だ。彼は戦術的展開を求められない、いわば、より指揮権の乏しい位置をまかされることになったのだから。異議こそ唱えなかったが、指が剣の柄《つか》をコツコツと鳴らしていた。

「そして、ローランド」と、ダルリンプルが付け加える。「もし、ドラゴンどもにフルール・ド・ニュイと戦う気がないのなら、きみは――」

「そんなこと、ぜんぜん言ってないよ！」テメレアが苛立って言った。「ぼくらは、どんな相手だって戦う。ぼくが言ったのは、ぼくらを陣からはじき出しては、フルール・ド・ニュイを阻止できないってことだよ。フルール・ド・ニュイは夜目がきく。だからやつらはぼくらを迂回できる――上からでも下からでも。やつらを阻止したけりゃ、ぼくらをやつらの通りそうなところに一列に並べるしかないんだ。それだって、絶対とは言えないけどね」

「耳があるだろう、耳が！」ダルリンプルが憤慨して言った。何度もテメレアに割って入られるのに業《ごう》を煮やし、今回ばかりは直接話しかけている。

「フルール・ド・ニュイの音は、イエロー・リーパーと同じなんだよ」テメレアが言った。「どちらも、同じ速度で羽ばたくからね」

ローレンスははっとした。これまでそれに気づいていなかった。そんな困難があったことも知らなかった。ほかの航空隊士官からも同じ指摘は一度も聞いたことがない。飛行士として三十年以上の経験をもつジェーンですら、テメレアの口から出たばかりの新しい情報に驚きの表情を浮かべていた。

「そもそも」と、テメレアがつづけた。「空を飛んでて、周囲でたくさんのドラゴンが旋回しているとき、羽ばたきの音を正確に識別することは不可能なんだ。フルール・ド・ニュイが一斉に通過したら、ぼくらはまず気づかないだろう。で、そんなことになってぼくらが戻ってきたら、あなたがたは、なにもしなかったって文句を言う。もし本気でやつらを阻止したいのなら、そして、ぼくらドラゴンを有効に使いたいのなら、ぼくの計画に耳を傾けてほしいよ。いい考えがあるんだ」

# 8　おとり作戦

テメレアにとってはけっして満足のいく協議ではなかったが、とりあえずは、ローレンスの絞首刑という脅威が取り除かれたことに安堵した。しかし、将軍たちは明敏とは言いがたく、それについてローレンスからどんなに諭《さと》されようが、考えは変わらなかった。彼らが上官だというなら、自分が考えつくより優れた命令を発するべきなのだ。テメレアはそう考えていた。彼らのなかには、逃げたがっている者さえいた――ただ敵に数で負けているというだけの理由で。

「せめてもだったのは、政府の人間に意見できたことだね。ドラゴンの選挙権と報酬を要求したけど、拒絶されはしなかった。希望をもってもいいと思うな」テメレアは仲間のドラゴンに言った。「それに、あの人たちにも、ぼくらのやり方でフルール・ド・ニュイに対処するのを許すぐらいの分別はあった。だからこそ、なんとしても成功させなくちゃならない」

「この野営で戦うのなら」と、ペルシティアがしっぽの先を細かく揺らし、考えをめぐらしながら言った。「フルール・ド・ニュイは、まっすぐあたしたちのほうに向かってくるだろうね。それは好都合なことさ。たいまつの明かりでやつらの姿がいくらかは見えるだろうから、それなら夜でも戦える。とっとと追っ払っちまいたいね」

「もし、きみたちがこの野営の上空にいたとしても、やつらは戦おうとはしないだろう」とローレンスが言った。「突っこんできて、爆弾を落として、また飛び去るだけ。目標を見定める必要もない。重要そうなものを、手当たりしだい爆撃すればいい」

「ぼくらが空にいて、この野営を円で囲んだらいいんじゃないかな」と、テメレアは言った。「そして、ぼくら大型ドラゴンが、円を突っ切って行ったり来たりする。そうすれば、フルール・ド・ニュイが入ってきても気づかないわけがない。捕まえて、思い知らせてやれる。やつらだって、そう長くは体力がもたないだろうから」

「だとしても」ローランド空将が口をはさんだ。「明日の戦いに万全な体調で臨めるドラゴンが、英国側にどれほどいるかしらね。かたやナポレオン軍は、昼間の戦闘には向かないドラゴンだとしても、万全の態勢で向かってくる。わたしたちは持ち前の戦力をすべて発揮できるとは言いきれないわ。とにかく大型ドラゴンは、今夜しっかりと食事をとり、眠れるだけ眠ってほしい。あなたがたは戦闘の前日、体力をぎりぎりまで使ってここまで飛んできたのだから」

テメレアも、それは認めざるをえなかった。残念ながら、わかっていながら考えまいとしてきた事実だ。この会議に参加しているはずのレクイエスカトが、大いびきで眠っているし、テメレア自身も、戦いへの準備より、腹を満たすことのほうに気持ちが傾いている。ジェーンの指摘の正しさを認めて、ため息をついた。

「ぼくらがいなければ、小型ドラゴンたちは大きなやつらとは戦えない」テメレアは言った。「でも、明日も小型ドラゴンの協力は必要だ。ナポレオンは、手持ちの小型ドラゴンをすべて投入してくるだろうからね。こっちのドラゴンのほとんどはクルーを乗せないから乗っ取られる心配はないけど、まとわりつかれてロープを絡められる恐れはある」

ローランド空将が思案するように手の甲で頬をさすった。「そうね、こちらに余力がなくて、敵をこの幕営から引き離しておけないなら、ここにいて陣地を守るしかない」

それからすぐに作戦の実行にとりかかった。ローランド空将の指図で幕営の明かりがつぎつぎに消され、兵士たちが寒さにぼやきながらテントを解体した。

「ああ、退屈ったらないわ」イスキエルカが言った。イスキエルカもテメレアも、野営に接する森が中型ドラゴンたちによって長方形に区切られていくのをひたすら待っていた。「待つのって戦闘のように楽しくない。眠ってろって言われたって、眠れるもんじゃないし」

「でも眠らないと、明日、戦えない」そうは言ったが、テメレアも心のなかはイスキエルカと同じだった。「そろそろ準備ができたようだね。急ごう、時間がない。日が傾きはじめてる。暗くなってから派手に炎が燃えあがったら、敵もなにかおかしいと気づくにちがいない」

「きのうは、森に火をつけるなって言ったくせに」イスキエルカはぶつぶつと文句を垂れながら宙に舞いあがり、区切られた長方形の土地に火焔を放った。樹木がつぎつぎ炎をあげた。事前に中型ドラゴンたちが周囲の木々を引き抜き、掘り返した土を積みあげて、広めの防火帯をつくっていた。燃えあがる炎が心地よい暖かさを生み出している。「テメレア――」と言ってローレンスが首にそっと触れてきたので、テメレアは頭を突き出した。心地よすぎて、まどろんでしまいそうだった。

「起きてるよ。そろそろ、ぼくの出番かな？」テメレアは宙に舞いあがり、まだ燃えている木々を入念に観察した。やみくもに吼えれば、防火帯の向こうに木を倒して、森を焼いてしまう危険がある。慎重に防火帯の上空を見定め、そこから長方形の内側に向かって咆吼した。火が衰えはじめていた木々が砕かれ、もくろみどおりに崩れ落ちた。火の粉とともに、焚き火のようなオレンジ色の炎が噴きあがった。

「燃やしたあとなら、なぎ倒すより、このほうが簡単だからね」と、ローレンスに言った。「ぼくひとりだって、できないわけじゃないけどさ」

「きみは体力を蓄えておかなければ」ローレンスが言った。「もう一度だけにしよう。少しぐらい木々が残っていたって、なんの問題もない。信号旗を、アレン！」ローレンスは旗で合図を送るように、信号手のアレンに指示した。テメレアが二度目の咆吼を終えると、ふたたび中型ドラゴンたちが登場し、荷馬車の荷台でテムズ川の川床から泥をすくい、まだちろちろと燃えている炎の上に落としていった。

ここはドラゴンが体を休める場所としては使えそうにない。泥水があふれ、煙が立ちこめ、地面はぬかるみ、裂けた幹や根っこがところかまわず突き立っている。しっかりと整地作業をしなければ、体を横たえるのは不可能だろう。

まだ火が残っている周りには、延焼を防ぐために、兵士がぐるりと溝を掘った。そのあと、あちこちをシャベルでならして、いくつかテントを設営した。上空からの見た目ならこれで充分と思えたが、念には念を入れて、赤い軍服と半ズボンを着せた藁人形を、テントのそばに数体置いた。そのあいだにローランド空将の部下たちが、たいまつを用意した。

「よくできてるね」ペルシティアが数歩さがり、人形をじっくりと観察して言った。「近くに寄らなきゃわからない。飛びながら見たら、なおさらだね」

「フルール・ド・ニュイもそうだといいんだけど」ローランド空将が言った。「さて、みなさん、牧夫のところへ行って、食事をして。あとは、とにかく眠って。ローレンス、直属の士官がほしいんじゃない?」

「しかるべき地位に就いた者を辞めさせてまで部下にするのは気が進まない」と、ローレンスは言った。「しかし、あなたの判断にゆだねます、ローランド空将」

テメレアは首を傾げて、ローレンスの声をもっとよく聞き取ろうとした。なにか妙な感じがした。

「あなたは幸せじゃないの?」いささか心細くなって、食事を待つあいだに、ローレンスに尋ねた。柵囲いのなかで牧夫たちが牛の割り当てについて相談し、時折り不安そうなまなざしをちらりちらりと六十頭のドラゴンに注いでいた。ドラゴンたちは辛抱強く、柵の外に整列している。ローレンスは、先刻の会議以来、あまりしゃべろうとしない。「ぼくらはまたいっしょになれたし、すぐにナポレオンと戦える。将軍たちは、ぼくらの作戦がきっちりと実行されるのを、ただ見てるしかないだろうね。いまならわかるよ」と、テメレアは前置きしてから言った。「——将軍たちがどうして意固地になるのか、どうして敗北を恐れるのか。彼らは賢くないんだ。だから恐れるのはしょうがない。自分たちが得意じゃないことを、ぼくらにまかせる気になったのは、せめてもの賢い判断だったね」

「きみのやる気に水を差すつもりはないんだが」と、しばらくしてからローレンスが言った。「きみとまたいっしょにいられるのはとてもうれしい。事態のなりゆきも悪くないと思っている。でも、忠告しておこう。うぬぼれは禁物だよ、テメレア。驕《おご》りは失望と背中合わせだ。あえて言うなら、それはプロイセン軍に敗北をもたらした要因でもある」

「でも、プロイセン軍は動きが鈍かった。もちろん、それはこっちの将軍たちも同じだね。でも、いまはもうそれが問題にはならない。なぜって、ここで戦うんだから。急いでどこかへ行かなくていい。のろのろしている理由がないよ」それから、柵越しに首を突き出し、牧夫たちに尋ねた。「なにか問題あるの?」

問題はあった。食事の供給量が足りないことだった。柵囲いのなかの牛はせいぜい八十頭。食事を求めるドラゴンもほぼ同数だった。「じゃあ、煮こみにすればいい。骨も焼いて砕けばおいしくなるし、そのほうが食べやすい。なにか穀物を入れよう、それと野菜も」テメレアは牧夫に言った。牧夫たちがとまどった顔になる。「ねえ、ローレンス、ゴン・スーはいまどこにいるの?」

「わからない。ゴン・スーは個人的に雇った料理人で、公式のクルーじゃなかった。それに、わたし自身の状況も複雑で、手紙のやりとりも面会も許されなかった。ゴン・スーも新しい雇い主を見つけて、うまくやっているといいんだが」

「ぼくのクルーがそんなふうに職を追われたなんて知らなかったよ」テメレアは言った。いやな気分だった。「それならいっそ、みんなフランスに連れていけばよかった。でも、そうすると、みんなが反逆者になっちゃうし、もちろん、行きたくない人だっていただろうけど」

「そういうことだ」ローレンスが言った。「でも、思い出させてくれてありがとう。わたしが動ける立場にあるうちに、なんとかしよう。ゴン・スーの消息を尋ねるように手配しておくよ。ほかにも恩義のある人にお礼を伝えておこう」

「明日の戦いが終われば、時間はたっぷりあるよ」テメレアは言った。

ローレンスはしばらく押し黙ったのちに言った。「そういうことは、戦いの前にすべてすませておくものだよ、愛しいテメレア」


牧夫たちがようやくこしらえた煮こみ料理は、腹ぺこのドラゴンたちにとって食べられなくはなかったが、けっして旨《うま》いものではなかった。鍋の底にたまった肉と野菜はもはやどろどろで風味が失せていたが、老いたゲンティウスだけが喜んで、いつもの倍の量を食べ、美味だ、実に美味だ、まだ残っていたらお代わりをするのに、としきりに褒めた。

「食えたもんじゃない」レクイエスカトが冷ややかに言った。

「明日、敵に勝利したら、やつらが奪った家畜を取り返せる。そのころには、ローレンスがゴン・スーを見つけていてくれるさ」テメレアは言った。「ゴン・スーなら祝勝のごちそうをつくってくれるよ。彼の料理の腕はすばらしい。宮廷の料理もあんな感じなんだろうな」

「おれは、ふつうの牛で充分だ。生肉でいい」レクイエスカトはそう言ったあと、唐突に上体を起こし、肩を引いた。まさにそのとき、マクシムスが地響きを立てて宿営におり立った。巻き起こる風で、一斉に樹木が揺れた。

「ほほう」と、マクシムスが言い、レクイエスカトと同じように尻ずわりになって、上体をぐっと引きあげた。

「やあ、きみもここにいたんだね!」テメレアは歓喜の叫びをあげた。「リリーもいっしょなの？　元気だった?」

「元気そのものさ」そう答えながらも、マクシムスはレクイエスカトから目を逸らそうとしなかった。両者とも、背中の突起をぴんと逆立てて、にらみ合っている。

「それならバークリーは――あれ？　マクシムス、どうしたの?」テメレアは困惑して尋ねた。

「ローレンス!」野営の外から懐かしい声がして、すわって書き物をしていたローレンスが顔をあげた。「ローレンス、うちのでかぶつは叩き出してやってくれてもいいぞ。ここにはすでに、リーガル・コッパーが一頭いるじゃないか！」マクシムスの担い手の、キャプテン・バークリーだった。

「ふふん」テメレアは、マクシムスとレクイエスカトの頭上に首を伸ばし、ひと声吼えた。二頭がびくっとして、テメレアのほうに向き直った。「けんかは困る。明日は戦いなんだから。それに、マクシムス。バークリーをあんなに走らせちゃいけないな。卒中の発作を起こしてしまうかもしれない」

マクシムスが自分の担い手のほうを向いて言った。「走らないで。だいたい、なんで走ってんの？」力尽き、よろよろと宿営に近づいてきたバークリーに、ローレンスが腕を貸し、地面に置いた丸太にすわらせた。テメレアが、ローレンスの椅子代わりにと、引っこ抜いて寝かせておいたものだった。

バークリーが竜二頭の不穏な空気を察して、マクシムスを、レクイエスカトを、そしてまたマクシムスを、息を詰めて見あげた。

「心配しないで。けんかなんかさせないから」テメレアは言った。「きみたちには分別があると信じてる」二頭のドラゴンに真顔で言った。

「けんかなんて、するもんか」と、マクシムスは言ったが、本心かどうかはわからない。「ただ、おれぐらいでかいやつを見たことがなかったんでね。ガキのころは別としてさ」

「ガキのころは、女子のほうがでかかったな」レクイエスカトが昔を懐かしむように言った。「でも、いまはちがう」

「そうかな」テメレアは言った。「グラン・シュヴァリエ〔大騎士〕だって、それくらいの大きさはあるんじゃない？」テメレア自身も彼らと比較してそうそう小さいとは思っていないのだが、うぬぼれていると思われるのがいやなので、黙っていた。

「女子は苦手だった」レクイエスカトが言った。

マクシムスが同意のしるしに深くうなずいてから、テメレアのほうに向き直って言った。「食糧が不足しているようだな。牧夫たちがあの変な晩飯をもってきたとき、ピンと来たよ。おまえが帰ってきたんだって」マクシムスは親しみをこめて、テメレアの肩を頭で小突いた。テメレアはよろっとしたが、なんとかバランスを保った。

「明日には、おなかいっぱい食べられるよ。ここに食糧がなくても、飛んでいって自分で調達できるから、食事をめぐって争う必要もない」テメレアは言った。「ところで、リリーは？」

「スコットランドにいる」マクシムスが答えた。「キャプテンのキャサリンが腹のなかにずっと卵を持ってたからな。今回は戦えない」

「きみには伝えていなかったな」バークリーが浮かぬ顔でローレンスに言った。「キャサリンはまだ復帰できていない。生まれてきた赤ん坊が十ポンドもあって、危うくお産で死ぬところだった」

「卵とはめんどくさいもんだな」マクシムスが言う。

「それで、いまは母子ともに健康なんだろうか？」ローレンスが尋ねた。

「キャサリンの手紙にはそう書いてあったが……強がりを言っているような気がした」バークリーが腰をあげた。「おい、でかいの、気がすんだか？」と、自分のドラゴンに話しかける。「ローランド空将指揮下の作戦がはじまれば、野営のなかをうろちょろできなくなるぞ。もう日暮れだ。今度はひと言もなく飛んでいくなよ。おれをちゃんと乗せていけ」

「テメレアに会いたかっただけだよ」マクシムスはそう言うと、大きな一本のかぎ爪を丸めてバークリーの前に差し出し、彼が騎乗するのを助けた。「さてと、もう行くかな」

「明日、戦いのときにまた会えるよ」テメレアは言い、満ち足りた気分で体を丸め、眠りについた。一時間後、奇妙にくぐもった爆撃音と、それに応戦する胡椒銃の弾むような射撃音に起こされた。

頭をもたげて空に目を凝らしたが、時折り閃光粉《せんこうふん》が炸裂するほかは、ほとんどなにも見えなかった。地上からの砲撃がはじまった。空から投下された爆弾が地表で爆発し、巨大な黄色い炎を噴きあげた。爆撃の合間に、空を旋回する何頭かの小型ドラゴンの影が見えた。比較的夜目のきく交雑種がほとんどで、ミノーとその仲間のドラゴンが作戦強化のために、おとりとなって見せかけの抵抗を演じているのだ。

「きみはまだ眠っていたほうがいい」目覚めたローレンスが言った。テメレアは頭をさげて、ローレンスにそっと鼻先を近づけた。孤独でないことは、なんてすてきなんだろう。ローレンスがそばにいる。そばにいれば、いつも守っていられる。これでいっしょに戦えたら、もっといいのだけれど……。

「そうだね、あと少し眠るよ」そうは言ったが、内心では敵のフルール・ド・ニュイが野営の偽装に気づくことになり、いますぐ出撃命令が出たらどんなにいいかと思っている。しかし、フルール・ド・ニュイはかなり上空を飛んでいたし、爆撃がもたらす地上の炎と爆発で繊細な眼をやられ、よく見えていないようだった。そのうえ照明弾が目の前で炸裂すれば、なおさら目がくらむだろう。アルカディと仲間の小さな独立隊が出撃し、この役割を担っていた。

テメレアはため息をつき、また頭をおろした。新たな爆発が起こるたびに、体がぴくりと反応した。

ローレンスが目覚めたのは、奇妙な静けさが訪れたせいだった。あと少しで夜が明けそうだ。爆撃がやんでいた。テメレアの前足から滑りおり、顔を洗いにいった。洗面器に張った氷を割り、わずかな冷たい水で顔をすすいだ。石鹸《せっけん》はなかった。おとりの野営からまだ煙が立ちのぼっているが、空に敵の影はない。空はみるみる明るくなっていく。フランス軍は、すでに行軍を開始しているだろう。とすると、あと一時間ほどで相《あい》まみえることになるのか――。

遠くで警鐘が鳴っていた。逼迫《ひっぱく》した状況であることが、その響きから伝わってくる。警鐘が新たな警鐘を拾い、音はやがて野営全体に拡がった。テメレアが頭をもたげ、うれしげに言った。「戦うときが来たね」

テメレアに助けられ、その背に乗った。今回の搭乗の配置はいつもとはちがう。フェローズとブライズがつくったのは、ローレンスとアレンとエミリー・ローランドだけを乗せる竜ハーネスだった。今回、乗組員はこれだけしかいない。ローレンスは、エミリーを彼女が放棄してきた元の部署に無理しても戻すべきではないかと悩んだ。この人事が彼女の母親、ジェーン・ローランドに不利にはたらくのではないか、この人事が彼女の差し金であるかのように邪推されるのではないかという懸念があった。

しかし、ローレンスは、エミリーがここに来る前に、どんな部署にいたのかを知らなかった。それについて尋ねると、エミリーは顎をぐいっと突き出し、「できるなら、ここにいさせてください、キャプテン」とだけ言った。信号見習いだったのではないかと訊くと、首を横に振り、「五番目の見張りでした。手放しても惜しくはありません」と答えた。

ただし、エミリーの将来に関してなら、それほど心配する必要はなかった。彼女は母親のジェーンの引退後にエクシディウムを引き継ぐことになるだろうし、それに伴う昇進は保証されている。一方、ブライズとフェローズも、地上クルーを率いる長として、つねに持ち場が確保されている。しかし、アレンはそうもいかない。

「いいえ、キャプテン、かまいません」と、アレンは言葉につっかえながら言った。「ぼくは、あれから飛行任務には就いていません。事務職にまわされました。だから、ぜんぜんかまわないんです」

ローレンスは心ひそかに、アレンにはそっちのほうが向いているのではないかと思った。飛行士に必要な機敏さに欠けるアレンは、これまで一度ならず命を落としかけている。しかしながら、相手が誰であろうが、みずから進んで前線に立とうという者に後ろへさがれとは言いたくなかった。

エミリーとアレンはいま、テメレアのかたわらにつくった、濡れた地面に枝を敷いただけの小さな塹壕《ざんごう》から出てきて、待機している。ローレンスは片手を伸ばし、ふたりの搭乗を助けた。

「ぼくも加えてください」と、新たな声がした。その言い方には強いなまりがあった。ローレンスが声のほうを振り向くと、ディメーンがすでに竜の背の上にいた。アレンたちとは反対側から自力でのぼってきたようだ。短剣二本、ピストル二丁、ナイフ二本をかかえているが、いかにも掻き集めてきたように剣や台座の意匠はばらばらだ。肩からは擲弾《てきだん》を詰めた袋を吊している。

ディメーンは許可を待たずに、その袋を竜ハーネスに縛りつけると、アレンのほうを向き、「きみはここじゃない、あそこだ」と、テメレアの肩の先にある見張りの位置を指差した。その有無を言わさぬ態度に気圧《けお》され、アレンがすごすごと移動した。

彼はディメーンより三歳年上で、頭ひとつ分上背《うわぜい》があるにもかかわらず。

「きみはアルカディに乗っていたのではないのか？」ローレンスはディメーンに尋ねた。

「ぼくらは、あなたのクルーです」少年は言った。〝ぼくら〟とは自分と弟サイフォのことだろう。ちらりと下に目を見やると、テメレアが戻ってきたときの修理に備える武具師のフェローズとブライズの姿があり、その横にサイフォがいた。「〝ふたりいっしょ〟、あなたは約束しました」と、ディメーンがまた言った。

「そのとおり」と、テメレアが口をはさみ、あたりを見まわした。「アルカディに、ディメーンは必要ないよ。アルカディはきのうの夜、戦うことができた」それをやや不満げに口にする。「だからどうせ、きょうは朝寝坊だ。アルカディが起きる前に、ぼくらが勝利をおさめさせてもらうよ」

こうして搭乗者は四名になった。通常ならここに三十人ほどの飛行士が乗り、緊急時には数百人を運ぶこともできるのだが、今回は太い一本の革帯に四人全員がそれぞれの搭乗ハーネスをつないだだけだった。その革帯はテメレアの首の根もとを通って、両肩にかかる補助ストラップとつながり、安定性を保っている。四人が搭乗ハーネスのカラビナを装着したところで、テメレアが後ろ足立ちになった。

こうしてローレンスにも、森のはるか先で飛び交うフランス軍のドラゴンの姿が見えるようになった。街道を進軍する陸軍部隊の上空を、蜂の群れのようにせわしなく、行ったり来たりしている。地上には、おびただしい数の兵士と砲列も見える。

このようなフランス軍の作戦展開は、以前〈イエナの戦い〉で見たことがあった。英国陸軍はそれを漫然と待つわけではなく、フランス軍が陣地を確保する前に砲撃を開始しようと、砲兵隊を前進させている。ローレンスはそれを確かめ、心強く思った。ただし、英国軍の歩みは遅い。兵士たちがぬかるみに足をとられ、大砲を運ぶのに手間取っている。一方、フランス軍はすぐににも活発な砲撃を開始しそうに見える。

「ぼくら抜きではじめちゃってるよ」テメレアが言い、ひと声吼えて仲間を起こした。

「敵が近づいてくる。用意はいい？」

「待って。あたしにいい考えがある」青緑色の、ペルシティアという名の雌ドラゴンが宙に舞いあがり、すぐに戻ってくると、かぎ爪で掻き集めてきたなにかを地面に積みあげた。湿ってぼろぼろになっていたが、おとりの野営に配したわら人形だった。まだ煙をあげているものや、焦げているものもある。

「これをドラゴンに縛りつけてくれない？」ペルシティアは、在郷軍の兵士たちに向かって言った。さっきまでペルシティアの横で眠っていた兵士たちが目をこすっている。「こいつらを背中に縛りつけて、ロープでね」

「まだ濡れてるんだけど……」テメレアが人形の臭いをくんくんと嗅ぎながら言った。「こんなものを背負ってどうするの？」

「敵にハーネスを装着してると見せかけるのさ！」ペルシティアが言った。「あ、そうだ。ペンキもいるね。ねえ、ペンキはあった？　ペンキをすぐに持ってきて。竜ハーネスみたいに見せかけて――」

「時間がないんだ」テメレアが抵抗した。

「敵はドラゴンをまだ出してないよ」ペルシティアが言った。「――わかった、わかった。大型ドラゴンだけにしよう！　あんた、まだわからないんだね」ぴしゃりと言った。「竜ハーネスを付けてると勘違いして、敵の兵士が斬《き》りこみ隊になって、飛び移ってくるだろう。でも、どこにも、つかまるところがない。あとは振り落とせばいいだけ」

「ははん、なるほど」エクシディウムに乗って到着したジェーン・ローランドが、満足げに言った。在郷軍兵士らがレクイエスカトに偽のハーネスをペンキで描きこんでいるあいだに、この作戦の説明を受けたのだ。

「賢いやり方ね。どうせすぐにばれるでしょうけど、敵が竜ハーネスだと勘違いしてるあいだは、兵士がどんどん大型ドラゴンの背に飛び移ってくる。了解したわ」そう言うと、ジェーンはテメレアのほうを向いて指示した。「ハーネスを装着していない遊軍ドラゴンたちを先に行かせて。敵に近づき、斬りこみ隊を誘い出せば、敵の人員を大いに削減できる。わたしたちの出番が来たときには、敵は人員不足に陥ってるってわけ。ドラゴンの大きさでもこちらが有利。海岸から移動してきた敵の大型ドラゴンは、わずか八頭だった。もしかしたら食糧不足のために撤退させたのかもしれない」

「で、ハーネスを装着したドラゴンはいつ参戦できるの?」テメレアが尋ねた。

「テメレア、あなたたちには敵の歩兵部隊を痛めつける役割を担ってもらう」ジェーンが言った。「もし全員が空中戦に参加したら、お互いがじゃまになるだけよ。でも地表近くなら、なにをしたってかまわない。思う存分やりなさい。ただし、味方からの砲撃を避けるのを忘れないで」

「味方の噴く強酸もよけてくれよ」毒噴きのエクシディウムがそう言い残し、ジェーンを乗せて飛び立った。

「ここにも毒噴きがいることを忘れるでないぞ」老いたロングウィング種のゲンティウスが言った。ゲンティウスはすでに大型のチェッカード・ネトル種、アルマティウスの背に乗っている。

テメレアがローレンスのほうを振り返って尋ねた。「準備はいい？」

ローレンスは借りものの、幅広の刃をもつ斬りこみ刀《カトラス》と二丁のピストルを確かめた。最後の点検が終わった。「準備完了！」と答えた。テメレアが舞いあがると同時に、猛烈な風圧が襲いかかった。地上では立ちあがったドラゴンたちが咆吼をあげる。

ナポレオンの空軍〝アルメ・ド・レール〟は、〈イエナの戦い〉で勝利をもぎとったときの戦術を今回も採用した。小さなドラゴンが束《たば》になって突っこみ、大型ドラゴンの背に大量の兵士を送りこんで乗っ取るという作戦だ。

英国航空隊のドラゴンが接近するや、早々と、三十人のフランス軍兵士が勢いこんでレクイエスカトの背に飛び移り、巨大なリーガル・コッパー種の肩のひと振りで宙に放り出された。ローレンスは目を逸らした。敵兵たちにつかむものはなにもなく、何人かは落下しながらも悲鳴をあげ、はるか下方で声がふつりと途絶えた。

「うわぁ！」テメレアが唐突に叫んで、首をねじった。ローレンスも後方を振り返ると、テメレアに乗りこんできたフランス軍の斬りこみ隊の姿があった。そのうちのひとり、まだ士官見習いとおぼしき青年が、テメレアの肉にナイフを突き立て、その柄にしがみついている。

「うわ！　うわぁ！」テメレアがまた叫んだ。フランス軍人が新たなナイフを抜いて、テメレアの肉を突いたのだ。こうして左右交互の突きを繰り返し、じりっじりっと這いあがってくる。

ローレンスはなすすべもなく、竜ハーネスを握りしめた。向こうにしがみつくものがないということは、こちらにもないということだ。これでは近づいて戦えない。フランス軍人はテメレアの腰のあたりにいた。そこはかぎ爪の届かない場所で、そのうえ――ローレンスははっと気づいた――あとわずかに進めば、テメレアの脊髄《せきずい》を突かれてしまう。

「竜ハーネスにしっかりつかまれ！」ローレンスは三人のクルーに叫び、つぎは前に向かって叫んだ。「テメレア！　用意はできた。逆さ飛行で振り落とせ！」

世界が回転し、眩暈《めまい》に襲われた。必死に握り締めていたにもかかわらず、両手は竜ハーネスから離れ、ローレンスは搭乗ハーネスのストラップ一本で宙にぶらさがった。こうなると、ストラップの先と竜ハーネスをつなぐカラビナの強度だけが頼りだ。一回、二回……らせんの旋回が終わり、もとに戻った。振りまわされて、みなの顔が青ざめている。振り返ると、テメレアの背に二本のナイフだけが突き立っていた。小さな傷から赤黒い血が脇腹に向かって筋状に流れている。

「肉を裂かれてますね」エミリーが指差していった。ローレンスはうなずいた。フランス軍は作戦の不首尾と人員の損失に気づいたらしく、もはや斬りこみ隊を送りこんでこようとはしなかった。その代わり、ライフルの一斉射撃がはじまった。予想したよりも展開が早い。

だが、英国側のおとり作戦が功を奏《そう》した。斬りこみ隊を撃破しただけでなく、おとりの大型ドラゴンに向こう見ずにも近づいてきたフランスの中型、小型ドラゴンたちが反撃され、脇腹から血を流し、冷えた大気のなかに散っていく。

「信号旗を掲げてくれ、ミスタ・アレン。〝任務達成〟と」ローレンスは言い、前傾姿勢をとって呼びかけた。「テメレア、これで切りあげよう。あとは歩兵部隊を狙う。側面に弱点がある。わかるか？」

「むむう」テメレアが気乗りしない声をあげた。強気一本で向かってきたペシュール・クローネ〔王冠を頂く漁師〕から離れるのがいかにも残念そうだ。が、ちらりと地上に目をやっただけで、フランス軍歩兵隊の動きにすぐに興味を移した。「あ、わかる。用水路があるところだね。迂回が必要で――」

「そうだ」ローレンスは言った。用水路の手前でフランス軍の隊列が無駄に縮まっていた。前へ進もうとして兵士がみっしりと集まったその箇所は、空からの攻撃にとって恰好の目標だ。そこを叩けば、ナポレオン軍の歩兵隊列に、容易には修復できない穴をあけることになるだろう。「急ごう、隊列があそこを通り過ぎる前に」

「じゃあね《アロー》、今度は戦う相手をよく考えてからおいで《ラ・プロシェヌ・フォワ・ヴー・フリエ・ミュー・ディ・レフレシール・ア・ドゥ・フォア》」テメレアは自分より小さなドラゴンに向かって言い、最後に訓戒のようなパンチを見舞って解放してやった。

それから、仲間のドラゴンのほうに咆吼で合図した。ローレンスがこれまでテメレアから聞いたことのない、まるで音楽のような不思議な抑揚《よくよう》をもつ咆吼だった。その咆吼がたちどころにハーネスを装着していない遊軍ドラゴンの注意を引きつけ、それぞれが戦っていたフランスのドラゴンを引き剝がし、テメレアに従った。テメレアたちと入れ替わるように、英国航空隊正規のハーネスを装着したドラゴン部隊があらわれた。

ローレンスは、搭乗ハーネスのストラップをぎりぎりまで伸ばし、その戦闘を観察した。竜ハーネスを装着した航空隊正規のドラゴンたちは、通常の矢じり型の陣形ではなく、小型ドラゴン、伝令竜、中型ドラゴンの順で長い一列になっている。そのところどころに、前に二頭の中型、後ろに一頭の大型ドラゴンを配した一団が、長い紐の結び目のようにいくつか入っている。大型ドラゴンのうちの一頭、吼えながら飛んでいる赤と金の体色をもつ巨大なドラゴンはマクシムスだ。その前を行く中型ドラゴン二頭は、メッソリアとイモルタリス。

フランス空軍と英国航空隊がぶつかり合った。まずは英国の中型ドラゴンがフランスの小型ドラゴンの群れに突っこみ、後ろに控えた大型ドラゴンが入りこむための空《くう》隙《げき》を切り開いた。英国の小型ドラゴンたちも、空隙をつくるのにひと役買うが、かぎ爪で斬りつける程度で深入りはしない。そのためドラゴンの長い列は崩れることなく、フランス空軍の陣形に食いこんでいく。フランスのドラゴンたちは上と下に散った。

これは、動きのすばやいフランス空軍に対して、考えうるかぎりもっとも賢い戦法だった。英国の大型ドラゴンたちは空の防壁をかいくぐって降下し、その背から爆弾と大釘が鉄の黒い雨あられとなって、フランス軍歩兵部隊と大砲に降りそそいだ。二頭の大型ドラゴンに守られたエクシディウムが、ロングウィング種特有の紫がかった青とオレンジ色の長い翼を開いて急降下した。それにつづくのが、同じくロングウィング種のモルティフェルスであることは、翼端と横腹が黄みを帯びていることから識別できる。二頭の噴く強酸が朝日に輝きながら地面に落ちていく。強酸が地面に轍《わだち》のような跡を残すと、そこから熱い灰色の煙があがり、苦悶の悲鳴が響いた。

しかし、フランス空軍も、守りの綻《ほころ》びをそのままにはしなかった。すぐに隊形を立て直し、大型ドラゴンを総動員し、ロングウィングを追った。三頭のプティ・シュヴァリエ〔小騎士〕、二頭のデファンドゥール・ブラヴ〔勇敢なる被告〕、オレンジ色と黄色が大理石模様を描くシャンソン・ド・ゲール〔戦いの歌〕だ。六頭を合わせれば何百トンとあるだろう大きな固まりが、ぜったいに道をゆずらぬという勢いで猛進する。

エクシディウムとモルティフェルスは、安全な場所まで引き返すしかなく、急いでほかの大型ドラゴンたちが彼らの脱出を助けに向かうが、フランスの小型ドラゴンたちがひと固まりになり、斬りつけ戦法でじゃまをした。

そこから先の展開をローレンスは追えなくなった。テメレアが仲間とともにぐんぐんと降下し、すでに地面が近づいていた。竜ハーネスを装着していない遊軍ドラゴンたちが、歩兵部隊の一角に容赦ない攻撃を加えている。兵士たちは地面の傾斜のせいで押し合いへし合いになり、銃を構えるのもむずかしい。大型のチェッカード・ネトル種の雌ドラゴン、バリスタが地面にすばやくおり立ち、太い棘のあるしっぽをぶんぶんと振りまわした。

ローレンスはピストルを抜き、地面ぎりぎりを滑空するテメレアの背から兵士四人を撃った。ディメーンとエミリーもそれぞれ二人、アレンが一人。隊列がぎゅうぎゅうになっているので、まず当たらないわけがなかった。ローレンスもクルーたちも搭乗ストラップを利用して立ちあがり、テメレアに果敢にも跳びつき這いあがってきた数名の兵士に、剣を抜いて応戦した。

「ねえ、見てよ！　鷲の旗、鷲の旗！」モンシーが興奮し、飛びまわりながら叫んだ。

しかし若きフランス軍空尉は鷲の軍旗をつかむと、「お助けを《ア・モア》！　皇帝万歳《ヴィヴ・ランプルール》！」と叫び、用水路に飛びこんだ。すぐにほかのフランス兵もあとを追う。兵士たちは濡れるのもかまわず用水路のなかでひざまずき、銃剣を上に突き出し、ドラゴンの腹にライフルを撃ち、剣を突き刺した。

「むう、これはまずいよ」テメレアが言った。ドラゴンたちは上空に引き返すしかなく、テメレアが上空で小休止することを提案した。

だが、ローレンスは賛成できなかった。フランス軍歩兵部隊右翼の先発隊に大きな打撃を与えた。まずまず小さな代償ですんだのは幸いというほかない。一部のドラゴンは銃撃を受け、翼や頭に負傷した何頭かは野営に逃げ帰った。イエロー・リーパー種の小柄な一頭は銃剣による深い裂傷を負って、白い肋骨がのぞいている。だがまだ四十頭ほどのドラゴンが健在だった。任務を終えて休息しているドラゴンたちも、あと数時間で復帰してくるだろう。戦いの序盤戦が終わり、持久戦がはじまろうとしていた。

「ドラゴンの一部を、野営に戻して、しっかり休ませたほうがいい」ローレンスはテメレアに提案した。上空での戦いは一時間を経過していた。そのあいだ、息つく暇もない過酷な戦闘がつづいた。フランス空軍が態勢を立て直した以上、敵の間隙を狙うとしたら、ライフルと胡椒銃の弾をよけて、よほどの速攻でいくほかない。それによって敵に与えられる損失は、伴う危険と比べてそう大きくはないだろう。

「疲れきっては元も子もない。きみたちの動きが鈍くなったと見るや、敵はすぐに猛攻を仕掛けてくるだろう。気づいていると思うが、フランス軍のドラゴンはすでに交代制に入っている」ローレンスはつづけて言った。

「これまでのところ」と、テメレアが沈んだ声で言う。「たいした成果はあげてないね。鷲の軍旗一本、大砲一門奪ってない。さっき、マジェスタティスが大砲をひとつ壊したけど。でも、あれじゃあ大きな成果とは言えないな」

「いや、よくやった。敵の歩兵部隊の右翼を痛打し、英国の歩兵部隊に貢献した。こういうのはじわじわと効いてくるものなんだ。勝利を急いではいけないよ。〈イエナの戦い〉がどんなに長くつづいたか、思い出してごらん」

テメレアは、仲間に休憩をとらせたが、自分が休むことにはなかなか同意しなかった。ローレンスはついに奥の手を使うことにして言った。「いま休みをとらなければ、きみは疲れきってしまう。もし最後にリエンが出てきたら、いったいどうなると思う？」

「ふふん！　最後に出てくるなんて、いかにもあの雌ドラゴンのやりそうなことだな」テメレアが言った。「そうだね、休みをとらなくちゃ。バリスタ！」仲間のドラゴンに呼びかける。「ここはきみにまかせる。ぼくは休んでくる。最後にリエンがこそこ出てきたときに備えてね。いったい、どこに隠れてるんだろう？」剣呑《けんのん》な口ぶりで言うと、首を伸ばし、川が湾曲するあたりで見えなくなるフランス軍隊列の後方を観察した。

　空は晴れわたっていた。暖かくはないが、日差しは強い。リエンの赤い眼と繊細な白い表皮はこんな天候には耐性がない。おそらくリエンは日の高いうちは、なんとか身を潜めていようとするだろう。ローレンスはそう読んでいた。しかし、それをテメレアに言えば、せっかくの説得が無駄になる。野営への帰路につくあいだも、テメレアの体力は徐々に衰えていった。よほど腹をすかせていたにちがいなく、野営に用意されていた、まだ騎兵隊の鞍を装着したままの馬の死骸にむさぼりついた。そのあとは目を閉じ、すぐ眠りに落ちた。

　ローレンスはテメレアの背からおりて、フェローズとブライズに略式ハーネスの点検を命じた。テメレアの両脇を何度も往復し、傷の深さを確認した。二本のナイフをエミリーがゆっくり抜き取ると、そこから新たな血がしたたった。ナイフによる四、五か所の傷はかさぶたになっていたが、マスケット銃による弾創《だんそう》は十か所近くあり、テメレアの横腹の肉に弾がめりこんでいた。

そんな傷のそばに見たことのないしわとよじれがあった。最近できたもののようだ。弾が食いこんで、取り出されることなく、そのままになっていたのだろう。

「サイフォ!」と、呼びかけた。「ミスタ・ケインズを呼んでくれ。そう、さがすんだ。ドーセットでもいい。すぐに連れてきてくれ、医療器具といっしょに」

ローレンスは樽《たる》を転がしてきて、その上に乗り、問題の傷に触れてみた。心なしか熱く、腫れているように感じる。戦闘したせいで、筋肉が熱をもっているだけかもしれないのだが。

「感染症です」呼び出された若い竜医のドーセットが、眼鏡《めがね》越しに観察し、指先で触れただけで断言した。「乱切り刀《ランセット》をとってくれたまえ。トングの用意も」サイフォに命じると、受け取った乱切り刀で、問題の傷を、うろこの下の脂肪層のさらに下まで深く切開した。

白と黄色の膿《うみ》が噴き出し、猛烈な腐臭が立ちのぼり、ローレンスは思わず顔をそむけたが、ドーセットは一瞬も手を止めることなく、トングをつかみ、深く差し入れた。出てきたマスケット銃の黒い弾は体液でぬらぬらと光っていた。目覚めたテメレアがうなり、その波動が木々を揺らし、ドーセットとサイフォとローレンスをぐらりと地面に倒した。

「もう終わったよ」ドーセットがなだめるように言った。「取り出せてよかった。放置しておいたら、目覚めたとき、もっといやな思いをしただろう」

「もうなにがなんだか」テメレアが悲しげな声をあげた。「やる前に、ひとこと言ってよ」

「言ったら、きみは二十フィートは後ろに跳びのくからな。ぼくが弾を取り出す前に」ドーセットが断固とした態度で言った。「きみの文句はもう聞かない。ほかの傷も手当てしよう」

「ぼく、戦いに戻らなくちゃ」テメレアがそう言い返し、逃れようとした。が、ドーセットの手はすでに動きはじめていた。テメレアは力なく頭を落とし、ぺたりと冠翼を寝かせて、ぶつぶつと口のなかで不平を言った。ドーセットはさらに何個か弾を抜き取ったが、最初の傷ほど深くはなかった。

「すぐに終わるよ」ローレンスはテメレアの頭を撫でながら言った。ディメーンが森のなかから小さな鹿をかついであらわれた。テメレアは、気をまぎらわすように、鹿をちびちびと齧《かじ》った。

エクシディウムが舞いおり、厚い絹地をこすり合わせるような音をたて、長い翼をたたんだ。彼のクルーが一斉に地上におりて、傷の手当てがはじまった。数か所のかぎ爪による裂傷、マスケット銃による銃創が一か所。弾を摘出するときも、エクシディウムは落ちついて耐えた。ドーセットから傷に焼きごてを当てられ、文句を言いつづけていたテメレアが、それを見て急に黙りこんだ。

「なるほど、ここにいたのね」近づいてきたジェーン・ローランドが、娘のエミリーをちらりと見て言った。ドーセットの助手として医療器具を持ち、竜の赤黒い血で両手を染めて立っていたエミリーは、母親の姿を認めて、臆病な仔犬のようにぴくりと反応した。

「エミリー、サンダーソンはあなたが持ち場を離れることを許したの?」ジェーンが訊ねた。

「アニモシアは、一時間以上は飛行できないので」と、エミリーは言い訳した。しかしその瞳には、あとには引かないという強い決意が宿っている。エミリーとしては、母親が降格されたことも、その後釜《あとがま》にすわったサンダーソンの下で働くこともおもしろくないのだろうと、ローレンスは推察した。

「ローランド空将」と、テメレアがジェーンに話しかけた。「ぼくらにもう一度出撃命令をいただけませんか？　空中戦なら、ぼくらはすごく役立ちますよ。歩兵部隊を痛めつけるのは、どうにもつまんなくて」丁重な口調は長続きしなかったようだ。

「あなたたちの持ち場でがんばって」ジェーンが返した。「仕上がってない竜たちを、安易に送り出す余裕はないのよ、テメレア。そう、適材適所。あいつにはさんざん振りまわされてきたけど、あともう少しなの。あともう少しでフランス軍を追い詰め、落とし前をつけてやれる。思っていたよりずっと早く。結局、ダルリンプル将軍は正しかった。わたしは間違っていたようね、まさに今回は逃してはならない好機だった」

「ぼくは最初からうまくいくと思ってた」テメレアが言った。「でも、せめてあともう一本、鷲の軍旗がほしいな。あいつが逃げていく前に」

「もしも、あいつから勝利を奪ったら」ジェーンがテメレアのハーネスに手を伸ばし、逸《はや》る心を落ちつかせるようにカリカリと掻いた。「鷲の軍旗が手に入るだけじゃない。あいつ自身を仕留められるのよ。そう、あいつは、このすぐ近くにいる」

どこに？　とローレンスが尋ねるより早く、ジェーンが言った。「あの川の湾曲を越えたところに、いる。老親衛隊に守られ、いつものお供、あのセレスチャル種のドラゴンをはべらせて。とても美しいドラゴンね、この目で見てきたわ」

「あの雌ドラゴンには戦えない理由があるんだ」テメレアが陰鬱な声で言った。

「あいつは老親衛隊も、その雌ドラゴンも温存しておくつもりね」ジェーンが言った。

「でも、こちらにも隠し玉がある。イスキエルカがいまにも目を覚ます。昨夜襲撃したほかのドラゴンたちも」

「イスキエルカが昨夜の戦闘に？」ローレンスは尋ねた。

「そうよ」と、ジェーンが答える。「戦うと決めたあの子を、止めることなんかできないわ――敵が残らず逃げ去るまで。だからグランビーには、空が白みはじめるまで、あの子を起こしておくように言った。そして、最後に残ったフルール・ド・ニュイを追わせた。その疲労のおかげで、かなり長いあいだ眠ってくれたわ。活力をみなぎらせて起きてくるはずよ。それこそわたしたちが望んだことなの。プロイセン軍に勝利し、ナポレオンは慢心した。おそらく、あいつは全兵力を用いずとも英国軍を討てると思ってる」

「ずっと考えてたんだけどね」少し間をおいてテメレアが言った。「グラン・シュヴァリエはどこにいるんだろう？　それから、ダヴー元帥は？　きょうの戦場には、ダヴー元帥の軍旗がどこにもなかった」

「グラン・シュヴァリエたちは、フランスに戻ったんじゃないかな。あるいは、まだ海岸のあたりをうろうろしているか」ローレンスは言った。「それにダヴーは――」

「最後に聞いたところでは、ポルトガルに」ジェーンが言った。

「そうなの？」と、テメレア。「グラン・シュヴァリエを二頭、ここから西の土地で見かけたよ。ぼくらは、やつらの豚を盗んでやった。でも、やつらはまだまだ食糧を持ってたな。それと、ダヴー元帥はポルトガルにいない。ロンドンの北にいたよ、二日前のことだけどね」

「なんですって？」ジェーンが声をあげ、答えを待たず、エクシディウムのもとに走った。命令を叫び、竜ハーネスに手をかけ、メガホンをつかみとる。士官見習いたちがジェーンの搭乗ハーネスをまだ装着しているあいだに、エクシディウムが立ちあがった。

「警告！　ただちに警報せよ！　敵は北にいる！」ジェーンの叫ぶ声が聞こえた。エクシディウムの背でひるがえる信号旗に反応し、すべてのドラゴンの背でそれぞれのクルーが信号旗を掲げた。

テメレアが上体を持ちあげて言った。「ローランド空将は、なんであんなに心配するの？」憤慨さえ漂わせてローレンスに尋ねた。

しかし、ローレンスは胃にずしりと重いものを感じた。「空へ」テメレアに言った。「できるだけ上空まで」テメレアが行けるかぎり上空まで行くと、森も丘も農家も霞《かすみ》がかかったようにぼんやりとして、丸い地平線が見えた。テメレアは空中停止《ホバリング》をしたまま、抑えた声で言った。「見えるよ、確かにいる」

ダヴー元帥が、まさに英国軍の後方から、三十頭のドラゴンと二万の兵士を従えて、近づきつつあった。

# 9　ドラゴンに食いぶちを

あと一時間対処が遅れたら、英国軍はそこにとどまったまま、はさみ撃ちにされていただろう。フランス軍の攻撃に先んじた警報のおかげで、少なくとも撤退を開始することはできた。ダルリンプル将軍は、ただちに撤退命令を下した。ウェルズリー将軍は、退却の後衛《こうえい》として果敢に闘った。まさに血みどろの熾烈《しれつ》な戦闘で、兵士たちがナポレオン軍の隊列の横幅いっぱいに広がって盾となり、撤退する自軍を守り抜いた。

それでも最後は、過酷をきわめる敗走になった。一万もの兵士たちが、湿地をもがきながら進んだ。敵の捕虜となる兵士、不名誉にも田園地帯を抜けて北へ遁走《とんそう》する兵士もいた。

装備はマスケット銃とブーツしかなく、ときにはそれすら欠いていた。

ドラゴンたちは、大砲を空輸する役割を担った。みな意気消沈していた。テメレアは時折り、逃れてきた戦場を振り返り、冠翼を震わせた。距離はあいているものの、追尾する敵ドラゴンたちの姿が見えた。だが、戻って戦おうとは言わなかった。ふたたび前方に目をやり、頭を落とし、力を振り絞って飛びつづけた。

ナポレオン軍の猛追は、夕方近くになってようやく勢いを失った。一日じゅう戦場で戦った、あるいはダヴー元帥指揮下の兵士を運んだフランスのドラゴンたちは、ついに体力の限界に達し、一頭また一頭と、黄昏《たそがれ》のなかに消えていった。やがて追撃を切りあげる命令が下されたらしく、残るすべてのドラゴンが一斉に追うのをやめた。

ローレンスはテメレアの首に手を添え、静かに言った。「敵の仕掛けた罠《わな》から逃れることができた。きみはそれに貢献したよ」

「ねえ、あたしたち、戻ったほうがいいと思うんだけど」横を飛んでいたイスキエルカが不満そうに言った。いきなり起こされて、もう戦わなくていいと言われ、こうして飛びつづけていることに腹を立てている。最初は飛び立つことすらいやがり、テメレアのなだめたりすかしたりの説得が必要だった。「おなかすいた。もう大砲運ぶのやだ。肩が痛いんだもん」

「みんな空腹だよ」テメレアがむっとして言った。「不満を並べるのはやめてくれないか。きみにはうんざりだ」

「ふん、こっちこそうんざり！ きみこそ戦いたくないもんだから、こんなふうに逃げて――」

「やめなさい」降下してきたエクシディウムが、イスキエルカを厳しくたしなめた。

「こうして飛んでいるのは、立て直しをはかるためだ。兵士も大砲もさらに増やせば、かならず勝てる。それが戦術というものだ、それくらいわかってもいい年頃ではないかな」

イスキエルカはおとなしくなった。それでも、年配のドラゴンが前方に行くと、小声でなにかぶつぶつ言った。

ドラゴンたちのはるか後方で、英国軍歩兵隊と騎兵隊の残党が行軍をつづけていた。部隊は、兵と物資を補うために、ウィードンベック〔ロンドン北西、バーミンガムとの中間の小さな町〕にある守りの堅い中央補給基地を目指していた。だが、夜を徹して直線コースを飛べるドラゴンは、味方も追っ手も大きく引き離し、大砲を運ぶ役割をまかされた。問題は、食糧が不足していることだった。農場主たちはドラゴンを見るや牛を隠したし、白昼堂々と地上に舞いおりて、狩りをするのははばかられた。

「上流階級の方々には、狩り場のけものを食糧にされることぐらい、我慢してもらわなければね」ジェーンがそう言って、ドラゴン部隊を小グループに分け、鹿の狩り場のある大きな地所にそれぞれ野営を張るよう指示を出した。

夕暮れまでには、ノッティンガムシアにたどり着くはずだった。ウラトンホールなら、四百人の牧夫が世話をする大量の家畜がいることだろう。「あなたは別の土地に行ってもいいのよ」と、ジェーンは言ってくれたが、ローレンスは首を振った。もちろん、こんな状況で、実家に立ち寄りたいわけがない。死刑宣告を受けた反逆者の身で、英国軍の敗走という悪い知らせの使者で、なおかつ地所の家畜を食い尽くしかねない二十頭の腹をすかせたドラゴンを帯同している。

しかし、ほかにとるべき道はなかった。自分が正式な挨拶もなくウラトンホールの近場の屋敷を訪ね、ほかのグループに実家の地所を使わせるほうが、よけいにまずい。それは卑怯者、臆病者のすることだ。ウラトンホールを訪ねれば父のアレンデール卿から家への立ち入りを禁じられるかもしれないが、父親にはそうする権利がある。そして、叱責《しっせき》を浴びるのが、息子である自分の義務だ。

数時間後、一行はウラトンホールに到着した。ドラゴンたちは深い安堵のため息とともに背中の重荷をおろした。十六ポンド砲を二門背負って三十マイルの距離を飛ぶのは大型ドラゴンでさえ容易なことではない。マクシムスとレクイエスカトなどは、それぞれが四門の大砲を背負っていた。テメレアがため息をつき、ひんやりした地面に、長い蛇のように黒い体を伸ばした。

ローレンスはテメレアの背からおりた。疲労困憊《こんぱい》で、ドラゴンの背に長時間すわりつづけていたため体の節々が痛む。

「あなたがご家族と話す?」ジェーンが近づいてきて尋ねた。「それとも、フレットに行かせる?」

「いや、わたしが行こう」ローレンスは軍帽に指を添えてジェーンに敬礼し、きびすを返した。

「あなたのお母さんに、ぼくからよろしくって伝えて」テメレアが頭を少しだけ持ちあげて言ったので、その鼻面をさすって了解の意思を伝えた。

ゆっくりと重い足取りで屋敷に近づいた。窓のほとんどは暗く、玄関扉の近くでたいまつが燃えていた。ふたりの使用人がマスケット銃を構えて、怯えたように外に立っている。「だいじょうぶだ、ジョーンズ」ローレンスは召使いの名を呼び、顔がよく見える距離まで近づいた。「わたしだ。アレンデール卿は家に?」

「ああ、はいっ。しかし……」ジョーンズが目を大きく見開いてローレンスを見つめたとき、玄関扉が開いた。

ローレンスは一瞬、父があらわれたかと思ったが、そこにいるのは長兄のジョージだった。足もとは室内履きで、寝間着の上にガウンをはおっている。召使いが近づき、主人の肩にコートをかけた。

「いったいどうした、ウィル」屋敷の前の階段をおりてきて、ジョージが言った。六つ歳の離れた兄とはずいぶん会っていなかった。前より肥っているが、剣呑なもの言いはあいかわらずだ。「ここでいい。なかに入っていなさい」と召使いに言い、玄関扉が閉じるまで押し黙っていた。こうして人払いをしたところで、おもむろにローレンスを振り返り、怒気を含んだ低い声で言った。「おまえ、ここでなにをしている？それも表玄関から堂々とやってくるとは……。もう少し分別をもってはどうだ？腹をすかせているのか、だからここへ――」

長兄はうろたえていた。ローレンスははっと思い至り、怒りで頰を熱くし、さえぎるように言った。「逃げて来たわけではありません。物乞《ものご》いに来たのでもない。いまは仮釈放の身で、侵略者と戦っています」

「仮釈放？仮釈放で侵略者と戦っているだと？ここはノッティンガムシアのどま

んなかだぞ。そんな出まかせが通用すると思うのか」

「出まかせではありません」ローレンスはかっとなって言った。「同じ説明を二度繰り返したくないのです。父上に会わせてもらえますか？」

「だめだ、ウィル。おまえがここに来たことも、伝えるつもりはない」ジョージが言った。「父上はご病気だ。八月以来、結石が三度も出たのだ。医者から安静が必要だと言われた。わかるか、来年も生きた姿を見たいなら、かならず安静を保つようにと言われた。不動産管理人にさえ会うことはない。だから、わたしがここにいる。父上のご病気は、心労からにちがいない。もし金がほしいなら、眠る場所がほしいなら――」

「ひとりで来たのではありません」ローレンスは、兄が最後まで言いきるのを待たずに言った。心が麻痺したかのようだった。父が病に倒れていると聞いても、現実として自分のなかに染みこんでいかない。「ここには航空隊の仲間と来ました。ここの鹿を徴発させてもらいます。九頭いるドラゴンに食べさせるためです。夜が明けるまでに、ドラゴンはさらにやってくるでしょう。驚かせたくなかったのですが」

「九頭――」ジョージが鹿猟園のほうに目を向けた。そこにはたいまつの明かりと揺れ動く何頭ものドラゴンの影があった。「嘘ではなかったのか」思案するように言った。「なにが起こった?」

悪い知らせは隠し通せるものではなかった。「われわれはロンドン近郊から敗走してきたのです。いまごろ、英国陸軍の隊列がウィードンベックからこちらに向かって延びているでしょう。あいつは英国軍兵士一万人を捕虜にした。われわれはスコットランドまで撤退します」

「なんということだ……」それからしばらく、兄と弟は無言で立っていた。「おまえたちは、あの森にいるのか?」ローレンスがうなずくと、ジョージはさらに言った。「そうか——必要なだけ鹿を狩るがいい。もちろんだ、国王陛下の軍隊の権利だからな。馬小屋も、農場の納屋も使っていい。そう、厨房から食事を届けさせよう。おまえの司令官にベッドを提供することもできる——」ここまでが長い前置きであり、ジョージがようやくもごもごと口にしたことが、どうやら本題だった。「しかし、おまえをなかに入れることはできない、あいにくながら」

「お気になさらず」と、ローレンスは言った。「それでかまいません」もちろん、仲間のために、あるいは自分のために、もっと強く出るべきだったのかもしれない。軍人として民間人に宿の提供を求めるのは当然の権利だ。しかし、それには耐えられなかった。ジェーンが望むなら、彼女はそうすればいい。しかし、自分にはここで無理を通すことはできない。

「どうだろう――やつはここまで来るだろうか?」ジョージが声を潜めて尋ねた。「エリザベスと母上と子どもたちを避難させるべきだろうか、ノーサンブリアかどこかに」

「ここまで家畜を集めにくることはあるでしょう、やつのドラゴン軍団を養うために」ローレンスは言った。「しかし、軍隊を動かすなら、海岸沿いに北上するはずだ。英国軍の前哨基地に脇腹を突かれるような危険を冒してまで、内陸部を北上するとは考えられません」疲れを覚え、ひたいをこすってつづける。「残念ながら、確実な助言ではありませんが、ここより安全な場所はないでしょう。もちろん、リヴァプールに行き、そこから船でハリファックスまで逃がすというのなら話は別ですが」

ジョージはふたたびうなずくと、ローレンスに背を向け、屋敷の前の階段をのぼった。玄関扉の前で立ち止まり、なにか言いたそうにしたが、結局なにも言わずになかに入り、扉が閉まった。

ローレンスはひとりで屋敷から仲間のもとに向かった。闇のなかでも迷わないほど慣れ親しんだ小道だ。虫の音《ね》はやみ、風のため息ばかりが聞こえた。時折り乾いた木の葉が風に揺れて音をたてた。

森に近づくと、ドラゴンと煙の匂いが漂ってきた。正規軍のドラゴンの地上クルーたちがつくった小さな野営は、ほどほどに快適だった。少なくとも焚き火だけは、グランビーがイスキエルカに言えばすぐに熾《おこ》すことができた。キャプテンたちが焚き火のそばに立ち、手を温めながら、明朝とるべきコースについて話し合っていた。

撤退時に後衛を担っていたドラゴンたちは到着したばかりだったが、ほかのドラゴンたちは食事の真っ最中で、仕留められた鹿が幾頭も地面に横たわっていた。イスキエルカは狩りをしていた。この森の鹿が痩せて小さいことを除けば、おおむね満足しているようだった。驚いて跳ねまわる鹿とともに森の空き地に躍り出て、吼えながら樹木に向かって火焔を吐いた。赤い舌のような炎に驚いて、森のネズミ、ウサギ、スズメとともに、罠をかかえた地元の密猟者まで飛び出してきた。

「目指すはスコットランド、ロッホ・ラガン基地よ」と、ジェーンが言った。「そこで立て直しを図るために陸軍を待つ。歩兵の移動はゆっくりだけど、ウェリントン将軍がウィードンベックで二万、さらにマンチェスターで二万の兵を集めることになってるわ」

「しかし、陸軍の到着を待つあいだ、ドラゴンを養っていられるものかしら」別の女性の声が頭上から聞こえた。ジェーンと同じロングウィング種を担う女性キャプテンが新たに到着したのだ。「モルティ、いい子ね、わたしをおろして」

ジブラルタルの基地に長くいたキャプテン・サンジャーメインに、ローレンスはこれまで会ったことがなかった。モルティフェルスからおり立った彼女は、優美な顔立ちに、驚くほど長身で、横幅もあった。巻き毛が細かな房になって、モップのように広がっている。瞳は淡いブルー。ルーベンスの絵のなかから抜け出してきたような女性だった。ジェーンとどこか似ているが、彼女よりも頑健な体つきで、もしかしたら目方ではバークリーに勝っているかもしれない。

「この土地ではこれから何年かは冬の鹿の収獲が減るでしょうね。でもあきらめてもらわなければ」ジェーンが言った。それからあたりを見まわし、あっと小さな声をあげた。召使いたちが屋敷からランタンを掲げ、食べ物を盛ったバスケットをさげて小道を歩いてきた。そのメイドのひとりがドラゴンを見て気絶した。

「まあ、盛大なもてなしだわ。ローレンス、ご家族に感謝を伝えてね」ジェーンはそう言うと、部下に手振りで合図し、召使いたちを迎えに行かせた。

ローレンスは、むしろ、もてなしの悪さを恥ずかしく思った。丘の上にあれほど大きな屋敷がありながら、仲間を寒い戸外に放置している。明かりの灯っていない窓の多さは、この屋敷に多くの空き室があるなによりの証拠だ。しかし、それを意識しているのは自分ひとりのようだった。

飛行士のほとんどがうれしい驚きの声をあげ、食べ物を詰めたバスケットを受け取った。バスケットのなかには、冷肉やパンや茹《ゆ》で卵や、お茶を入れたポットが入っていた。ひとりの召使いが、湯気をあげる大皿を掲げて、丘をおりてきた。その皿から立ちのぼる香りから、この皿の料理に東洋産のスパイスが使われていることが、召使いが焚き火に近づく前からわかった。

テメレアがさっと頭をもたげ、喜びの声をあげた。「ゴン・スーだ。ゴン・スーがここにいるんだ!」

なつかしい料理人が前に進み出て、テメレアに何度も頭をさげ、そのあとから、はっと気づいたようにローレンスにも頭をさげた。満面の笑みとともに皿が差し出されると、飛行士たちが飛びついた。「ありがたい。ゴン・スー、きみをさがしていたところだ。しかし、どうやってここへ?」ローレンスは尋ねた。

「レディ・アレンデールのおかげ」と、ゴン・スーが答え、あとはテメレアのほうを向いて中国語で説明した。それによると、レディ・アレンデールは航空隊に手紙を書いて、ローレンスの指揮下にいた者たちの名を訊き出した。そして、彼らをさまざまな手段で支援し、ゴン・スーには仕事と住む場所を提供した。

「もう一度ぼくらの仲間になりたいんだって」と、テメレアが満足げに言って、通訳を終えた。「これでまともな料理が食べられるようになったね。いま鹿を食べるのをやめれば、すぐにシチューにしてもらえるよ。穀物入りのシチューにね」それを聞いて、何頭かのドラゴンが何食わぬ顔でそばにある鹿を引き寄せ、またたく間に食べきった。

小道ではまだひと騒動がつづいていた。意識を取り戻したメイドがふたたび大騒ぎし、落ちつかせようとする召使いふたりに激しく抵抗していた。ふたりの男は、できることなら、自分たちだけでさっさと屋敷に戻りたいにちがいなかった。

「いいかげんにしなさい、マーサ。ペイルや、彼女を連れ帰って、気付け薬を与えなさい」レディ・アレンデールが鶴《つる》の一声で騒動をおさめ、ずんずんと坂をおりてきた。暖かそうな毛皮をまとい、召使いを従えているが、浮かぬ顔でランタンを掲げる召使いの足取りは野営に近づくほどに重くなっていく。

レディ・アレンデールは野営の端で立ち止まった。彼女がテメレアを最後に見たのは、テメレアが孵化して十週後のことだった。そのときはまだ成竜ではなく、冠翼も生えていなかった。成長半ばのドラゴンを明るい昼間に見るのと、暗がりで成竜に遭遇するのとは、まったく別の体験だと言っていい。今回はドラゴンが十数頭もいて、そのほとんどが大型戦闘竜か不穏な黄色い眼をもつロングウィングで、食事のあとなので、みながみな顎を血で染めていた。うろこに覆われた表皮を照らすたいまつの明かりが、ドラゴンをよりいっそう大きく見せている。

ローレンスはすでに立ちあがっており、レディ・アレンデールが焚き火におそるおそる近づくと、ほかの士官もさっと腰をあげた。

「またあなたにお会いできてうれしいです、マイ・レディ」テメレアが挨拶し、声を落としてローレンスに尋ねた。「ねえ、この言い方で間違ってない？——ぼくのためにゴン・スーを守ってくださって、ありがとうございます」

「完璧ですよ」レディ・アレンデールが言い、前に進み出て、いかにも無理をした悲しげな笑みを浮かべ、両手を広げた。

ローレンスは黙したまま身をかがめ、差し出された母の頬に接吻した。母は以前より顔色が悪く、肌は紙のように乾き、しわも増えて、髪はかなり白くなっていた。笑みは長くつづかなかったが、今度はほんとうに支えを必要としているようにローレンスの腕に手をかけ、野営を見まわした。「ここが快適であればいいのですけれど。みなさんのためになかにベッドをご用意できれば……きっと部屋が見つかるものと思うのですけれど――」

誰もすぐには返答しなかったので、ジェーンが答えることになった。「ここで充分です。ご歓待には感謝しますが、行軍のときはいつもドラゴンと眠ることになっていますので。フレット、椅子の用意をお願い」レディ・アレンデールがジェーンを見つめ、つぎにローレンスを見つめ、困惑の表情を浮かべた。

もちろん、どんな助け舟も出ないと承知していたので、ローレンスは言った。「母上、ローランド空将をご紹介します。エクシディウムに騎乗しています。こちらがレディ・アレンデールです」

ジェーンが腰をかがめてお辞儀し、握手を求めた。レディ・アレンデールは心をこめてジェーンの手を握り返せるくらいにはショックから立ち直り、フレットがジェーンのテントから運び出して焚き火のそばに置いた折りたたみ椅子に腰かけた。フレットはジェーンの椅子も用意していた。

脚をほぐすために野営のなかを行ったり来たりしていたキャプテン・サンジャーメインが、野営への訪問客には気づかないまま、フレットが置いた椅子を見て言った。「かまわないで、フレット。あたしは立ってる。どうせ明日も一日じゅうすわることになるんだから」そこではっと気づき、レディ・アレンデールに視線を向けた。

気づまりな沈黙がしばらくつづいた。レディ・アレンデールは魅入られたようにジェーンを、そしてサンジャーメインを見つめ、おもむろに、この野営にいる飛行士たちを注意深く観察した。彼女の目は節穴ではなかった。ローレンスは、母親が何人もの女性軍人の姿に気づいたことを見てとった。ジェーンのクルーのひとり、バークリーのチームの空尉、そのほかにも女性の空尉候補生や士官見習いが何人かいる。

それについて釈明する者はおらず、レディ・アレンデールもなにも尋ねず、ジェーンに対して「スコットランドに向かわれるのですね?」とだけ丁重に尋ねた。

「そうです」と、ジェーンが答えた。「しばらくお付き合いいただけますか?」空将とレディ・アレンデールはワインの杯を交わし、会話をはじめた。頃合いを見計らって短く切りあげることを、どちらも了解している会話だった。

ところが、料理の仕上がりを待って手持ちぶさただったテメレアが、レディ・アレンデールに話しかけた。「あなたは、ぼくらについてきたほうがいいかもしれませんよ。それを考えてたところです。ナポレオンがここに来るかもしれませんからね。もちろん、すぐに、ぼくらがやつを打ち負かすことになりますが」

「あなたの一存で、民間人を勝手に連れていくことはできないわ」ジェーンがテメレアをたしなめた。「わたしたちの任務がナポレオンを遠くから見張ることなら、誰かを守ることもできるだろうけど、わたしたちの本分はやつと戦うこと。あいつがここにやってくる可能性は低い。だけど、わたしたちは早晩、確実にあいつと相まみえることになる」

「そうだね。でも相まみえたら、あいつをやっつけてやる」テメレアは言った。「それが結局、ぼくらの友人を守るいちばん確実な方法だからね」

「ご心配ありがとう」レディ・アレンデールがやさしく言った。「でも、わたしたちはあなたがたについていきませんよ。こんな状況で、召使いや小作人を置いて出ていくなんて許されないことです。それは、わたしたちの本分に反します」

この発言が会話の流れを変えた。レディ・アレンデールはつづけてジェーンに、「あなたのご家族はどこか安全な場所にいらっしゃるのですか」と尋ねた。

「わたしにはエミリーのほかに気にかけねばならない家族はいません。でも幸いなことに、娘はいつも目の届くところにいます。いまもあそこに」と、ジェーンはテントの設営を手伝っているエミリーのほうを見やった。ごく自然に、つぎはエミリーが呼ばれ、レディ・アレンデールに紹介された。

エミリーは膝を折ってお辞儀すると、勢いこんで言った。「ありがとうございます、マイ・レディ。わたしはあなたから贈り物をいただきました。とても感謝していますす」

ローレンスには、母が初対面と思っていた相手からいきなりそう言われてとまどい、はっと気づくのがわかった。「あのガーネットの首飾りを気に入ってくれましたか?」レディ・アレンデールはそう尋ねると、身をかがめてエミリーの顔をのぞきこんだ。たんなる興味以上のものをそこに見てとり、ローレンスはいっそう気が重くなった。

昨年のロンドンで、父のアレンデール卿がテメレアのクルーのなかに少女がいて、その少女にローレンスが保護者的な態度を示すのに気づき、はなはだしく誤った結論を導き出した。そして帰宅後、レディ・アレンデールに、彼女がエミリーのことを気にかけずにはいられないような報告をしたらしい。それがすべての発端だった。

「はい、とても」と、エミリーが答えた。「ドーヴァーの劇場に行くときに、二度、身につけました」

「あなたは……軍務に就いているのですか？」レディ・アレンデールが審問官よろしくエミリーに尋ねる。エミリーに対しては——ジェーンに対してはそうでもないらしいのだが——そうする権利があると内心思っているようだ。

エミリーはもちろん背後の事情などまったく知らず、誇らしげに答えた。「士官見習いになったばかりです、マイ・レディ」

「自慢はそれくらいにね。ドーセットがあなたをさがしてるわ」ジェーンがさりげなく気をきかせたので、エミリーはふたたび正式なお辞儀をして、駆け足で立ち去った。

レディ・アレンデールが、仕事に戻るエミリーの後ろ姿を見送った。そこから少し離れたところでは、竜医が手術の真っ最中だった。ハーネスを装着していないドラゴンのなかには、テメレアのようにマスケット銃の弾丸を受けてそのままにしていたドラゴンたちが何頭かいた。テメレアと同じ治療が行われていたのだが、幸いにもローレンスたちは風上にいたし、バリスタの巨体が身の毛もよだつ手術の光景を隠す壁になっていた。

エミリーの姿がバリスタの向こうに消えると、レディ・アレンデールはようやく振り返り、少なからぬ憂慮《ゆうりょ》をこめてジェーンに言った。「まだ子どもですのに……」

「ご心配なく、あの子は歩きはじめる前からドラゴンの背に乗っていました」ジェーンが応じた。「航空隊では幼いころから訓練に入り、とことん叩きこまれます。わたしが老いてエクシディウムに騎乗できなくなったとき、あの子が竜を引き継がなければならないので」

その夜、ジェーンがローレンスに言った。「きょうのことで、あなたの育ちがよくわかったわ」ドラゴンと飛行士のほとんどが就寝し、焚き火のはぜる音が低い会話の声をうまく消していた。夕食に出されたワインの残りを飲むほどに、お互いの口もなめらかになった。「高潔なる温情、でも、けっして堅苦しくはない……わたし、あのかたが好きよ。エミリーによくしてくださるのは驚くべき雅量《がりょう》だわ。で、あなたのお母様は、あの子をあなたの隠し子だと思っていらっしゃるのかしら？」

ローレンスは、できるならジェーンがなにも気づかないでいてくれるように願っていた。しかし、そう尋ねられて嘘をつくわけにもいかず、父親の誤解について説明した。ジェーンは、予想どおり、声をあげて笑った。しかし、自分がばつの悪い思いをしても、こんな苦しい戦況のなかで、彼女を心から笑わせることができたのは、そんなに悪いことではないかもしれないとローレンスは思った。

「どうしてお母様に訂正しないの？」ジェーンはおもしろそうに尋ねた。「いいの、気にしないで。あなたのお母様は、それについてなにも口になさらないのね。だから、あなたも訂正のしようがない。あなたのほうからなにか言うこともない。あからさまにするのは、高貴な家柄の人たちにとって不調法《ぶちょうほう》なことだから」

そう言ったあと、ジェーンはしばらく押し黙った。その沈黙こそが、ふたりののっぴきならぬ事情をよくあらわしていた。ジェーンは視線を落とし、両の手のひらのなかでグラスを回しつづけている。

「心からきみに謝りたい」しばらくして、ローレンスは言った。

「そうよ」と、ジェーンが返す。「謝ってほしいわ、あなたが間違っていたことを。

独《ひと》りでなにもかも背負ってしまったことを。なにも相談せず、あんなひどい手紙だけ残して——〃きみを苦しめるようなことはしたくない〃。司令官にじゃなくて、まるで恋人に語りかけてるみたいだった。誰に見せるのも気恥ずかしかった。でも当然、軍に報告しなきゃならなかった。一週間、あなたのことで蜂の巣をつついたような大騒ぎ。根掘り葉掘り訊かれたわ。会議室にすわって、なにか隠された意味がないかと、あなたの手紙をあの連中といっしょに何度も読んで……。そして、サンダーソンがわたしの上官になった。いまいましい」

「ジェーン……」ローレンスは言った。「ジェーン、わかってくれ。誰にも言えなかった。きみに打ち明ければ、きみをまずい立場に——」

「まずい立場？　じゃあ、それを避けてあなたはどんな立場にわたしを置いた？　完全無視？　置いてきぼり？　わたしがあの犯罪的な一件をすべて知っていたところで、連中はわたしに嫌疑《けんぎ》をかけることはできなかったはずよ」

「きみに打ち明ければ、きみはぼくを止めるしかなかった」

「わたしが打ち明けられたとしたら？　もっとましなことをしたわ」ジェーンが言う。「フランス軍のさほど地位の高くない軍人と内通したでしょうね。そして一か月後、薬キノコがあちらの手に渡るというわけ。ロッホ・ラガン基地のあらゆる使用人が、賄賂《わいろ》になびかないほど清廉《せいれん》だと言いきれる？　あの薬キノコにナポレオンが百万フランを出すと言ったらどう？」ローレンスは心のなかでたじろいだ。ジェーンにそれを見透かされたようだ。「もちろん、あなたはそんなふうに裏で手を回す人じゃない――あなたとあなたの名誉にかけて」

「それができれば、反逆罪など犯さなかった」

「でしょうね。だけど、あなたがその点に関して自分を曲げることができたら、痛手はもっと少なくてすんだ」ジェーンはそう言うと、手の甲で目頭をこすった。「いいの、気にしないで。ちょっと言いたかっただけ。たぶん、この件にまっとうなやり方なんて見つからなかった。まっとうなやり方が失われて久しいわ。でも、あなたには一度、こんちくしょうって言っておきたかった」

ジェーンの非難は間違っていなかった。ローレンスはうなだれ、両手で頭をかかえた。

しばらくして、またジェーンが言った。「最後の総仕上げとして、あなたは殉教者《じゅんきょうしゃ》となるのよ。公開の縛り首になり、あなたのことを気にかける人たちもそれを見せつけられる。もしあの連中が見世物にしようと決めたら、あなたの遺体は反逆者の処刑のしきたりどおり、引き回されたのち四つ裂きにされる。でも、あなたは大逆罪で処刑されたときのトマス・ハリソンのように〝その状況で人がなしうるかぎり快活に〟その運命を受け入れるのでしょうね。とんでもないわ。快活になんかなれるもんですか、あなたを愛した人は誰ひとりなれない。それどころか、連中がそれを決定しただけで、ロンドンの街を打ち壊しにかかるでしょう」

「ぼくは、もう決意したんだ」と、テメレアは言った。そして心のなかで、これについては政府の大臣か将軍の誰かに、もう一度はっきり言って、認めさせておかなければならないと考えた。「心配しないで、ローレンス。あの人たちだって、そこまで愚かじゃないよ」

「人はときとして愚かになる生きものだよ」ローレンスが言った。「きみに言っておきたい――そんなに結論を急がないでくれ。でないと、わたしは心安らかに死と向き合うこともできない。きみのことを考えると、わたしは臆病者になる。わたしの死がきみを敵国に寝返らせるかと思うと――」

「だいたい、ぼくは、あなたが心安らかに死と向き合うことなんて望んでないよ」テメレアは言った。「あなたの言うのが、あの連中に縛り首にされるのをおとなしく受け入れるってことならね。そんなこと、許さない。そう考えることがあなたを悲しませるのなら、ぼくはあなたが殺されてしまうことが悲しいと言いたい。最悪だったよ、あなたが死んだと思ったときは。自分が自分でないみたいになって、やぶれかぶれでロイドを殺してしまいそうになった。あんな気持ちを味わうのは、二度とごめんだ」

「テメレア、言わずもがなだが、わたしはせいぜい生きて六十年の命。きみには二百年の寿命がある」

テメレアの冠翼がぺたりとしなった。そんなことは話題にしたくなかった。「少なくとも、寿命が尽きるのは誰かのせいじゃないよ。ぼくは、誰かにあなたを奪われるのがいやなんだ」テメレアにとって、このちがいは明白だった。それに漠然とした遠い未来のことなど考えてもしょうがない。いや、もしかしたら、そのときのことまで考えなくちゃならないんだろうか。ドラゴンが二百年生きることができて、人間にはなぜそれができないんだろう？

折りしもモンシーがそばにおり立ち、テメレアは救いの手を差し伸べられたような気がした。モンシーが言った。「テメレア、ノッティンガム城のそばにいる連中が、腹をすかせてる。みんなに鹿が行き渡ってないようなんだ」

「ここに来て、ぼくらの朝食をいっしょに食べるといいよ」テメレアはそう言い、大きな地面の穴を指し示した。穴にはどろりとした麦の粥《かゆ》が大量に入っている。粥には鹿肉と野菜が入り、保存しておいたレモンで風味が添えられていた。

ゴン・スーはこれをつくるために、地面に掘った穴に厚い粗布をかぶせて防水し、イスキエルカが火で炙《あぶ》った石を放りこんで煮るという画期的な調理法を用いてみせた。

「これからはみんなで分け合おう。きみたちも認めてくれるだろう？」テメレアは仲間たちに言った。「この粥がすごくおいしいってことを」

「狩ったばかりの鹿にひとりで食らいつくのがいちばんだぜ」レクイエスカトがぼそりと言った。

「だったら」と、テメレアは言った。「きみは三日に一度、鹿か牛を一頭食べるといい。三日ともスープか粥の食事にありつくんじゃなくてね。牛か鹿一頭で三日分がまかなえるって、ゴン・スーが言ってたから」

日常的な用件に戻っていけることに、ローレンスとの会話を打ち切って意見がまとまったかのように装えることに、テメレアは安堵した。しかし、そんな自分を恥じた。仕事をしていると見ると、ローレンスは割りこんでこようとしない。仕事が待っているのに、会話したりよそ事に気をとられたりするのは、まっとうな軍人のすることではないと考えているからだ。だからこそ、テメレアにとっては仕事が恰好の言い訳になった。自分が忙しそうにしているかぎり、あの厄介で憂鬱な話題に戻るように求められることはない。

どんな事情があろうと、ローレンスが殺されるようなことがあってはならない。この点だけはぜったいに譲れなかった。死んでしまって、ローレンス本人が幸せになれるわけがない。だとしたら、もはや自分の幸せなど勘定《かんじょう》に入れる必要はなかった。ローレンスを守る確実な方法は、海軍省委員会に、ローレンスの命を奪おうとすれば、彼らにとって手痛いことが起きると明言しておくことだ。だから、なにがあっても、海軍省委員会に対する脅迫を撤回するつもりはなかった。

しかしそうは思っても、さっきからローランド空将と話しているローレンスのようすをちらちらとうかがわずにはいられない。ひどく疲れているようだ。もちろん、ローレンスが姿勢を崩すことはないのだが、その立ち姿は不幸の影を背負っていた。

憂鬱な話題から逃れられたことにはほっとしたものの、心には疚《やま》しさがくすぶってい
た。

身なりにかぎって言うなら、いまのローレンスは前よりずっとましだ。それについては、自分も少しはいいことをしたと思っている。昨夜、レディ・アレンデールにひとこと耳打ちすると、彼女は屋敷から何着かの衣類や靴を召使いに持ってこさせた。寒さをしのげる厚地の外套《がいとう》、ローレンスが以前着ていて、投獄されるときに母親のもとへ送り届けられた服や所持品。それはテメレアが好きなローレンスの身ごしらえとは少しちがったが、ともかくふたたび剣を差し、前よりましなブーツを履き、服は寸法が合っていた。

モンシーから情報を得たパリアチアが、四頭のイエロー・リーパー、二頭のグレー・コッパーを引き連れて、さっそくウラトンホールに飛んできた。ローレンスとの話し合いから逃れるために適当に口にしたことが、容赦なく、すぐに現実となったのだ。

猛烈に腹をすかせたパリアチアたちは、粥に飛びつくと、すさまじい音を立て、けんかしながら粥をたいらげた。すべてを食べきったあと、パリアチアが挑戦的に言っ

た。「明日はどこで食べればいい？　食べ物も宝物もぜんぜんないじゃない。あんたの約束はどうなっちゃったわけ？」

テメレアはこんなふうに挑みかかられて、びっくりした。「そんなに嚙みつくことないだろ？　戦いに負けたんだからしょうがないよ。それに、ナポレオンがたやすく負かせるような相手だったら、価値ある宝物をためこんでるはずがない。倒すのに苦労する相手だからこそ、期待も高まるんだ。昨夜の食事を自力で調達できる知恵もないのに、文句ばかり言うなんて、あさましすぎるんじゃないかな」

「へええ。〝苦労〟なんて言葉、あんたから聞いたことなかったわ」と、パリアチアが言った。「ナポレオンのことだって、たいしたやつじゃないみたいに言ってた。ナポレオンが宝物をためこんでるのは、倒すのにものすごく苦労する相手だから？　だったら、これからだって勝てないかもしれないじゃない」

「たとえ、おれたちが勝ったとしても」と、リクタスという名のグレー・コッパーが、粥の穴から頭をあげて、辛辣に言った。「ドラゴン舎も宝も手に入らないだろうな。少なくとも、キャプテンのいないおれたちには。つまり、これからも航空隊におれたちの居場所はないってことだ。繁殖場に戻る潮時かもしれないな。しかし、来たときと同じままで帰るとしたら、戦場で撃たれたり裂かれたり、腹ぺこで飛びつづけたりしたのは、いったいなんだったんだ」

この発言に同意する低いつぶやきがあちこちで生まれた。何頭かのドラゴンが頭をもたげ、テメレアがどう答えるかに注目した。テメレアはむっとして姿勢を正した。

「ぼくはペテン師じゃないけど、きみがそう呼びたいならそう呼んでくれてもかまわない。とにかく、遠まわしな皮肉だけはやめてくれないか」

「じゃあ、わたしたちが勝ったとき、あなたはどうするつもり？」これまでの会話を聞いていたバリスタが言った。「リクタスは間違ってない。彼が言ってるのは、あなたはもうわたしたちとは関係ないってことよ。なぜなら、あなたはもうハーネスを装着しないドラゴンじゃないんだから。ま、自慢してたほどクルーは多くなかったようだけど」

最後の指摘を聞いて、テメレアの冠翼がへたりと倒れた。いまはゴン・スーも戻ってきた。竜医としてケインズがいればなによりだが、代わりにドーセットがいる。もちろん、エミリーも、ディメーンも、サイフォも、フェローズも、ブライズも……そう、アレンもだ。充分な数じゃないか。バリスタからあんなふうに言われる筋合いはないし、クルーの数など目下の話題とはなんの関係もない。

「きみにもかつてキャプテンがいた。いずれまた、誰かに担われるかもしれない。みんな同じだよ」テメレアは言った。「だから問題はハーネスを装着してるかどうかじゃないんだ。ハーネスを装着すること、あるいはしないことを、そのドラゴンが選べるかどうかだ。もちろん、ハーネスを装着するか繁殖場に戻るかの二者択一しかないというのも困る。だって、繁殖場はすごく退屈だし、ハーネスを装着するほうを選んでも、いつか繁殖場へ行くことがないわけじゃない」

「でもね」バリスタはいったん口をつぐみ、隣にマジェスタティスが横たわるのを待って、ふたたび押し出し強く言った。「これだけは言わせてもらうわ。わたしたちは、あなたの言うとおりにやってきた。それで、連中はあなたにほしいものをくれた？　わたしたちを黙らせ、ハーネスを装着したドラゴンといっしょに戦闘に駆り出し、それであなたになにかをくれた？　連中があなたのキャプテンを縛り首にしたがってることはみんなが知ってるわ。それで連中は、あなたに彼の命をくれたの？」

テメレアはしばらく沈黙してから言った。「ローレンスを縛り首にするのは断じて許さない」立ち聞きされていないことを横目で確認してつづけた。「でも、ぼくには考えがある。彼らは大きなドラゴン舎や、黄金の大きな塊をぼくに提供するしかなくなるだろう」かぎ爪でひたいを掻きながら考えをめぐらした。

「公平じゃないのはいやだ」という言葉がやっと口から出た。「ぼくがなにかを提供されたとしても、みんなで分けなきゃ、それは公平とは言えない。自分ひとりじゃなくて、みんなの働きで手に入れたものなんだから。だから、みんなで分け合おう。そして」と、付け加える。「きみたちのうちの誰かにいっしょに来てほしい。ぼくはあの将軍たちともう一度交渉するつもりだ。そのときもし小型ドラゴンが一頭いれば、交渉でぼくらが手にしたものを、すぐにみんなに報告しにいける」

「あたしが行く」ミノーが言った。「あたしはハーネスを付けたことがない。これからも付けるつもりはない。だから、将官たちへの評価が甘くなることもないでしょう？　それに、将軍を見てみたいの。まだ一度も見たことがないから」

テメレアは首を伸ばし、ローレンスとローランド空将に尋ねた。司令官は誰なのか、どこに行けばいいのか。単刀直入な質問だった。ローランド空将が、司令官は自分ではないと答えた。「いまはダルリンプルが司令官よ。だけど、スコットランドに到着したら、政府はこれを好機と考え、交替させるでしょう。危険にさらさないように——そう、わたしたちを危険にさらさないようにね。政府にわずかでも人事の勘があるなら、ウェルズリーが新たに司令官に任命される。でも期待しすぎないほうがいいわ」

「じゃあ、誰と交渉すればいいの?」テメレアは尋ねた。「言いたくないんだけど、仲間たちはあまりいい気分じゃない――力を尽くして、結局負けて、宝物も逃した。なんのために戦いつづけるのか知りたがってる。だからって」と、ローレンスとローランド空将に、自分には統率力がないと思われないようあわてて付け加えた。「ぼくらがまとまってないわけじゃないよ。でも結局、彼らにはキャプテンがいないわけだし、なぜここまでするんだろうって疑問を持ちはじめてる」

ローレンスが少し間をおいて言った。「わたしたちからウェルズリー将軍に話すのがよさそうだな。戦いに敗北したときは、誰と交渉するかはさほど問題ではない」

ローランド空将がうなずいてから言った。「ところで、大砲が確保できたから、わたしたちの一部が引き返して、ウィードンベックから歩兵部隊が出るのを助けることになったわ。ウィードンベックはロンドンに近いし、ナポレオン側には大量のドラゴンが控えている。なぜあれほど大量のドラゴンが調達できるかは、だいたい想像がつくわ。あいつも、ハーネスを装着していないドラゴンを、本国の繁殖場から連れ出しているのよ。おそらくは、つねに行動をともにしているあのセレスチャル種の雌ドラゴンが進言したのでしょうね――そう、テメレアと同じように」

「たいして苦労もなくね」テメレアは感情を高ぶらせて言った。「ナポレオンはドラゴンたちに至れり尽くせりだ。ドラゴン舎も宝物も与えてる。あの雌ドラゴンは、仲間から不満をぶつけられることもないんだろうな」

ローランド空将が鼻を鳴らした。「まあ、苦労がないかどうかはともかく、あいつがこんな短期間に、どうやって百頭もの予備のドラゴンを用意したかは、これで説明がつくわ。あいつ、東の国境にいるドラゴンは一頭たりとも動かさなかった。つまり、われわれの歩兵を追うために、その予備ドラゴンから数十頭を投入することもできるというわけ」

ローレンスがうなずいた。テメレアにも、その危険は容易に想像できた。スコットランドを目指して街道を行く歩兵隊は、空からの襲撃の恰好の標的になるだろう。一日二十マイルの遅々とした歩みでは、ほぼ一週間、ロンドンに配備された敵方ドラゴンの攻撃範囲にいることになる。

「ハーネスを装着しないドラゴンは、斬りこみ隊に乗っとられる危険性は少ない。もしナポレオンが、小賢しい小規模攻撃を繰り返すつもりなら――」と、ジェーンが言う。「テメレアの率いるドラゴン隊を護衛につけたほうがいいわ。この件についてテメレアにウェルズリーと協議させましょう、味方のなかで反乱が起きる前にね。わたしは、ドラゴンたちになにかを約束できる立場にないし、もしそうだったとしても、海軍省委員会はそうやすやすとは受け入れないでしょう。もし、あなたが仲間のドラゴンたちに報酬を支払うよう保証させることができたら――」ジェーンは真剣な面持ちでつづけた。「ハーネスを装着したドラゴンについても同じ交渉をしてほしい。エクシディウムは、自分自身のささやかな宝物を持つことをいやとは言わないはずよ」

「また戻るのは厄介だなあ」と、テメレアの持ち帰った知らせを聞いたアルマティウスが言った。アルマティウスは、いつもゲンティウスを背に乗せて運ぶことを喜んではいない。しかし、飛行速度が遅いレクイエスカトは別として、大型ドラゴンのなかではもっとも飛行術に劣るため、ほとんどいつもこの役割がまわってくる。

「でも、今度は大砲まで運ぶ必要はないんだから」と、テメレアは言った。「前よりゆっくり飛んで、食べ物を調達できる。ともかく、戻ったら賃金について交渉しよう。

賃金っていうのは、宝物みたいだけど、働きに応じてじゃなく、毎月同じように支払われるものなんだ。だから、いちいち不満を伝えなくてすむ」

テメレアたちと同じ鹿猟園を宿営として分け合う航空隊正規のドラゴンのなかで、唯一の例外として、テメレアたちとウィードンベックまで戻れないこと、〝賃金とかいうもの〟を取りにいけないことに文句を言うドラゴンがいた。

「あたし、きみたちといっしょに戻る」イスキエルカはテメレアにそう宣言すると、あとはグランビーがどんなに説得しようが、聞き入れなかった。最後は、ローランド空将が辟易したようすで言った。「しかたないわ、グランビー。あの子とウィードンベックまで戻って。スコットランドに連れていっても、どうせうるさいだろうし、なまけるか、勝手に飛びまわるかのどっちかよ」

テメレアはこの譲歩に心中おだやかではなかったが、ウィードンベックに行くという選択には満足できた。長くとどまることはないかもしれないが、南に引き返すことが自分たちの領土をもう一度要求する、少なくとも、そこが敵の領土だと認めるのを拒む行為だと思えたからだ。スコットランドへの早急な退却には不満をいだいていた。英国軍の再編のために必須だったとしても、敵のドラゴンに追尾されているとき、戦場から直接スコットランドに向かうべきではなかったのだ。そう、フランス軍が歩兵隊に攻撃を仕掛けてきたら、小さな戦闘だとしても、そこで敵と戦えていたかもしれないのだから。

ウィードンベックの中央補給基地は、上空からなら、距離をおいてもよく見えた。基地を守る花崗岩《かこうがん》の厚い牆壁《しょうへき》の四隅に小塔がそびえ、そこから胡椒砲の砲身がいくつも突き立っている。牆壁の周囲をさらに長い矛《ほこ》や槍《やり》が幾重にも取り囲み、ドラゴンの襲来を防いでいた。矛と槍に守られた場所は、大量の兵士の宿営にもなる。いまも、戦いを生き延びた歩兵隊と騎兵隊が野営を張っている。ここを攻撃しようとするドラゴンは、相当に不快な思いを覚悟しなければならないだろう。その矛と槍による防御のために、テメレア一行は野営からかなり離れた場所に着地せざるをえなかった。

ウェルズリー将軍が、野営から一行と話し合うために歩いてきた。長い距離を歩かされた分だけ、いつも以上に不機嫌になっていた。「いったい、なにをしにきた？ いまごろは、スコットランドに到着しているはずだがな。きみたちのせいで、わたしの騎兵隊の馬が大騒ぎだ」

「みなさんを守りにきたんです」テメレアはむっとして言った。「それから宝物を獲得したあとの賃金とぼくらの権利について話し合うために」

「滅相もない。弁護士を連れてくるなら、フランス人どもをこの国から叩き出してからにしてくれ」ウェルズリーが言った。「ナポレオンは戦いながらそんなことを議論しないぞ」

「ナポレオンと比較したいのなら言いますが」と、テメレアは言った。「彼はパリに、ドラゴンのための市場《いちば》をつくってます。ドラゴン舎も建ててます。ドラゴンを繁殖場に囲いこんでおくようなことはせず、繁殖場にいたがらないドラゴンには――」

ローレンスが手でそっと脚に触れてきたのに気づき、テメレアは残りの発言を呑みこんだ。上官への敬意を忘れないでいるのはむずかしい。いつもすぐに忘れてしまう――たとえ上官の返答が不愉快でも、その発言についてよく考えなければならないこと、こちらの見解がいくら明白でも、押しつけてはならないということを。

「申しあげます」ローレンスが言った。「われわれは、閣下の部隊の退却を護衛するよう命じられました」ローレンスがウェルズリー将軍に手渡した文書は、ローランド空将の悪筆のせいで、上からのぞくテメレアには判読することがむずかしかった。

ウェルズリーがしかつめ顔で文書に目を通し、くしゃっと丸めて背後に放った。補佐官のひとりがあわてて走り、ぬかるみに落ちそうになるところをなんとか救った。

「あの女のほうが、おおかたの将軍よりよほど頼りになる。いまいましい。で、なんだと？　中国の雌ドラゴンが、ナポレオンのドラゴン部隊を管理している？　だいたい、やつはどうやってあの雌ドラゴンを従わせているんだ？　孵化に立ち会ったわけでもないのに」

「あの雌ドラゴンは見栄っ張りだから、ナポレオンが皇帝だってことが気に入ってるんじゃないですか」テメレアは言った。「ナポレオンがついていれば、いっそうぼくをいたぶりやすくなるからだ。まったくむかつくドラゴンだよ」

「テメレア、きみは悪くとりすぎているかもしれない」ローレンスがたしなめ、そのあとはウェルズリーに言った。「フランスに行く前、あの雌ドラゴンは守り人《もりびと》を亡くしました。その喪失が彼女のプライドの鎧《よろい》を壊し、温情にほだされやすくしたものと思われます。ただし、ナポレオンは手練手管ではなく、心からの愛情と尊敬で、またそれを具体化することをもって、彼女の心をつかみました。たとえば、法規を変えてドラゴンの待遇を改善するようなことで」

「ならば、誰でもドラゴンを操れるということではないか。適切に誘惑すれば、つまり、女のようにドラゴンを甘やかしてやれば」

テメレアの冠翼がへたりと倒れた。リエンを不当に評価しているつもりはさらさらなかったが、ローレンスの説明は、いま自分が考えていることを後押ししてくれているように思われた。リエンは贈り物をされたからナポレオンを助けているわけではない。それはちがう。〈イエナの戦い〉でリエンはみごとなダイヤモンドを身につけていたが、あれのせいではないのだ。

だいいち、リエンがナポレオンにつくと決めたのは、あのダイヤモンドを贈られる以前だ。「賄賂や甘やかしではなくて、賃金を払ってはいかがですか？　それを受けるに値する誰かがいて、その誰かがあなたを助けてもいいと思っているんですから」と、テメレアは言った。

「きみのような大型ドラゴンを養うために、一頭あたり年二千ポンドの経費が優にかかる」ウェルズリーが言った。「そのうえまだなにかを望むつもりか？」

「それじゃあ、年に二千ポンドをぼくに払ってください。それで自分の食べるものを賄《まかな》って、残りは貯金します、自分の好きなように」

「ほっほう」と、ウェルズリー。「そして賭け事で使い果たしたときは、牛を盗む。それできみになんの得がある?」

「たとえ宝物がほしくても、賭け事なんてしません」テメレアは感情を抑えて言った。「誰かの宝物がほしいなら、戦って勝ち取ります。でも、戦って勝ち取りたくないもののために、ぼくは戦わない。なぜって、ぼくが勝てば、相手はまた戦ってそれを奪い返そうとするだろうから」

「きみ以外のドラゴンも同じ考えを持っているのだろうか?」ウェルズリーが訊いた。

「もしあなたがよろしければ」と、ローレンスが切り出した。「賄《まかな》いを与えて、残りを賃金として払うのはどうでしょう? たいしたちがいはありません。むしろ問題は、ドラゴンに賃金を受け取る権利を与えるのか、兵士と同じ権利と自由を保証するのかということになります」

「なぜわたしにそれを求める?」ウェルズリーが気色ばんで言った。「ダルリンプル将軍のところへ行け。英国政府に代わってそれを公約する権威などわたしにはない」

ローレンスが言った。「おそらくは、あなたがつぎの総司令官に任命されるでしょう。それこそ権威です。海軍省委員会も、あなたが勝利に不可欠の契約であるとおっしゃれば、そうやすやすとはくつがえせない。疑問を差しはさむことすらむずかしいかもしれない――もし、それを実践したとき、ドラゴンの潜在的な力を、表には出なくとも確かに存在し、蓄えられている力を使うことができるなら」

ウェルズリーは、ブーツの先をコツコツと地面に打ちつけた。しばらく押し黙ってから視線をあげ、ローレンスを見つめた。「これならどうだろう」と、前置きしてつづけた。「きみのドラゴンに一年につき二千ポンドを支払うと約束する。ただし、そのドラゴンが信用するに値すると見なされた場合にかぎる。そして、なにが起ころうとも、われわれはきみたちの経済的困窮に関して、いっさい聞く耳をもたない、以上だ」

「ははあ」テメレアの肩に頭を乗せていたミノーが言った。「それはつまり、あなたが賃金をもらうってことね、テメレア。あなたとあなたのキャプテンが」

ウェルズリーがはっと身を引いた。ミノーがテメレアの背で黙って話を聞いていたことにまったく気づいていなかったようだ。

「そうだね。でも、ぼくは受け取る気はないよ」テメレアは言い、ウェルズリーと目を合わせるように、さらに頭を低くさげた。「待つのは好きじゃありません、お慈悲《じひ》にすがるのも。つまり、ぼくは、海軍省委員会のお慈悲がどの程度のものかをよく知っているんです。ぼくらの助けがすぐほしいなら、あなたがたにとってそれがいくらの価値があるかを言ってみてほしい、いますぐに。そしてもし、それがぼくの考えている値より低かったなら、ぼくは仲間のドラゴンにそれを言う。彼らはすぐにここから去っていくでしょう。ぼくは、ローレンスのためにここに残るけれど、仲間までとどめておくのは無理だ。言っておきますが、こんな侮辱的な提言をするのは、あなたにも慈悲が欠けているからですよ」テメレアは苦々しく最後の言葉を口にし、また頭をあげた。「もちろん、ぼくはこの件に関してあなたと戦わない。あなたは、小さすぎるからね」

「なんという不埒《ふらち》な反逆の徒だ、きみたちは。こんなことは前代未聞だ」ウェルズリーがローレンスに言った。「きみはフォックスの『殉教者列伝』に自分の名を加えたいのか?」

テメレアは憤慨して鼻を鳴らした。その書物ならローレンスに読んでもらったことがある。出てくるのは非業の死を遂げた人間ばかりだった。しかし、ローレンスは動じるようすもなく言った。「誰でも納得できる充分な証拠があります。ドラゴンに自由を与え、ドラゴンも臣民と見なし、彼らから忠誠を勝ち得ている国家は、それによって、同じ道をたどらない敵国が長期間かけても望みようがないほどの高い水準まで、空の戦力を引き上げることができるのです。もし虚心坦懐《きょしんたんかい》にその国家から学ぶつもりがあるなら、つまり中国の――」

ウェルズリーについてきた若い将校が、中国と聞いて、非礼にも鼻を鳴らした。

「見くびるな」テメレアは言った。「中国にある大砲の数はこの基地にあるのと同じくらいかもしれないが、中国陸軍は何千頭ものドラゴンをかかえている」

「何千頭も、か」と、ウェルズリーがうさん臭げに言った。

「六千二百八十八頭。ぼくの母さんから聞いた」しばらく口をきく者はいなかった。数字が正確すぎるから奇妙に思われたのだろうか。そこで説明した。「幸運をあらわす数字だから覚えたんです。もちろん、戦えるドラゴンはもっといる。でも、陸軍には公式に登録されていません」

「これは仮定の話です」と、ローレンスがウェルズリーに言った。「フランスの人口は中国ほど多くはない。しかしもしフランスが、リエンがナポレオンにもたらすさまざまな技術をもって、人口と耕地面積に対するドラゴンの比率を中国と同率まで引き上げたとしたら、かの国は一千頭のドラゴンを軍務に就かせることになるでしょう。それも短期間のうちに。英国航空隊のドラゴンの伸び率が現在のままで、五年後にいったいどうなっているか、それを見てみたいと思われますか？」

「もういい！　数字の講釈は聞かされたくない。まるで英国政府の会議室にいるようだ」ウェルズリーが言った。「よかろう。ドラゴン全頭に食いぶちを与える。賃金は水兵と同じとし、艦政部の管理のもとに――」

「一日一シリングは、妻子を養い、港でささやかに浮かれるための賃金です。ドラゴンもこれと同じにはいきません」ローレンスは言った。

「小さなコインというのも困るわ。あたしたち、なくしてしまいそうだし、だいいち、つかめないし」ミノーが口をはさんだ。「すごく混乱しそう」

テメレアもうなずいた。「同感。そして、ぼくらが心から求めているのは、好きな土地に行けること。これも約束してほしいんです。もし好きな土地に行けて、そこで見つかる仕事に就けたら、政府が不当な賃金しか払わなかった場合もほかで働ける。そして、ハーネスを装着したドラゴンたちも、同じにしてください」

「ほかで働けるだと？」ウェルズリーが言う。「やれるものなら、やってみたまえ。

好きに移動するという件については――」

　そこからは、ウェルズリーとローレンスの激論になった。金額や基地について、大型ドラゴンには伝令竜よりも多く払うのかなどについて、長いあいだ低い声で議論が交わされた。テメレアは聞き耳を立てた。しかし、基地のある土地だろうとだいたい想像はつくが、ローレンスの口にする地名をほとんど知らなかったし、貨幣についても知らないことが多すぎた。自分の胸当てが一万ポンド近い価値があるということは知っている。しかし、シリングやペンスというのは未知の領域だった。結局、ふたりの議論は、陸軍本営から伝令竜が到着し、最後の残兵たちが再編成されて北に行軍する準備が整ったという、息も絶えだえの報告で中断させられた。

「この件について、もう話し合う時間はない」ウェルズリーが言った。「バース街道とグレートノース街道沿いの二十か所の基地で、ドラゴンは食事をとり、眠ることができるとしよう。ドラゴン舎は、自分たちの稼ぎで建ててくれ。提督たちのように自分の銅像を建てようがかまわない。好きにやるがいい。ただし、決めたことはきっちり守ってもらう」

「承知しました」ローレンスが敬礼した。が、ウェルズリーはすでにきびすを返し、歩きはじめていた。

テメレアとミノーに貨幣制度について説明をはじめるや、ローレンスは興味しんしんの大きなドラゴンたちに取り囲まれ、気づくとその中心にいた。みなが話を聞こうと詰めよっていた。

「十ポンドあれば、牛が一頭買えるのかしら?」ミノーはなんでも知りたがった。

「一ポンドも、一シリングも黄金のかけらなの?」

「二十シリングが一ポンドだとすると、一日に二十四シリングだから、ええと」と、テメレアが考えながら答えた。「大型ドラゴンなら、一年で四百ポンド近くになるな」

多くのドラゴンから満足げな声があがった。

「でも、それってどこにあるの?」イスキエルカが尋ねた。「あたしは数字だけ聞いて帰ってきたことなんかない。それって宝みたいなもの?」

テメレアがいささかきつく返した。「信用がつくりだす宝なんだ。みんながみんな、ばたばた駆けまわってけんかをふっかけて争い事をつくって、なんでもかんでもほしがるわけじゃない――きみとはちがって。これは、毎日きちんと、真面目な兵士のように仕事をこなしてはじめてもえらる、公平に分け与えられるものなんだ」

イスキエルカはむっつりしたが、おおかたのドラゴンはテメレアに賛同し、自分の取り分に納得した。しかし、ローレンスはこんな状況下であんな裏取引きをしたことに気分が沈んだ。ナポレオンがロンドンに入り、フランス軍に追われている、そんな国家存亡のときに、恥を忍んで自分たちの利益のために立ちまわった。これほど自分を裏切ったように感じたことはなかった。「きみたちの食事の準備を見てこよう」いかにも満足そうなドラゴンたちの会話から逃れたかった。「夜明けとともに陸軍部隊が動きはじめる。準備をしなければ」


朝になり、ドラゴンたちが朝食をすませて飛び立ったとき、味方の連隊の先頭はすでに街道を進んでいた。その遅々たる歩みについては、昨晩の食事のとき、レクイエスカトがこう言った。「さあて、これからは快適な飛行ができる。文句はなし、のんびり行こうぜ」それを聞いて、テメレアが小さなため息をついた。

「隊列の上まで行って、兵士たちに乗らないか訊いてみようか。少しの距離でもいいよ、できるだけたくさん乗せたいな」テメレアがローレンスに提案した。「そうすれ

「だめだ。そんな命令はない」ローレンスは言った。ドラゴンが上空から近づいていってたときのウェルズリーやダルリンプルの反応は容易に想像できる。騎兵隊の馬がパニックを起こし、大騒ぎになって、連隊を立て直さなければならないかもしれない。

「すごく退屈だよ。先に行ってまた戻ってくるのはどうかな。連隊が今夜の会合地点にたどり着くまで往復してればいい。三度、あるいは、もっと。レクイエスカトと何頭かが隊列についていくから、ぼくらは先を行っていいと思うんだ。あるいは」期待にぴんと冠翼を立てて、テメレアは言った。「引き返してもいいんじゃない？　もしかしたら、ちょっとだけ、ナポレオンに復讐してやれるかもしれないよ。さんざんな目に遭わせてくれた報いを……」反応をうかがうように、ローレンスをちらっと振り返った。

「きみはそんなことを提案する立場ではないはずだ」ローレンスは言った。「きみは契約を受け入れたんだから、規律を守る義務がある。それをくつがえすなんて――」と、テメレアをたしなめているうちに、ふいに言葉が出なくなった。テメレアに果たすべき本分について説明しながら、自分を偽善者と責めはじめていた。

「そうだね」テメレアがしょんぼりと言った。「士官になるのは楽しいことばかりじゃないいね。イスキエルカなら、ひと晩じゅう、文句たらたらだろうな。歩みがのろいことにやいのやいの言って、どこかに飛んでって、結局、宝物はとれなくて」フンと鼻を鳴らし、ふいにあたりを見まわし、疑わしそうに言った。「イスキエルカはどこ？」

午前中には、ドラゴンたちの最後尾をふてくされて飛んでいるイスキエルカの姿があった。時折り気晴らしをするように、低く垂れこめた厚い雲を突き抜け、上空で炎を噴いていた。白と灰色の雲を透かして見る金と真紅と紫の炎は、昼前だというのに、空を夕焼けのように染めた。だがローレンスがそれを最後に見てから、二時間以上がたっている。アルカディも消えていた。彼の仲間の野生ドラゴンも数頭いない。

アルカディと同じタミール高原出身の雌ドラゴン、リンジに尋ねると、彼女は驚きと困惑の表情を浮かべてみせたが、首をそむけるしぐさに疚しさが潜んでいるのをローレンスは見逃さなかった。

テメレアも同じことに気づいたようだ。「イスキエルカたちがどこに行ったか、どうしたらリンジは話してくれるだろうね」テメレアはローレンスに言い、うるさく鳴いている羊にかぎ爪を伸ばそうとしたリンジを見つけると、近づいて、彼女のかぎ爪をバシンと払った。

テメレアは先刻、すべてのドラゴンをこの広い牧草地に着陸させた。残ったドラゴンたちを調査するためだったが、そのあいだ、ほかのドラゴンは不運な羊たちで腹を満たすことができた。とにかく、イスキエルカとその仲間がどこに行ったのかを、突きとめなければならなかった。「だめだ、話してくれるまでは、きみには食べさせない。あの連中は、ぼくらにすごく迷惑をかけてるんだ」テメレアが言った。

「厳しいんだな」レクイエスカトが羊をもぐもぐ頬張りながら言った。「陸軍部隊なら簡単に追いつける。道草ぐらいなんでもない」

ローレンスはそれを聞きつけ、苦々しい思いでレクイエスカトに言った。「イスキエルカを捕まえるのに三十マイル、そのあと会合地点まで六十マイル。それだけ飛べば、きみも〝快適な飛行〟とは言えなくなるんじゃないかな」もちろんそれも、すべてうまくいけば、の話だ。

「ふうむ」口まわりをべろべろと舐めながら、レクイエスカトが言った。「それなら、さがしにいかなくていいんじゃないか？　あの子とそのお供は会合地点がどこかを知ってるし、飛行士だってコンパスを持ってるわけだろう？　孵ったばかりの幼竜みたいに迷子になることもない。そのうち追いついてくるさ」

「こんなに長くいなくなったら、こっちが心配することくらいわかってほしいよ」テメレアが言った。「敵と戦闘になって、もしかしたら、フランス軍の銃弾を浴びまくって、どこかに死んで転がってるってこともありえない話じゃない」口調からすると、そうなったとしても嘆き悲しむようには思えない。

テメレアが同じことをタミール高原のドラゴン言語、ドゥルザグ語で伝えると、リンジは苦しげに身をよじったが、まだ口を割ろうとはしなかった。

ローレンスは声を落としてテメレアに話しかけた。「テメレア、これはイスキエルカの軽率さだけが原因じゃない。彼女なりの、きみという権威への挑戦じゃないかな」

「ふふん！」テメレアはこれもドゥルザグ語にして伝えたあと、さらに言った。「さあ、言うんだ。さもないと」それでもリンジが黙っていると、深々と息を吸いこみ、吼えた。咆吼がリンジの頭上をかすめてとどろいた。

「パヨム・ジェ・レン！」リンジがそう言って地面に伏せ、ほかのドラゴンも人間も驚いて跳びあがった。咆吼の通過した道に、バラバラと雨のような音がつづいた。木々のどんぐりが落ちて、枯れ葉を打っていた。梢《こずえ》から即死した鳥がぽとぽとと落ちてきたのを、ゴン・スーがすかさず拾い集めた。

そしてついに、リンジが口を割った。それによると、イスキエルカとその仲間は南へ引き返し、ロンドンに向かった、ということだった。ナポレオンの軍隊を急襲して、宝物と称賛を勝ち取るつもりらしい。が、確固たる目標はなく、どこかで戦いをさがして、同時に、戦利品も持ち帰りたいようだ。

「このまま先に進もう。あいつらのことなんか知るもんか。そのうち追いついてくるさ」テメレアが鼻息を荒くし、冠翼を逆立てて言った。「レクイエスカトの言うとおりだな。ついでに、手ぶらで帰ってくるなって言いたいよ。もしイスキエルカが鷲の軍旗二本か、それぐらいの宝を持ち帰るんでなきゃ、あいつとは二度といっしょに行動しない」

ローレンスは起こるかもしれない不幸を口にするのをはばかった。しかしイスキエルカがここまでグランビーを無視し、脱走兵のようにふるまうのだとしたら、おそらく親しい仲間のドラゴンの忠告にも耳を貸さないだろう。とすれば、テメレアが先に言ったような最悪の事態も起こらないとは言いきれない。

ところが、テメレアの顔が突然ぱっと輝いて、先の発言とはまったく逆のことを言い出した。「もしかしたら、イスキエルカを連れ戻すために追いかけていっても、誰もぼくらを責められないいんじゃないかな。そうじゃない、ローレンス？　だって、イスキエルカはとても貴重なドラゴンだ、と誰もが言うわけだしね」

眼下の街道には人けがなかった。ドラゴンたちはロンドンを目指し、警戒しながら速力をあげた。英国軍兵士たちが舞いあげた土ぼこりはすでにおさまり、フランス軍が追尾している気配もなかった。戸外にいるのは、農夫と牧夫ばかりだ。家畜と作物はナポレオンにも政治情勢にも関わりなく、つねに世話と手入れを必要とする。しかし、戸外で働くわずかな男たちも、できるだけ早く仕事を切りあげようと、頭を低くして作業に集中していた。太陽さえも、この一日が早く終わることを切望しているようだ。

「もっと遠くまでさがしたほうがいいね。イスキエルカがいつものようにムキになってるとしたらね」テメレアが飛行しながら、いまいましそうに言った。と、そのとき、テメレアの冠翼がぴんと立った。はるか彼方に小さな黒点があらわれ、こちらに近づいてくる。いくつかの雲を抜けて、それは翼のある形に変わった。

ガーニだ。さんざんにやられたガーニだった。全速力の飛行で息も絶えだえになり、顔じゅう血まみれで、血を肩でぬぐいつづけるために、雌ドラゴンの青い表皮の上に赤れんが色の層ができていた。その背にはサルカイが乗っており、ガーニがテメレアに接近したところで、長い二連の頑丈な革紐だけを命綱に、斬りこみ隊のように飛び移ってきた。

サルカイは、テメレアの背に着地するや、革紐の留め具をはずし、それをただちに竜ハーネスに留めつけた。ガーニがサルカイから離れた革紐の端をつかみ、おびただしい数の小さな鈴が鳴り響くその革帯をたぐり寄せ、自分の前足に巻きつけた。

「なんなの、それ?」興味を引かれたテメレアが首をめぐらして尋ねた。

「イスタンブールでつくらせた装具だ、前回の旅でね」サルカイが答え、ローレンスに向かって言った。「イスキエルカが乗っ取られました」

一行はサルカイに導かれて、アルカディとその一味が身を潜めている場所まで飛んだ。そこは小高い丘のふもとで、みなが体を寄せ合って傷を舐めていた。丘が街道からドラゴンたちの姿を隠し、午後の日差しがつくる長い影のおかげで、空からも見つかりにくくなっている。赤い斑点の散った野生ドラゴンの長《おさ》は、テメレアたちがおり立つと、体を起こし、早くも非難から身を守るように翼を丸くすぼめる姿勢をとった。

「もうたくさんだ。ぼくはかんかんに怒ってるぞ」テメレアが言った。「わかってるんだろうな、きみたちがどんなに――」一瞬言葉に詰まり、考えてから言った。「どんなにすっとこの便所虫か。こそこそするなよ。もらえるものをもらえなくなったって、誰のせいでもない、全部きみたちのせいだ。ちゃんと謝って、二度とこんなことはしませんと誓ったほうがいいぞ。口答えは許さない！」

「この連中が隊から離れたのは、正午少し前でした」サルカイがローレンスに言った。地面にしゃがみ、土をならして、そのときのようすを略図で描いてみせる。「まんまとやられました。午前中は雲のなかを飛び、大声で歌い、とにかく騒がしかった。そして気づいたときには、方向転換していたのです。もはや叫んでも届かないほどあなたたちから遠ざかっていた。グランビーのチームの射撃手が閃光弾を何発か放ったのですが、なんの役にも立ちませんでした。

それからは運の下り坂。ロンドンに向かって二時間飛ぶあいだは何事もなく、一頭のドラゴンとも遭遇することがなかったので、結局、ナポレオンのすぐ近くまで行ってしまった。そして、ダヴー元帥率いる軍の前衛隊が牛を掻き集めているところに出くわしたのです。二頭のグラン・シュヴァリエと、ほかに五、六頭の大型ドラゴンがいました。当然ながら、そのすべてがイスキエルカに向かってきた。

見たところ、六十名ほどの兵士がイスキエルカの背に飛び移りました。そこからアルカディはわたしの言うことはなにひとつ聞かず、こちらはかろうじて逃げのびたもののの、グランビーはグラン・シュヴァリエの背に移され、フランス兵によって鶏のように縛りあげられ、またたく間に連れ去られてしまった。イスキエルカはあわてふためき、逃げていくフランスのドラゴンたちのあとを追いました」

「グランビーをあんなやつに乗せちゃだめだって、ぼくにはわかってたよ」テメレアが激怒した。「なんてことだ。こんなふうにグランビーを失うなんて。戦場でもないところで。もう、なにがなんだって、グランビーを取り返さなきゃ。イスキエルカは敵にくれてやればいいさ。いい厄介払いになったよ」

ローレンスとサルカイは目と目を合わせた。どんなに手に負えないやんちゃなドラゴンだろうが、フランス軍に英国軍唯一の火噴き竜を渡してしまうのが、〝いい厄介払い〟であるはずがない。

「で、ドラゴンたちはどちらの方角に?」ローレンスは低い声で尋ねた。

サルカイが答えた。「ロンドンへまっしぐら」

(下巻につづく)

本書は
二〇一三年十二月　ヴィレッジブックスから
刊行された「テメレア戦記5　鷲の勝利」
を改訳し、二分冊にした上巻です。

テメレア戦記5
鷲の勝利　上

2022年8月9日　第1刷

作者　ナオミ・ノヴィク
訳者　那波かおり

発行者　松岡佑子
発行所　株式会社静山社
〒102-0073 東京都千代田区九段北1-15-15
電話・営業 03-5210-7221
https://www.sayzansha.com

ブックデザイン　藤田知子
組版　アジュール
印刷・製本　中央精版印刷株式会社


ISBN978-4-86389-648-2